流金岁月

刘佩金 —— 著

天津出版传媒集团

百花文艺出版社

图书在版编目(CIP)数据

流金岁月 / 刘佩金著 . -- 天津 : 百花文艺出版社,
2024.1

ISBN 978-7-5306-8730-7

Ⅰ.①流… Ⅱ.①刘… Ⅲ.①散文集—中国—当代
Ⅳ.①I267

中国国家版本馆 CIP 数据核字(2024)第 009780 号

流金岁月
LIU JIN SUI YUE
刘佩金 著

出 版 人:薛印胜
特约策划:李昌鹏
责任编辑:张　雪
装帧设计:吴梦涵
出版发行:百花文艺出版社
地址:天津市和平区西康路 35 号　邮编:300051
电话传真:+86-22-23332651(发行部)
　　　　　+86-22-23332656(总编室)
　　　　　+86-22-23332478(邮购部)
网址:http//www.baihuawenyi.com
印刷:三河市华东印刷有限公司
开本:710毫米 × 1000毫米　1/16
字数:210千字
印张:17
版次:2024年1月第1版
印次:2024年1月第1次印刷
定价:58.00元

如有印装质量问题,请与三河市华东印刷有限公司联系调换
地址:三河市燕郊冶金路口南马起乏村西
电话:19931677990　邮编:065201

自序

光阴似箭，岁月如梭。

自2016年《金哥日记》成书后，眨眼间已有六个年头。我在奔波忙碌之余，仍愿习笔于所见所闻，并倾诉己见，试图从不同视角，来感悟岁月给予的心路历程。

依我看，人生一世，实属不易。若顾之已逝岁月，寻及最快乐、最幸福、最难忘的岁月，当数童年。

二十世纪六十年代初到七十年代初这十年间，正值我的童年时光。我出生在太行山余脉方山脚下的汪沟村，在这里度过了美好的童年时光。不少著名经典文章中形容的"穷山恶水"，单从地形地貌上讲，与我老家如出一辙，但我们那里民风淳朴，村民勤劳朴实。

记忆中，九岁前我没穿过一双买来的新鞋，只有母亲用麻绳、粗布、顶针、针锥纳成的千层底布鞋。九岁生日时，我穿上了第一双新鞋，很是高兴了一番。

记忆中，天天都是吃红薯干、玉米粥，白面极其罕见。有一次，为了吃上半碗炸酱面，我竟痛哭流涕几个小时，母亲才在别人家求得一碗炸酱面，那不是我们现在印象中的那种炸酱面，它是用白面、生鸡蛋和葱花加盐搅拌在一起的手擀面条，吃起来很美味。

记忆中，漫山遍野的生瓜梨枣，都是天然野生的，在秋季，我可以天天饱饱地美餐。树上红红的柿子，像灯笼；田野上的酸枣、酥枣、甜瓜、桑葚……尽收肚囊；山坡上的田秋蝈、花蹦蹦、黄油虫、大蜻蜓、生鸟蛋、野蜂巢……都是美餐，其带来的美食快感绝不亚于山珍海味。

记忆中，寒冬腊月，光着脚丫子在雪地里撒欢儿后，我与小伙伴们做游戏，双脚被冻得发抖甚至红肿得像发面馍似的，也没觉得难过。

记忆中，夏天的阳光灿烂无比，远比现在炙热强度高，在小河沟游泳后，身上会晒得黑黢黢的，用手指一挠，一道白印，甚至会蜕一层皮，但我仍乐此不疲。

记忆中，我跟在大人身后，去几公里外的大村庄赶集会，可吃上一颗螺丝糖，还可饱餐一顿糖糕与油条，那美滋滋的味道至今难忘。捡起兄长用过的竹笛瞎吹，我愣是无师自通；拿起兄长扔在家里的破二胡苦练三冬两夏，我也能拉豫剧。由于笛子与二胡的打底，我还学会了指哨儿，单指双指均能吹出嘹亮的调门，这也被人称作"流氓哨"。这一技能，终生难忘。我现在虽然年已花甲，但伸出小拇指仍能呼出响亮的哨声，令路人震惊。在那个激情燃烧的岁月里，由于身怀"绝技"，我竟成了村里宣传活动的骨干，曾备受推崇。

记忆中，推铁环、玩弹弓、想方设法戏弄小学老师……我点子多到极致，简直是调皮捣蛋到了无所不用其极的程度。

在我的记忆中，童年的时光，像金子一般发光，更像三棱镜一般折光透亮，幸福感十足。依我看，童年，就是一条五彩的河，一道七彩的路，一座没有完工的桥，一支变幻莫测的笔，一幅五光十色的画，一束鲜嫩美丽的花朵，一本精彩纷呈的书……尽管长大后，我钻进了红绿灯组成的世界，驰骋在无比宽广的空间里，甚至远涉重洋，可我依旧感受不到童年那种无忧无虑、自由自在、充满希望的美滋滋的快活。但凡忆起童年，仍会沉浸良久，仍会留恋与向往。

我的同乡春喜哥打来微信通话，说我的《流金岁月》需写自序，放下电话，我便用手机码了这些字，权当自序吧！

目　录

"秒游"长白山

东北的长白山，在我印象中，一直是个很神秘的地方。沃野千里、山川河流、冰雪森林以及我梦中的天池圣湖……像梦一般萦绕着我。每逢大雪纷飞的季节，脑海都会冒出"长白山"的字眼儿，我曾为自己屡次错过那里的美景而懊恼。春节前夕，天赐良机，我伙同清华大学同学，冒着零下三十摄氏度严寒，"秒游"了长白山。之所以说"秒游"，是因时间极短，在长白山仅有一天多时间，在天池旁只待了几分钟，连张纪念的照片也未留下。然而，遗憾中却给了我不寻常的回味，趁放假休息，我敲打键盘，将所见所闻录于微信公众号"金哥随笔"，作为新年小礼物，分享于朋友圈。

一、"梦幻魔界"

同学约我去长白山，我很是兴奋，迅速查找并浏览有关长白山的各种资料，并做出发前的必要准备，买了棉手套、棉口罩、棉袜子、雷锋帽、保暖裤等，同时带上了在纽约买来的加厚羽绒服，还有厚实的踏雪牛皮鞋等御寒装备，按约定时间准时启程。

辗转倒机，晚上十点多我们入住了长白山附近的万达小镇酒店。第二天早上六点多起床，我们换上了预先准备的各种装备，在冰天雪地里，开着装有雪地专用轮胎的汽车，按照预先设定的路线出发。

景如其名，说是"梦幻魔界"，主要是因为村庄的一边有条小河，长白山泉汇集而来，河水清澈，缓缓流动。由于地热的缘故，水面上会冒出热气，像袅袅烟雾，呈现出迷雾缭绕、光线朦胧的奇特景象，尤其在阳光照射下，更是一种梦幻境界。曲曲折折的河面上，小小的块状河床在水中凸起，犹如大海上的零星岛屿。加之砍伐树木后残留下已风干了的树枝树杈，以及上年疯长过的杂草，叠加横亘在凸起面上，很像江河中的浮冰，虚虚实实，若有若无。河流边上，是孤寂的白桦和常年的积雪，以及厚薄不同的皎洁冰层，真是美妙绝伦，让人禁不住为大自然的神奇叫绝。

此刻，我想起了"生活不止眼前的苟且，还有诗和远方"的网络流行语，"梦幻魔界"正是"诗和远方"的真实写照。转身抬眼望去，是大片大片的原始森林和一望无际的林海雪原，背后则是白雪覆盖下的长白农家，门前屋后会时而传来几声犬吠。

你若有时间，完全可以坐在东北特有的火炕上，细细品酌一番，要知道，长白山小烧酒可是大名鼎鼎的，都是农家自酿的高度酒，若加入各种长白山参，味道更为特别，只可惜我没时间逗留……

小心翼翼地走在木栈道上，我禁不住用手机四处拍照。我深深沉浸在这美景之中，只是亏待了手脚和脸，它们很难地在这极度低温下正常"作业"；还有这手机，在这酷寒的美景下，竟然会自动关机，时不时要重新启动，算是美中不足吧。

二、山顶和圣湖天池

"梦幻魔界"在二道白河镇二道林场，距离长白山北坡很近。

当我们驱车来到北坡山门时，一路上除了手脚和脸不适外，我觉得零下三十多摄氏度也没那么恐怖。可在买过门票后，值勤的老先生很诚恳地对我说："你这装备可不行，必须加上绑腿和棉鞋，山上比这里冷得多，山风很大！"

我虽半信半疑，但还是按照老先生的指点走向了租赁点，绑上像面包片那么厚实的纯棉绑腿，感觉着实暖和了很多。可棉鞋却成了问题，根本没我穿的尺码，只好买了两片脚暖贴，贴在脚板前部，将就着上了大巴。

上山的路很是宽敞，有点儿像武当山的环山路。到半山腰时，我们下车，这里需要重新买票换乘越野车，因为再往上走，山势陡峭，坡度加大，巴士无力攀爬。于是，我就踩着深深积雪，加入了长长的等待队伍中，等待越野车的到来。

没想到，在零下二三十摄氏度的雪地里，我们一站就是一个多小时。山风还呼呼地刮着，双脚已开始冻得有点儿发麻，浑身上下也开始僵硬。好在终于排上了越野车。爬到山顶还有一段不算近的山路，越野车发动机发出嗡嗡的声响，翘着车头爬着像胳膊肘一样弯曲的道路，就像一只笨拙的鹰，盘旋着向山顶掠去。

当我们跳下越野车，来到天池旁的平台时，顿感寒风狂虐刺骨，冰冷肆无忌惮。风挟雪花似鬼叫，吹在脸上如刀割；两眼迷离难睁开，两脚麻木无知觉；双膝犹如灌了铅，血液似被冰封住。瞬间，"秒杀"了我再游玩下去的勇气。围绕环道步行不过百步，我就感觉全身上下无力再支撑下去，立马回头，晕晕乎乎地钻进了下山的候车室，好一阵儿才缓过来。

在和平年代长大的我，在这个特定时空，往日那强悍的坚毅和难以泯灭的自信，顿时开始缩水。着实让人无法想象，当年红军二万五千里长征，爬雪山过草地，在极端恶劣的环境下，还能斗志昂扬地阔步前进，个中甘苦，谁又能知？我不得不由衷感叹：红军真伟大、真英勇，不愧为一支被誉为"天下无敌"的队伍！

下山路上，对着车窗放眼望去，整个山脉犹如几条白色巨龙。靠龙头这边，白雪皑皑，寸草不生；靠龙尾那边，一望无际，森林茂密。大自然的神奇让人无法想象，原本它定下的规则，却又执拗地不肯遵守。

据司机兼导游介绍，长白山主峰的气候风云莫测，变化多端，冰雪雨雾，寒风如刀，一年中八级以上的大风在260天以上，更有云遮雾罩、东边日出西边雨的奇特景象，让人站在天池前，却不知天池身在何方！而更多的游人根本没机会走近天池，因为景区会视天气情况，选择性开放，十有九不遇是常事。

长白山的奇特与桀骜不驯，使其名扬海内外，据说，不少世界名人、伟人也拿它无奈。它不光是东北三省第一名山奇山，也敢与五岳试比高。在海拔两千多米之上，长白山长年受风力剥蚀，天寒地冻，无时无刻不在经受着自然的洗礼。

据史料记载，长白山是我国满族的发祥地。清朝时期，皇族对于长白山的崇拜达到登峰造极的程度，皇帝将长白山周边视为神山圣地封禁起来，严禁采参、捕猎，更别说围垦了。康熙、乾隆、嘉庆三位皇帝曾多次到此遥拜祖山，康熙还留下"名山钟灵秀，二水发真源"的绝句。不过，准确地说，长白山是三条江的发源地——松花江、图门江、鸭绿江，并非"二水"。而两百多年的封禁，使森林得到很好的养护，野生动物大量繁衍。不得不说，大清皇室为长白山的资源保护做出了卓越贡献。如今的长白山作为5A级景区，是高山、厚雪、云雾、天池、瀑布、温泉、峡谷、森林、熔岩和满族文化的载体，享誉天下。

听导游说，长白山的地质更为传奇，更令人咂舌。据历史记载，长白山是巨型复式休眠的活火山，随海拔自下而上由玄武岩台地、玄武岩高原和火山锥体三部分构成，在历史长河中，曾四次喷出岩浆火焰，流出冷却后，形成了山脉岩石。最近一次喷发距今只有三百多年，它现在只是沉睡而已，要问它何时会再次醒来，或者它会不会不再醒来，或者它是否会随时醒来，这完全取决于地球内部矛盾的角逐，恐怕连地质学家都无法准确回答，更别说这里的游人了。试想，如果它哪天突然醒来，会是何等景象？

导游还说，孕育着巨大能量的长白山体，在海拔两千多米处，竟有一汪聚龙泉，且长年溢出，最高水温达八十多摄氏度，二十分钟便可以煮熟鸡蛋，鸡蛋的蛋白像果冻，蛋黄凝固，口感相当独特。在皑皑白雪中，温泉水暖，十多个泉眼泛水，热气腾腾，消融积雪，空气中弥漫着刺鼻的硫黄味，神奇莫测。至于天池圣湖，那更是奇异迷离，它是世界上最高最深的高山湖泊，像一块瑰丽的魔间碧玉，镶嵌在雄伟的长白山群峰之中……

导游讲得我兴奋不已，可惜这鬼天气，结了冰的天池也没让我逛上个边儿。

三、长白山大森林

从万达小镇通往长白山的途中，漫山遍野都是静静的白桦林，树不太粗，但很高，树皮呈白灰色，看上去庄重朴实、优雅宁静，好像包容了很多记忆，坚守着一种无语的朴素，一种生命的尊严。它们一年只有几个月的生长期，在酷寒之下，树林早已全部败叶，仿佛一群单腿站着的仙鹤，傲美而不乏神秘，与大兴安岭的森林如出一辙。

在山坡白桦林和村落的接壤处，犹如洁白的童话世界，又好似一幅高调的山水国画，清新脱俗、俊朗飘逸。大量的留白、轻描淡写的几笔黑褐色，勾勒出白桦林的秀美和裸露玄武岩的苍劲，宛若仙界。林场的小饭庄，都是用白桦林木搭建的，造型独特而唯美。

依我看，长白山的美，在山，在水，在雪，更在那茂密的森林。

我站在树前，仔细看看白桦树皮上，白中留黑，像一只只眼睛，人与树对视一番，仿佛能知道这里曾演绎过多少悲欢离合了。每一个眼神，都是痛楚或欢喜的流露，白桦林用自己的语言，赋予着人们心中那一段段凄美的故事。

无论从哪个角度审视，树与树之间都是透明的，傲然独立却又和谐完美。当我抚摸着树干，驻足于林间，顿感心胸如洗，沉静空明。白桦林呀，你以最贴近大自然的生命，诠释着自然与人类的和谐韵律，糅合着生命的瞬间与永恒，在那无尽的期盼眼神中，诠释着庄重肃然的伟岸与挺拔。

四、长白山滑雪

依我看，网络搜索长白山，只能了解它的历史、它的概貌、它的故事、它的传奇，网上的百次搜索，都比不上亲自感受一次来得淋漓痛快。

从长白山顶回到酒店后，我们痛痛快快睡了一夜。早饭后，我们便饶有兴致地走进酒店自家的免费滑雪场，一开始只想简单看看，比画着拍拍照就行了，压根儿也没想到要真滑。可看着白雪覆盖下的专业滑雪场，还是经不住诱惑，已年过半百的我，竟然真的进了滑雪场，要玩就要"玩真的"！我们取了滑雪板及相关物品，拿着超大的硬硬的重重的滑雪鞋，费了好半天的劲儿才穿上，吃力地迈出了第一步，那动作好像是动画片里的机器人，僵硬缓慢，真是好笑极了。

我们办完了各种手续，拿着长长的滑雪板，一步一摇地走出了大厅。我生平第一次滑雪，一切都是那样的陌生，所有动作都极不协调，笨拙地踩上滑雪板，戴上厚厚的棉手套，拿起滑雪杖，开始艰难地走向滑雪传送带，心里很是忐忑不安。待传送带把我拉到初学者顶端时，我担心地问了工作人员一句："怎样停下来？"工作人员答："内八字！"就把我推到了开始下滑的雪道上。

也许是有溜冰的底子吧，我竟也能驾轻就熟地一溜烟滑下来，就是刹车时稍微艰难了一点儿，除此之外，感觉很好，很刺激。接连滑了几次，一次比一次感觉好，我简直是喜欢上了滑雪运动。本想滑个过瘾，可距航班起飞的时间所剩无几，便好不情愿地撤退，心里不停嘀咕："我肯定会择时再来！"

滑雪的感觉真好，特别能刺激中枢神经。我觉得，冬季的长白山是世界上顶级的滑雪胜地，仅在万达小镇，就有几十条初、中、高不同级别的雪道及野雪雪道，让人在"无风、温暖、呵护"中，尽享"港湾式"滑雪乐趣。

尽管差点儿把我冻僵冻傻，也仅仅是"秒游"了一番，但我还是要说，这里真的很美，尤其是冬季，来自西伯利亚的"礼物"，让这里美得无法呼吸，美得无法一言概之，美得让人回味无穷，值得用一生去回味！

总之，依我看，一生至少要来一次长白山，这种体验很难得，值！

令人艳羡的爱情故事

在长岛杰里科的一个阳光明媚的早晨，艾莉丝和本开始了他们美丽而感人的爱情故事。

艾莉丝是一个温柔善良的年轻女子，她在当地的咖啡馆工作。一个下午，当本走进咖啡馆时，他们的眼神交汇，仿佛整个世界都安静了下来。本是一位聪明帅气的建筑师，他们很快开始了友好的交谈。

他们的交往逐渐加深，每天在咖啡馆里见面，分享彼此的梦想和喜好。他们一起欣赏日落，漫步在长岛的美丽海滩上，享受海风的拥抱。他们互相成为彼此的支持和依靠。

然而，命运的考验很快降临到他们的生活中。艾莉丝被诊断出患有严重的心脏病，需要接受紧急手术。本对艾莉丝的担心溢于言表，他决定陪伴她度过这个艰难的时刻。

在手术那天，本紧握着艾莉丝的手，向她保证他会一直守护她。手术非常成功，但艾莉丝需要一段时间的康复。本毫不犹豫地放下工作，全心全意地照顾她，帮助她恢复健康。

他们的爱情在困难中更加坚不可摧。艾莉丝感激地看着本，深深地爱着他。他们共同度过了许多美好的时光，一起旅行、分享快乐和悲伤。

最终，艾莉丝康复了，她重新找回了生活的活力。本带她去了长岛的一个美丽花园，向她求婚，承诺永远守护她。艾莉丝感动地点了点头，两人紧紧相拥，流下了幸福的泪水。

他们的婚礼在长岛的一个小教堂举行，家人和朋友们一起见证了这对爱侣的幸福时刻。他们的爱情故事成了杰里科小镇的传奇，激励着更多人去相信爱的力量和奇迹的存在。

艾莉丝和本的爱情不仅在长岛杰里科闪耀着光芒，也在他们的心中永远闪烁。他们在彼此身边建立了一个充满温暖和支持的家，一直相互扶持、相互爱护，直到他们白头偕老。

爱与诚，等待我的将会是什么

这次，我要讲的，是发生在二十世纪九十年代末期的一段略显青涩的爱情故事，虽平淡无奇，却执着纯美。在情感快餐比比皆是的今天，这更显稀缺与珍贵。

为便于写作，我用第一人称来讲述它。

一

我知道自己又落榜了，这已经是第二次了。

我坐在村旁的山腰上，从这里可以看见村里的每户人家。脑海里空荡荡的，我努力要找些东西来想想，可是没有，什么也没有，我的生活如同一张白纸。

暮色中，我隐约看见年迈的娘亲站在村头四处张望着，于是我站起身来往家里走去。我决定第二天就去找胖三。

胖三和我从穿开裆裤的时候就是铁哥们儿。他从小就黑壮黑壮的，每次打架都是他替我"报仇"。可惜他初中毕业就出去干活儿了，好在从那时候起我也没再跟谁打过架。如今他媳妇的肚子一天天大起来了，我却还是前途渺茫的孤家寡人。

"你能干得了吗？"喝酒的时候胖三对我嚷道，"从小你就这样，面皮嫩得跟女孩一样。瞧瞧你的手指头。"胖三抓起我的手与他的手对比着，他的手指比我的短，但是粗壮。

"怕你干不了。你当心点儿，别碰着娃娃。"后一句是胖三对他媳妇说的，她正艰难地弯着腰给我们端菜。

"你还不知道我吗？我干活儿也不少，可生成这样也不是我自己挑的。"

"那成，谁让咱俩是兄弟。改天我给头儿说说，看能不能给你找个文差事，怎么说也不能浪费了你肚子里的墨水。"

于是，我到建筑队里做了小工，再后来就帮工头管理一些账目。

这样的日子过了一年。

秋天又来了，我的心始终不曾踏实过，不知道为什么我会如此向往外边的世界，那里究竟有什么样的魔力呢？我梦想中的伊甸园啊！终究抵不住那深深的诱惑，我决定出去走走。

我前脚刚迈过，一样东西就重重地砸在了我的脚后。我回头一看，是一个大大的行李箱，我弯腰把它扛起来，放到了行李架上。

"啊，谢谢。"

一瞬间，我怀疑这是不是对我说的。我回头看见一个女孩正微笑地看着我。

夕阳透过车窗，正照在她的身上，她的全身闪着淡红色的光华，一股逼人的青春气息扑面而来。我的一句"没什么"在口边绕了几圈，终究没有说出来。

我在自己的座位上坐下来，正对着她。

"你……是去上大学吗？"当我把目光从窗外收回的时候，她问道。

"不是。"我说。

"哦——"

"我……出去旅游，没有……考上大学。"

"噢，你要去哪儿？"

"北京。"

"真的？我也是去北京呢。"她雀跃着。

无聊的夜晚又来临了，旁边的乘客都睡着了。我们俩却毫无睡意，她兴致勃勃地听我说自己的经历。我跟她讲我两次高考都落榜，讲我小时候的种种恶作剧，讲我父亲去世后自己那难以言说的压抑和痛苦，讲我在建筑队里打工的经历，讲我一年来永远不见尽头的乏味的生活……

她却为之感叹："呀，这样的苦都吃过了，还有什么做不了的?"

我笑笑没有答话。这就叫苦吗？我不知道，我只想着能让我和母亲的生活变得更好些，我只想着能有机会去看一看外面的世界究竟是什么模样……

火车咣当咣当地向前"蠕动"着，慢得让人不敢渴望幸福的终点，声音苍白又单调，像极了一年前我的生活。

她最终坚持不住了，趴在小桌子上睡着了。我却毫无睡意，像家乡的老牛，孤独地反刍着我从前的生活，同时也憧憬着我将要看见的京华烟云。

车厢里渐渐冷了起来，我把她挂在旁边的外套轻轻地披在她的身上，就像当年母亲为我做的一样。

她动了动，头发从肩头披散下来，露出了雪白细腻的脖颈。我注视着眼前这个萍水相逢的她，她与我从前所见的女孩不同。不知道为什么，我只觉得她散发着诱人的感染力，不仅仅是荷尔蒙的作用，我很想亲近她。

列车停了一站，她醒了，像刚刚睡醒的小孩子，攥着拳头揉揉眼睛，呆呆地问我："你没有睡吗？不困吗？"

我笑着摇摇头，说："我不困，你睡吧，到站了我叫你。"

她含糊地"嗯"了一声，换了一个更舒服的姿势，又睡着了。

我很高兴她信任我。

到了北京，她热情地带我到处游玩。我没有拒绝，也不想拒绝，我想跟她在一起。一种莫名的感觉在我的心头萦绕着，这样的日子要是能持续下去多好。爬香山时，我们专选没有开拓的小路走。她很兴奋，但是爬到半山就气喘吁吁跟不上我了。我转回去，向她伸出手："来，我拉你吧。"

我害怕她不接受。但她没让我尴尬，她拉住了我的手。于是我们俩一前一后，说着笑着，爬上了山顶。我的心情舒畅极了，我看到了与我家乡不同的山。树叶还没变红，但已经显现出一种层次了，我突然想到毛主席词作中用过的一个词语——层林尽染。

她的脸红扑扑的，一半是因为走得急，另一半是因为少女特有的羞涩。她站在山顶上对着空旷的地方大声喊着、大声笑着。我则在一旁静静地看着，兴奋得像一名荣耀的骑士，时刻关注着自己无比珍爱的宝贝。

回去的车上，我们好不容易找到了座位，有一搭没一搭地聊了几句后，她就睡着了。我想她原来只打算打个盹儿吧，可随着汽车的颠簸，她慢慢地靠在了我的肩上。我伸出手臂轻轻地扶住她，好让她睡得舒服一点儿。

我闻到了她身上散发的馨香，一股对她的保护欲在我心中油然而生。是的，保护她，是我应该做的。但是，汽车到站的时候，她好像什么也没注意到，只是说："到了吗？我们走吧。"我有点儿失望地跟了上去。

我的行程就要结束了。

"以后你打算怎么办呢？"她问我。

"我也不知道。"我低着头说。

"你还想继续考学吗？"

我扭过头去看着窗外。考学，我一直想啊，可是我也因而失去了很多东西。

"如果……你想继续考的话，我可以帮你。"她小心翼翼地说。我知道她不想伤害我的自尊心。

"别的我帮不了，但我可以帮你弄一些复习资料。"见我没吭声，她又说道，"我不大了解你们那里的情况，不过……你的基础很好，不考怪可惜的。不管怎么说，上学是一条出路呢。"

"好，我再拼一年，我……考你所考的那所学校。明年开学的时候我去找你。"

不知是被我坚定的语气吓到了还是因为别的什么，她愣了一下，但随即笑着说："好啊，咱们一言为定。"

她一直送我到列车上，买了好多吃的东西要我带上。"你吃不了，拿回去给你妈妈吃。"我推辞的时候，她就这样劝我。

由于是始发站，离开车的时间尚早，她就坐在旁边的座位上跟我说话。她说了什么我已经忘记了。后来我们就不吭声了，各自想着各自的心事。

过了一会儿，我说："你回去吧，一会儿就晚了。"

她抬头看了我一眼，我看见她的眼睛里噙着泪水，她说："没事，早着呢。"她趁捋头发的当儿，将快要流出的眼泪擦掉了。

"我回去就给你写信。"我说，"明年我肯定去找你，你相信吗?"

"没问题。"她笑着说。

不管我多么留恋，我还是要走。是的，我要走，为的是再回来。如果我想脱胎换骨，就必须经过炼狱的考验。而我，准备接受这个考验，也愿意接受。

杨易：

你好！我想你已经到家了吧? 阿姨好吧?

我想说，很感谢你那些日子陪我一起玩，我已经好久没有玩得那么高兴了。还有，谢谢你一路上照顾我。你是一个善解人意的好男孩，我很高兴能够遇到你。如果老天不让你这样的人达成愿望，那就太不公平了。

所以，只要你努力，就没有什么不能成功。

记得啊，我在学校里等你呢！

随信寄上几份复习资料，也许对你有帮助。

祝

平安快乐！

李怡然

××××年×月×日

回家不久我就收到了她的信，那时候我正在办理复读手续。

从此，每两个星期，我就收到她的信和资料。而这些，不仅仅在学习上帮我，也在精神上支持我。

每天，帮母亲忙完了活计，我就趴在小灯泡下学习。母亲不善言辞，只是默默地给我端上一杯水，或者在一旁轻轻地给我打扇。就这样，我的学习成绩和我的眼镜度数成正比增长着。胖三却说戴副眼镜跟我挺相配的。

二

每一个蛹都想变成美丽的蝴蝶!

拿到录取通知书那天,我跑到父亲的坟前失声痛哭。不知为什么我会这么做,我从不知自己心中竟然埋藏着如此澎湃的感情。真的,生活并没有痛苦到让我承受不了,为什么就要到手的幸福,会让我如此心痛?

回到家,母亲已经摆好了香案,我恭恭敬敬地磕了头。左邻右舍也不断有人来道贺。胖三也抱着他的大胖儿子过来,说要沾些状元的喜气儿。我母亲抱着那孩子,欢喜得不得了。我却觉得鼻子酸酸的。

临走的时候,我特地去找胖三。从我本就不多的盘缠里拿出五十块钱给他,托他照料我的母亲。胖三坚决不收钱,拍着胸脯说:"你妈就是我妈,咱俩谁跟谁啊!你要这样就是看不起我了。"

我只好收回了钱,对他感激不已。胖三也真的履行了他的诺言,当我母亲突然去世,而我行尸走肉般回来的时候,一切事情都是他帮忙打理的,我感激上苍赐给我这么好的朋友。

到了学校,报过到,我连床铺也没来得及收拾,就径直去找她。我很想见她,也很想让她见到我,我跟一年前又不一样了,她变了吗?

"找李怡然啊?她跟男朋友出去了。你是谁啊?给她留个条儿吧。要不等她回来我告诉她一声,让她去找你吧。"

她的室友热情地招呼我,但我只是含糊地应了几声就抽身走掉了。高涨的情绪一下子降到了极点,我毫无目的、一步三回头地走着。

一辆小轿车停在了我刚刚走出的单元门口,一个女孩从副驾驶的位置上下来了,身材美极了。她趴在驾驶室的窗边跟开车的人说了几句什么,在他的脸上亲了一下,然后对他摆摆手道别。

我刚要转回头离开,忽然觉得那身影很熟悉,是她,是她!

我站在路边,一时不知道该做什么。小车从我身边缓缓滑过,我看见一个衣着考究的青年男子悠然地握着方向盘。忽然一股莫名的悲哀向我的心头袭来,我转身快步离开了。

第二天,我随着大家在校园里转了一圈,回来时,见她正在餐厅门口等我。我虽然已经见过她了,仍然很激动,把母亲让我带给她的土特产都拿出来。

"呀。谢谢你，谢谢你，这么多啊！"她一边说着，一边好奇地看这看那。

"没有什么，都是自家的东西，你别嫌弃。"

"哪里话，我高兴还来不及呢！我同学告诉我说昨天有人找我了，是不是你？你刚走我就回来了，怎么不稍等一会儿？哎，我同学说你很帅呢！"

"啊，太晚了，我怕打扰你们。"

"没事，我们寝室的人都很热情的。一起吃饭吧，一年没见了，再好好聊聊。走吧，走啊。"我答应了，要拒绝她真难哪！

我说："每回收到你的信我都很高兴，我常盼着收到你的信。"她笑了笑，可我无法捕捉到她的感情。

"昨天，你同学说你跟你的男朋友出去了。"我又说。

"啊……"

这时，服务员端了菜过来。

"先吃着吧，凉了就不好吃了……"她说。

我顺从地拿起筷子，不知道为什么她总能影响我的感情。

"他一定很有钱吧，我看见他自己开车。"我说。

"还可以吧，他搞房地产的。"她头也不抬地说着，一边将新端上来的菜夹到我面前的小碟子里，"来，尝尝这个。"

"我要你寄照片给我，你怎么不寄呢？"我问道。

"你这不是见着我了吗，还要照片干什么？"

"可是，那一年我很想你啊。"我鼓起勇气说。

她笑了笑，没有表示什么。

"你不相信？"

"我相信、相信，你真可爱。"她半真半假地说。

"我妈想放假的时候你能跟我一起去家里玩几天，她想见见你，当面谢你。"

"啊，好啊，我很想去你们那儿看看呢。不过离放假还早呢，我也不知道到时候能不能去，你先不要跟阿姨说，免得到时候她失望。"

我漫不经心地舀着碗里的汤，问道："你跟我在一起，你的……呃，男朋友……在意不？"

"他没那么小气。"她脱口而出，但她好像意识到了什么，又说，"我有我的朋友，这很正常，没什么大惊小怪的。"

"周末的时候你带我到处走走吧，我还哪里都不知道呢。"我说。

"好啊，你什么时候想出去了，就叫我。"她的眼神像春风般温暖，但春风不只吹给我一人。

我不知道这次谈话预示了什么，我想我没有理由也没有资格要求她告诉我所发生的一切。我虽然真的很喜欢她，但也不清楚这是不是爱情，即便这是爱情，也不意味着我有权利知道她的一切。

如果需要，我的适应能力还是很强的。接下来的一段时间里，我经常去找她，我们一起去书店、逛商业街、游公园、看博览会，去了好多地方。

我在最短的时间里学会了跳舞，这样，周末我就有借口约她出来。让我奇怪也让我高兴的是，她的男朋友并不常约她，她有大把的时间跟我在一起。

有一次，我又去找她，她没在，我便与她的室友聊了起来，从而知道了这一年来她家发生的变故。

原来，一年前，她的母亲得了重病，需要很多钱来换肾。这时候，她的校友，比她高两届的师兄，也就是她现在的男朋友，向她伸出了援助之手，而在照顾她母亲的过程中，他逐渐打动了她，终于走进了她的生活里。

当我们又见面的时候，我问她家里发生了那么多事情为什么不告诉我。

"有什么用呢？而且你在考学，怕影响你的精力。"她说。

"可我们是……好朋友，我总可以在某些方面帮上忙的。"

"那个时候，我不光需要精神支持啊，我更需要钱。"她苦笑了一下，"几十万啊，把我自己卖掉也换不来！"

我一时不知道该说什么。

"我过惯了安逸的生活了，突然的变故真让我受不了，要不是他很有钱，他可以让我随心所欲地生活……"

"你真的很喜欢他吗？"我忍不住打断她。

她定定地看了我一会儿，说："是啊，除了喜欢，我也很感激他。"

"如果我想从他身边把你夺过来，我该怎么做？"我想我那时候准是被苦恼冲昏了头才问出这么笨拙的问题。

她笑了，说："那你得比他更优秀才行。"

比他更优秀！比他更有钱！我暗暗下定了决心，我一定会做到的，该由我来保护她的。

我给自己定了一个宏伟的目标，我开始学着做生意，在学生寝室里推销各种小玩意儿，也出去帮一些厂商做促销。也许做家教更适合我的身份，可是那太小儿科，或者说来钱太慢，成长性也差，不能达到我的目的。

正当我踌躇满志要实施我的计划时，更大的噩耗传来了——我的母亲外出劳动时不小心摔倒，医治无效……去世了！这真是晴天霹雳！我欲哭无泪。

我什么也没有处理就赶回了家里。趴在母亲的棺木上，我哭得昏死过去。醒来后，我好几天都不想说话，什么也不想做。好多人在劝我，可我听不懂他们在说些什么，我只是木然地点着头。

胖三忙里忙外地帮我招呼左邻右舍和亲戚们。我多亏了有这个朋友，他现在已经是包工头了，我也帮他搞到了几个工程，好人总会有好报的。

暑假过完的时候，我的心情也恢复得差不多了。我把父母的遗物收拾起来，放进我母亲陪嫁的一个大柜子里，并把房子的钥匙交给了胖三，托他帮忙照料着。怎么说，这也是父母留给我的遗产，我不想让它们坏在我手里。

三

我顺利地通过了补考，但我的生活不再像从前那样了。

怡然已经毕业，她没有留给我任何联系方法。我知道我离开学校以后有好多事情是她帮我处理的。在家里的时候我曾收到她给我的最后一封信，说了一些宽慰的话。可是，哪怕现在我只想对她说声"谢谢"都无处去寻她。

曾经照亮我人生之路的明灯灭了！我成了孤家寡人了，孤独开始笼罩我。

我封闭了自己，把自己变成了一台学习机器，不管怎样我仍旧记得我要比他更优秀！我不但学习自己的本专业——中文，还自修经济管理系的课程。当我把我学到的知识融会贯通的时候，我发现好多方面都豁然开朗。我把自己的见解写成小文章投到报社，没想到居然发表了，我受到了巨大的鼓舞，从此便经常写些东西，不久便有报社向我约稿。

毕业那年，当我拿到双学士学位的时候，也收到了一家报社的工作邀请函。

不管怎样，毕业典礼我还是有些激动，当白发苍苍的教授给我的学士帽拨穗的时候，我的泪水悄悄地滑落下来。那位教授慈爱地抱了抱我的肩膀，我擦去眼泪对她笑了笑。

如果我的母亲在的话，她一定也会这样做的。

走下主席台的时候，我仿佛看到怡然的身影在人群中闪过，我急忙定睛寻找，她却已消失不见，再也找寻不到……

然而，当晚上我从庆祝晚会上喝得半醉回到寝室时，却接到了她的电话，她祝贺了我，并为没去家里见我母亲而表示歉意。

我问她在哪里，她只说她正在开往深圳的列车上。

由于激动和醉酒，我说话语无伦次，但我知道她明白我说的都是真心话。我说："我很想你，我已经没有一个亲人了，不管我快乐还是痛苦，都不会再有人跟我分享了。你说这样活还有什么意义吗？"

她急忙说："杨易你可别这样想，你知道我一直愿意跟你分享。"

"是吗？"我问道，"你愿意在任何时候都这样吗？你知道我愿意为了我妈妈和你奉献一切，现在妈妈已经走了，我只有你了。"

想到我的母亲没有享过一天福就走了，我就受不了，也许我的话说得重了。

"杨易，你怎么了？我知道你是很坚强的，以后的路还长，你会遇到各种各样的女孩，那时候就会知道你的感情归宿到底在哪儿，不要总想着以前的旧圈子。"

"好啊，"我吸吸鼻子说道，努力忍着，不让眼泪再流出来，"我可以脱离以前的旧圈子，可却不能忘记你。"

"杨易，你知道我已经……"电话信号忽然中断了几秒钟，我没有听到她下面的话，一时也顾不了那么多，急忙问以后如何才能联系到她。

她只是轻描淡写地说了句："我会给你打电话的！"就挂机了。

我睁着眼睛到天亮，看着阳光从窗户照射进来，发现，太阳虽然是同一轮，但阳光的味道却与家乡的不一样，这里是陌生的，像无形的枷锁套牢我。

回想着怡然昨晚的话，渐渐地我睡着了，整整睡了一天，以此拯救我劳累不堪的大脑。

我终究没有去报社工作，虽然我也很向往那种生活。但是，我要在同样的领域里跟他竞争。

步入商界，我的眼界也开阔了许多。我过去的生活经历使我更有容忍力和忍耐力，而我的野心则能促使我认真地思考和处理事情。没过几个月，我便能在这种关系微妙的地方如鱼得水了。

一晃两年过去了。两年里，我做过各种各样的事情，只有一件事我是毫无心思去做的——找女朋友谈恋爱。

作为一个部门经理，我得面对许多人，包括女人，但是，从身旁的女职员到生意场上的阔姐儿，没有谁让我动过心。为了生意，我也陪同客户出入娱乐场所，但我并不沉溺其中。并不是因为我是多么的伟大，而是，怡然的影子已经种在我的心里，她如此纯洁、高尚，如果我做错了什么，她准会说："杨易，你怎么能这样？"我受不了她的蔑视。

在这期间，我仍然没有间断写作，因为有了实际的操作经验，我的文章更有深度，更有现实意义，也给我带来了小小的名气。一些高校的经济论坛和各种协会也常请我去给学生做演讲。我喜欢这样繁忙的生活，因为这样我总有事情可做，总有事情可想，这样我就没有时间梳理内心的繁杂，没有时间碰触那个我害怕的领域。

两年里，我有很多途径可以找到怡然。我知道她已经跟那位学长结婚了，她创办了自己的公司，经营化妆品业务，生意挺不错的。我常向认识的女伴推荐她公司的产品。由于竞争的缘故，我时常关注她丈夫的公司，他的业务开展得很不错。在一次业界人士的聚会上，我几乎要见到她了，但是我不得不奉命去机场接我们戴总的宝贝女儿。在我启动车子的时候，远远地见她挽着丈夫的胳膊走进了酒店。

我可以找出许多理由去见她，可是一到真正去做，我就怯懦了。我知道她丈夫很爱她，业界的朋友都知道他花在老婆身上的心思不亚于花在事业上的。在这个什么都可以迅速更替的时代里，结婚四年，对妻子依然能像恋爱时那样去关爱，不得不令人敬佩。

每当这时候，我的心里就有一种说不出来的滋味。我从心底里希望她幸福，可是她幸福也就意味着我无药可救。如果现在，我以咄咄逼人的追求者姿态闯入她的生活，她会怎样呢？他会怎样呢？我会怎样呢？

四

"唉——"想着这些，我禁不住叹了一口长气。

"你叹什么气呢？"戴总的女儿，那个有着跟英国王妃同样名字的女孩，忽闪着好看的眼睛问我。

我没有回答她，而是玩味着她的名字，"戴安娜，戴安娜……你爸爸真会起名字。"我笑着说。

接下来的几天，我被放了长假。因为戴安娜"钦点"我陪她四处游逛。她在国外学习，已经有两年多没有回来过了。

戴安娜是那种有些任性但善良纯真的女孩。优裕的生活加上长久待在国外养成的生活习惯，使她少了许多矜持，多了许多热情。跟她在一起的日子我也很放松。她是一个不会盯着我的失误以期利用的伙伴，我仿佛又回到了孩提时代，奔跑，狂笑，自由地宣泄我的情感。忽然发现，我的心其实并没苍老，只是我心房的盔甲太过沉重，没给心喘息的机会罢了。

"知道吗？你很有魅力！"当我跑够了、闹够了，躺在草地上休息的时候，戴安娜盘腿坐在我的旁边，打量着我说。

"是吗？"我把胳膊垫在后脑勺下面，眯着眼睛问道。

她点点头，用手支着脑袋看着我。

一种莫名的感情向我的心头袭来，我一时理不清楚。一股热流想要从我眼中迸出。我放低了头，闭上眼睛，轻轻地叹了一口气。

我感觉她抱住了我，把头伏在我的胸前，低声呢喃："杨易，杨易。"然后她抽泣起来。

我本能地拥住她，轻轻拍着她的肩，问她哭什么。

"杨易，我喜欢你，我真的好喜欢你啊……"她有些泣不成声了。

我想坐起来，但被她紧紧抱着，我动弹不得。面对这个比我小了将近十岁的小姑娘炽热的表白，我竟不知道该说什么好。我拥着她，脑子一片空白。

旅行结束后，我又回到了从前的生活轨道，不同的是，我经常接到安娜的电话，约我去吃饭、打球，或者只是说说笑话。而我，也从心底里希望她快活。于是，我到花店里订了鲜花，按时给她送去。我知道像她这样的女孩，对金银珠宝是不屑一顾的，所以我还送她造型别致的陶器、泥人和竹器，她果然喜欢得不得了。

而她总是拉着我的手说："杨易，我不想做你的小妹妹。告诉我你喜欢什么样的女孩，我可以学。"

我说："不，我不想让你变得跟别人一样，你这样很好。其实我并不高尚。我曾经很爱一个女人，而且直到现在，我还在期待着，没有人能取代她在我心中的地位，如果谁想这么做的话，那只能在她的阴影里生活，永远不会幸福的。"

她噙着眼泪咬着嘴唇看着我，但终究没有让眼泪掉下来。

两个月后的一天，戴总找我，问了一些工作上的事，又说："我长你几岁，是你的上司，也可做你的兄长。"弄得我一时摸不着头脑，于是我说："戴总，有什么事情您尽管吩咐好了。"

戴总沉思了一会儿，才说："你跟安娜……怎么了？"

"戴总，我……"

"你不要有顾虑。"他打断我的话，"我的女儿我最清楚，最近她要开学了，可不知道怎么搞的，她不肯走。知道这一段时间她经常跟你在一起，就想问问你。"

于是，我把事情的经过原原本本对戴总说了。

他点点头，很郑重地对我说："杨易，这事我也有错，可是不管怎样，我希望她能完成学业。这事，需要你来帮忙。"

我点点头，走出了总裁办公室。我没有心思做事了，于是找了个地方喝酒，周围的一切跟我的心绪一样，乱七八糟。

我想着跟安娜在一起的那些阳光灿烂的日子，她活泼可爱，热情单纯。我想着几天前在电视采访中见到的怡然，她高绾的发髻、合体的裙装、自信的谈吐、从容优雅的韵味沁人心脾，使我的欲望又膨胀起来。

"她是我的！她是我的！"天哪，我的心要爆裂了，一股热流灼痛了我的喉咙，我不由自主地张开嘴把它喷了出来……我彻底醉了。

当我醒来的时候，发现我已经躺在自己的床上，可这一切是怎么发生的，我一点儿印象也没有，我断篇儿了。

这时，电话铃响了，是安娜，她约我一起吃午饭。"我想你也该醒了，头还疼吗？你怎么醉成那样？"

"你怎么知道我喝醉了？"

"呵，我还照顾了你一个晚上，你就这样跟我说话！"她抗议道。

我的心"咯噔"一下，我……我没有做过别的什么吧？我急忙赶到约会地点，见到安娜的时候我有些心虚，她倒是关切地问这问那。

原来，她昨天晚上要约我一起吃夜宵，打了好久的电话我的手机也没人接听，后来终于有人接了，说手机的主人在某某地方喝得烂醉。她急忙赶过去把我拖回家，直到看我睡平静了才离开。

"谢谢你！"我由衷地说。

她笑了笑："我明天就要走了。"

"这么快？"我突然有些神伤。

"你不想我走？"

"不，不是……我……"我都说了些什么呀？我使劲地敲着自己的脑袋。

"她叫怡然，是吗？"她忽然问道。

"什么？"

"昨晚你一直都在喊她的名字。你一定爱她爱得很苦吧？我没法儿体会你的感情，可你的样子真让人心痛。要是有一天，有谁也能为我这样……"她哽咽了。

"你也叫我的名字了，可是你说'安娜，对不起'。我想你只叫我一个人的名字。"她伏在桌上抽泣起来。

我无措地握着她的手："安娜，对不起。"

"我不要你说对不起。"

我没有办法，只好让她哭个够。

"爸爸说你很快会有假期，到时候你来看我好吗？我可以带你到处玩。"她终于慢慢平静下来。

"好啊，到时候我一定去。"我这句话里充满了敷衍。

五

在一次竞标会上，我见到了怡然。

她伴在丈夫的身边，跟他低声说着什么。当我们的目光相遇时，她平静地对我点点头。但直到会议结束，她也没有再看我第二眼。而我，要不是戴总在旁边提醒，几乎没有心思再考虑竞标。看到她丈夫踌躇满志的样子，嫉妒之心油然而生，我心里有一个声音在说："我要战胜他！"我强迫自己收回思绪。结果，我们公司拿到了这个工程。

会议结束后，她的丈夫过来向戴总表示祝贺。听了戴总的介绍以后，他握着我的手说："你就是杨易？常听怡然提起你，咱们是老校友了，有空来家里坐。"

我诚心道了谢。"常听怡然提起你。"很长一段时间里，我每想起这句话，都会满心欢喜。

当工程进入稳定运行阶段时，我便向戴总申请了假期，去赴安娜的约了。

找一个没有人认识我的地方彻底疯狂了两个月，重回公司的时候，我有一种脱胎换骨的感觉，同时我也给戴总带回了对他洋女婿考察的结果。

但戴总不经意的一席话，让我的好心情消失得无影无踪。虽然他并没意识到这一点，他只是想告诉我一件事情而已。

"你知道吗？霍总走了。"

"谁？"我一时没有反应过来。

"就是那次竞标会上你的那个校友。两个月前那次飞机失事，他是罹难者。"

我的脑袋"轰"地大了，很担心怡然会怎么样。"幸亏他太太没有跟他一起去……"戴总接着说。

"哦。"我无意识地应着，思绪恍然。

当我敲开她家门的时候，已是下午四点多。怡然看见是我，有些意外。她穿着深色衣裙，憔悴了许多，但那种历经沧桑后成熟而忧郁的美丽更加摄人心魂。

"我刚从国外回来，知道了，就赶过来了。"我说。

"谢谢，喝点儿茶吧。"

我实在不知道该说些什么，我也不想打破这沉默。

"我回去了。"我说。

她站起来准备送我出去。

"下周，我再来看你。"出门时我回头说道。

她点点头，轻轻关上了门。

以后的日子，每个周末，驱车两个小时去看她成了我不变的安排。我不过是跟她吃吃饭、喝喝茶、逛逛商场，或者边看报纸边等她处理公司的事情。看着她的心情慢慢恢复，我很高兴。

她从来不留我住宿，尽管她的房子很大；她也从来不问我夜里十二点以后离开她的家会去哪里。

直到几天前，下了大雨，我陪她在家里看电视，是美国影片《西雅图夜未眠》，她感动得哭了。这时候，她不再是戴着坚强面具的李总，而是真正的李怡然。

我握着她的手说："也该有个人照顾你了。"

她抽了一张纸巾擦擦眼睛，叹口气说："我是曾经沧海……"但她忽然意识到了什么，收住了话，低下头。

"我知道，"我平静地说，"可是你也该知道，我对你，也是曾经沧海啊！给我一个机会，让我照顾你，好吗？"

她没有说话，只是将头靠在沙发靠背上，闭上了眼睛。我看见泪水顺着她瘦削的脸颊流下来。我轻轻地凑过去，用我的唇将其吻干，全是咸涩的滋味。

但当我要吻她的唇的时候，她拒绝了。

"杨易，别……让我想想吧。"

我点点头，替她擦去脸上的泪痕。

"我不想让你流泪，永远不。"说完，我就起身离开了。

她没有挽留我，虽然外面大雨如注。

明天，又是周末了，我还会去看她，可不知道等待我的将是什么……

都江堰奇遇

都江堰，一个以其悠久历史和独特景观而闻名的地方，镇静地躺在四川盆地的怀抱中。

这一天，一位年轻的大学生郭凡来到都江堰，准备度过一个与世无争的轻松假期。

郭凡一进入都江堰景区，就被这里独特的自然风光所吸引。他沿着都江堰的古老渠道慢慢走着，感觉到一种仿佛穿越了时空的奇异感觉。

在拜祭了世界水利工程的鼻祖李冰父子后，郭凡体验到了一场奇妙的经历。

晚上，郭凡在都江堰景区附近找到一家神秘的小店，名为"时光门"。店铺内弥漫着一股玄幻的氛围，迷人的装饰让人仿佛进入了神奇的世界。

店主是一位看上去年轻而神秘的男子，他微笑着看着郭凡的到来。"欢迎来到'时光门'，寻求你心灵的救赎。"他的声音仿佛隐含了无尽的智慧。

郭凡踌躇了一下，然后说道："我想要一个最奇妙的冒险，希望能发现一些令人兴奋的事情。"

店主微笑着，拿出一个古老的药瓶。"这是一瓶时光药水，能带你进入一个完全不同的世界。但要注意，时间在那个世界里会比现实中更快，而你只有三天的时间。你敢吗？"

郭凡感到一阵颤抖。他一直对玄幻小说中的世界怀有浪漫的憧憬，这似乎是一个难以置信的机会。"好吧，我敢！"他决定试一试这时光药水的威力。

店主给了郭凡一瓶药水，并告诉他如何使用。郭凡忐忑不安地喝下药水，接着，他就感到自己的身体突然变得轻飘飘的。

当他醒来时，他发现自己身处在一个神秘的山谷中。这里充满了奇怪的生物和蒸腾的魔法气息。郭凡惊喜地发现，他已经被时光药水带到了一片充满玄幻色彩的大陆。

这个世界充满了魔法与奇迹。郭凡遇见了一个魔法师，他告诉郭凡这片大陆上有一个神秘的圣地，传说中隐藏着一把神奇的剑。这把剑拥有着无穷的力量，可以实现任何心愿。

为了寻找这把神奇的剑，郭凡与魔法师展开了一段冒险之旅。他们遇到了许多危险，但郭凡凭借着坚强的意志和聪明的头脑，渐渐掌握了魔法的要领，并解开了一个个谜题。

在他们历经重重困难和磨难后，郭凡终于来到了圣地。他紧握剑柄，感受到一股无比强大的力量涌入他的身体。郭凡决定将这剑带回现实世界，用它帮助他们打造一个更加美好的未来。

当郭凡回到现实世界时，他发现自己回到了都江堰的景区。他拿着神奇的剑，召唤出了一个巨大的风暴。这股风暴吹散了都江堰周围的浓雾，还原了李冰父子治理水利的壮丽场景。

人们惊喜地发现，都江堰的水利工程竟然重新运转了起来。郭凡成为救赎都江堰的英雄，他的事迹在全国范围内引起了巨大的关注。

而郭凡也明白了，真正的冒险从来都不是追逐玄幻故事的梦幻情节，而是融合了奋斗、智慧和勇气。

这是郭凡在都江堰的奇妙冒险故事，一个揭示了玄幻与现实之间的连接，以及人生中不可预知的奇迹。

在此之后，郭凡继续他的大学生活，但他心中始终怀抱着这段奇妙的回忆，时刻提醒着他，人生的每个时刻都可能释放出意想不到的力量。

母亲，那一场山坡上的梦

春节，我没回纽约，是陪九十多岁的老父亲度过的。

大年初一，上坟，祭奠已故的母亲。

也许是家教太严，也许是我家祖上的规矩，每年的大年初一、清明节、七月十五、十月初一这几天，必须到坟上祭祖。无论儿时在老家居住还是后来住在百里之外的城市，一年四次，雷打不动。否则，母亲便会家法伺候，那就是跪在炉渣上用脸接受巴掌的管教。多少年来，无论我在哪里，都会想尽办法恪尽职守，始终不敢忘记母亲教诲："要想富，敬祖墓！"

上一年，我人在美国，距老家万里之遥，况且洽谈的商务合作事宜还未处理完毕，可清明节马上就要到了，真是一筹莫展！

记得那是星期一的早晨，妻叫了我几次，困倦的身体被舒适的席梦思牵着，无论我如何努力都爬不起来。朦胧中听妻说："你没法儿回中国老家祭祖，快起床去法拉盛挑几样好菜，再买上几把供香，在家里祭祖好了。"我说："今天这事一律由你主管，我就不插手了。"妻说："这不是说好的事吗？不是说今天是爷爷的祭日，不能回老家上坟，由你在家里供香吗？"

没错，昨晚是有这么个协议。可又一想，几十年风雨无阻都要按时回老家祭祖，就因为在美国便坏了规矩不成？老母亲的家法忘哪儿去了？不行！我便决定妻子可以不回去，但儿子希希和女儿Angela必须与我立即启程回老家。于是我带上鞭炮、黄纸和爷爷生前爱抽的香烟、爱喝的酒，驱车前往机场……

来到爷爷坟地，已是正午时分。早我一些来到的母亲很是吃惊。"不是昨晚打电话说好不回来嘛，咋会突然冒出来呢？"她慈祥的脸上带着些许不解的疑惑，但看得出来，她心里是满意的。

待祭过爷爷和祖宗，我已是饥肠辘辘，顿觉真不如在美国家里待着买菜做饭的好。这荒山野岭的，上哪儿打发这难耐的饥肠呢？

母亲瞅我的眼神，她已心领神会，她仍像教育孩子似的笑着说："四十多岁的人了，咋还恁没出息？你带希希和Angela在坡上转转，我去烧饭。"说完便走向山坡下的小沟。

我有些茫然："这里？烧饭？"怀疑我的耳朵出毛病了，转头问女儿："你奶奶刚才说什么？"女儿也是一脸不解。

母亲属于有头脑有魄力又特勤劳的那种农村妇女。家里的、村里的、容易的、难办的，大大小小的事都让她料理得井井有条。要不她怎么能在乡里担任三十多年的妇女干部呢？光乡长就换了四任了，她照当妇女干部。要不是年龄的问题准能当乡长！放到现在，那她还不得是女强人或女企业家，说不定也弄个女市长什么的当当，或许也能带领一方百姓致富奔小康哩！

母亲在我的心目中属于那种温和中带有强悍、精细中带有自信的形象。她小时候家境贫寒，很小就出来做事情，一天学也没上过。但是在那红色的年代里她愣是练就了一身的功夫，能写一手漂亮字、能打一手好算盘、能做一手好裁缝，还能在成百上千号人的会议上不用稿子讲话做报告。关于妇女工作问题她更是张口就来，讲得头头是道，从不卡壳。倘若学历也能评定的话，她最起码也得是个本科。我都硕士拿完博士又读满了，到她面前仍感学识浅薄，胆怯。

母亲还常说这样一句话："没有千里的朋友，就没有万里的威风！"细细咀嚼，这话也蕴含着极其深刻的人生哲理。在现代成功学的研究中，人的智商只占成功的20%，情商几乎占据了80%，而情商中有一个非常重要的内容就是"建立科学可靠的人际关系"。母亲在几十年前就和现在的社会科学大师研究的课题不谋而合了！我从骨子里崇拜母亲。

可今天我却颇为纳闷，她要在这野地里做出饭菜的确不大可能，这无异于在森林里寻找桌椅板凳，在矿山上寻找无缝钢管，我倒很想看看这位有能耐的老太太有啥高招来喂饱这远道而来的儿孙。"希希，An-gela，快和你爸下来，开饭啦！"没多大工夫，母亲便扯着嗓门喊道。怪了！母亲真的做成饭菜了？我带着孩子们将信将疑地走下山坡。

嘿！那铺在草地上的塑料纸成了饭桌，上面摆着蝎子、长虫（蛇）肉、蚂蚱肉、田秋螂、油虫、花蹦蹦、麻雀肉、蚂蚁，还有香味四溢的野山栗。就连祭过爷爷的那瓶酒也摆上了，我简直惊呆了！瞅着满桌的野味，我二话没说便与儿女席地而坐，开吃！

腮下一对尖利的钳子、尾部携着毒钩的蝎子，被盐水浸泡后煮熟，浅黑色的脊背上隐约可见针尖状白色小盐粒，夹一只入口，咸香！椭圆状的蚂蚁尾像一粒粒小黑豆，挖一勺放嘴里，嗯，酸香！一只只金条似的油虫，咬一口，喷香！那麻雀肉、花蹦蹦更是好吃得没法儿说。田秋螂胸肌虽小，肉却细嫩。又甜又面的野山栗，更非烤白薯能比。我边吃边教孩子们吃，还讲着小时候吃这些东西的趣事。春意浓浓的山坡，很静、很暖、很祥和。

母亲挑起一块长虫肉，我急问："小的时候听爷爷说长虫是小龙，那天上的大龙就是小龙变的。打死一条长虫，会得病生灾；打死十条就惊动龙王，要大祸临头。吃长虫肉那不是罪加一等？"

母亲咯咯直笑："傻孩子！现在啥时代了，据说广东和香港吃蛇肉是家常便饭，美国那么先进你连长虫都没吃过？快别少见多怪了。"面对母亲那份深爱，我没敢再啰唆，还是让蛇肉一口口进肚了。

酒足饭饱，心满意足。我们边用纸巾擦嘴，边美滋滋地准备返程。还没来得及问母亲是如何在这荒山野岭弄得一桌饭菜，便突然发现一条碗口粗的大蛇盘卧于路中央，挡住了我们的去路。我心口一阵紧抽，爷爷的话应验了，要出大乱子了！想到这儿，不觉一身冷汗冒了出来。

我立刻清醒了。

睁眼一看，哦，自己还躺在纽约家的被窝里，便断定啥事也没有发生。这是几年前清明节前夕，我在纽约做的一个梦。

2017年的春节刚过，在此，谨撰此文献给我亲爱的母亲！

屈指算来，我离开老家已有三四十个年头了，童年的野餐早已淡忘，可每当想起母亲，就同时想起孩提时代的梦、家乡的梦。

那更是一场想念母亲的梦！儿子想念母亲的梦，真甜，甜得让儿子笑里和着泪，一辈子不愿醒！我跪在坟头，在盈盈的泪水中和母亲对话。

母亲，我亲爱的母亲，儿子想您了，儿子看您来了！

在儿子的心目中，您未曾离开过儿子半步。亲爱的母亲，任凭岁月悠悠，哪怕天老地荒，您永远是儿子心中一面伟大的旗帜！

十年前的春节前夕，您匆匆地离去，使儿子的心碎得五零四散！

曾几何时，儿子匍匐在地哭泣时，擦掉儿子眼泪的总是您；儿子淘气犯错，原谅儿子的总是您；儿子在人生路途中遇到困难与挫折时，为儿子指路的还是您……

哦，亲爱的母亲，您不可能弃儿而去，儿子依旧活在您的襁褓中，依旧那么任性，那么淘气，那么需要您的指引……

回眸黄山太平湖

故事始于春季的一天，当时，我和几个好朋友相约前往黄山太平湖度假。众所周知，太平湖位于安徽省黄山市，是一处以湖光山色著名的旅游胜地。这里有着美丽的自然风光，湖水清澈、青山连绵。

我们一行人早早地来到太平湖，在湖边租了一艘小船，沿湖泛舟了一番。小船在碧绿的湖面上漂荡，湖水在微风的吹拂下荡起层层涟漪，仿佛是诗人笔下的仙境。四周的山峦郁郁葱葱，山上的松树被春风拂动，发出沙沙的声音，仿佛是在歌唱。我们沿湖游荡，感受着大自然的美妙。

太平湖岸边有一处观景台，我们决定登上观景台，俯瞰整个湖景。一路攀登，我们来到了观景台，眼前的景色真是让人惊叹。湖面宽广无垠，湖水清澈见底，仿佛可以看到湖底的石头和水生植物。湖的周围是连绵起伏的山峦，山上长满了翠绿的树林，山间时不时还有瀑布从高处倾泻而下，激起一片白沫。远处的山峰笔直耸立，宛如一尊尊巨人伫立在湖畔，气势非凡。站在观景台上，我们仿佛置身于仙境，感受到了大自然的伟大和美丽。

下了观景台，我们又去探索太平湖周边的小村落。小村落保持着传统的农村风貌，街道两边是青石板铺就的小巷，小巷里有着古色古香的老房子。村民们过着宁静而平凡的生活，他们的笑容和善意让人感受到乡村的温暖。我们品尝了当地的美食，尝到了乡村的味道，还观赏了传统手工艺品。小村落宁静而美丽，仿佛是一个与世隔绝的世外桃源。

黄山太平湖还有一个隐秘的景点，就是太平湖周边的溪流。我们沿着溪流漫步，听着流水潺潺的声音，感受到了大自然的宁静。溪流两侧是茂密的树林，溪水清澈见底，不时有小鱼儿游弋其中。我们脱鞋进入溪中，享受着凉爽的水流，感受到大自然的馈赠。

在太平湖附近的一片草地上，我们找了一个舒适的位置坐下休息。躺在草地上，看着蓝天白云，看着云朵在天空中悠然飘动，仿佛时间也慢了下来。这是一幅让人心旷神怡的画面，我们觉得自己仿佛置身于天堂。

回忆美丽的黄山太平湖，感叹大自然的奇妙。太平湖的湖光山色、古村落的宁静和溪流的清澈，都让我感受到了大自然的神秘。在这个美丽的地方，我们感受到了生活的美好，也感受到了自己的渺小。这次旅行，让我明白了大自然的力量，也让我更珍惜身边的一切。

黄山太平湖是我心中一个美丽的角落，我会一直记得那里的风光。每当我感到压力或疲惫时，我会回忆起那里的美景，让自己重新充满活力。太平湖，谢谢你带给了我如此美好的回忆。

醉酒中的启程

记得那是若干年前的一个周六，天气比现在要好得多，雾霾还尚属"幼年"，天空蓝得透彻，阳光也能铺天盖地。

几个多年不见的铁哥们儿、好朋友、磁兄弟聚会，我也在邀请之列。

稍作修饰，我便按时赴约。由于旅美的经历，守时已成了我内心深处不能逾越的硬规则，所以提前十分钟就赶到预约酒店的雅间。其余几个哥们儿虽来得稍晚，但都没迟到，以前总迟到的那位今天竟也很准时，令我刮目相看。寒暄，点菜，上酒，开喝，交心，感慨……酒意甚浓，气氛和谐亲切。七分醉意之后，有人提议以歌论酒，每人必须唱首歌，歌唱得好，可喝小杯酒，不唱或唱得不好，就得喝酒令杯，酒令杯比小杯最少大十倍。

我唱得还算可以，顺利通过，以前爱迟到的那哥们儿没通过，连续喝了两杯。由于喝得太猛，他看上去有几分醉意已露在脸上，可思路却一点也不乱。第三首歌有哥们儿选择了水木年华的《启程》，唱前先来了段道白："巴尔扎克说过，不幸是天才的晋升之梯，信徒的洗礼之水，弱者的无底之渊。时代需要启程，我们需要启程，只有启程，才会到达理想的彼岸；只有拼搏，才会获得辉煌的成功；只有播种，才会有收获；只有追求，才会品味堂堂正正的人生。"激情满怀，嗓音洪亮。接着便开唱：

就在启程的时刻
让我为你唱首歌
孤独时候要记得想起我
等到相遇的时刻
我们再唱这首歌
就像我们从未曾离别过

别害怕现在的离别啊
微笑着挥挥手说再见吧
明天就等在下一个路口
再远的风景啊我们会到达
向过去的悲伤说再见吧
还是好好珍惜现在吧
你寻求的幸福其实不在远处
它就是你现在一直走的路

就在启程的时刻
让我为你唱首歌
不知以后你能否再见到我
等到相遇的时刻
我们再唱这首歌
就像我们从未曾离别过
…………

也许是大家都喝多了，也许是歌唱得太好，也许是歌词太棒，触景生情，有人开始掉泪，有人小声哭泣，场面喜悲交加，一帮大老爷们儿竟都泣不成声，几十年了，我从未遇到过这种场景。

唱歌这哥们儿，唱完后又大侃一番："人生如梦，转瞬苍颜雪鬓，不管顺风顺水，坦途荣耀；不管逆风逆水，沉浮坎坷，但只要生命继续，没有人会停下脚步，忘记启程，因为足迹在催促着你继续前进！"

一片掌声赞扬！

这哥们儿激动得又接着大侃："高山挡不住奔腾的急流，大海阻不了前进的孤舟。只要你有一颗坚韧的心，何愁不能走出一条金光大道。世俗的高墙琼楼，千岩万壑，怎能挡住你万丈豪情、铿锵步伐。即使岁月的利箭击中了你坚强的躯体，也挡不住你渴望的信念。我们需要再次启程！"

又是一片掌声雷鸣！

这哥们儿又接着喊道："也许，你的航行终生也未到达彼岸；也许，你的攀登一世也未达到顶峰；也许，所有的耕耘到头来一无所获；也许，所有的汗水白白挥洒……但是，敢闯天下者，未必不是勇士；敢于面对失败者，未必不是英雄。其实，人生也就一个过程，奋斗了便问心无愧！"

听到这里，我鼻子一酸，挡不住的热泪从眼角淌下，我从未在这种场合哭过，这是有生以来第一回。

这哥们儿好像意犹未尽，没人劝他，主动又喝了两杯酒。大家似乎被感染，都主动斟酒，感慨碰杯，场面壮观至极。

被称为"作家"的那位哥们儿，平时在这种场面总是少言寡语，可今天一反常态，竟然站起来歇斯底里地唱起自己写的歌："我们的足迹，走过童年的遐想，少年的梦幻，青年的刚愎，中年的老成。无论成功与失败，富有与贫贱，都会留下自己珍贵的足迹。让我们再次启程吧，哥们儿！"

在这种场面下，不醉人那叫不正常。

不记得我是怎样回的家，醒来时已是周日的上午九点，没顾上刷牙洗脸，便打开电脑下载了水木年华的《启程》，继续昨天的感动，再次热泪盈眶……跟着水木年华唱起："就在启程的时刻，让我为你唱首歌……"

拉开窗帘，天气和昨天一样，依旧是阳光灿烂的日子。

世事变迁不迭，岁月逝去又来。许多年过去了，当时聚会的朋友，再没聚齐过，偶尔会打个电话或发个微信，但那个别开生面的聚会，犹如在昨，历历在目。

今天接朋友电话，他饶有兴致地讲述他在北京的发展情况，说势头很好，今年明年会怎么样怎么样……又提起那天的聚会中的"启程"，兴趣所致，我伏案敲击键盘，录下这醉酒中的启程。

火烧摊上的延津哲学

我是辉县人，辉县在太行山下。

而我却于延津耕耘起梦田，延津在黄河故道。

辉县虽离延津不远，但也搭不上边。人，要走什么样的路，很多时候，不是以自己的意志为转移的，在人的欲望、贪婪与恐惧等因素的作用下，你会走向自己根本无法左右的人生之路。

在我中年之时，放着纽约的优越生活不要，孤身一人，在延津国有森林公园，俗称槐树林，一待就是六七个年头。真不敢想象，人的有效生命会有多少个六七年呢？刘震云写道："1942年，好多延津人因饥荒出走。"而如今，这里却是吸引凤凰来栖的美巢。

两个非常要好的同学不解其由，多次电话、微信关心询问，我也照常回复应答，但都是支支吾吾，不愿给他们说出个所以然，其实我也说不出个所以然。我只和他们说我在做一个大型养老项目，还需要打持久战，一时半会儿不会离开中国。愿意聚聚就来看我，反正我是没时间去看他们。

同学纳闷，相约来看我。一个同学定居在深圳，名窦明，我总戏称他"斗明"，他也总戏侃自己："咱就好斗，不斗不明，越斗越明嘛！"由于他太过好斗，在中学时，打架斗殴，十有九次他是主犯。

另一个同学定居在北京，名徐克，与香港电影导演徐克同名，我们戏称他为"导演"。"斗明"所有的大打出手，几乎都是徐克导演的。后来上大学，他们俩都学法律，又是一个寝室，打架斗殴本该收敛，可偏偏愈演愈烈，再加上"斗明"是武术世家，从小练就一身好功夫，总是天不怕地不怕的。《少林寺》的播出，更让他兴趣不减，大有第二个李连杰横空出世的势头，搞得班主任、系主任，甚至校长也不得安宁。

他俩喜欢折腾，更喜欢地摊掠食，前半个月喝酒吃肉，后半个月盘缠不足而吃尽咸菜是常事。我虽不在，也会隔三岔五去大学看他们，加上我，那就更乱了。我们真正的友情，就是从那个青涩的年代结下的。再后来，天各一方，各安各事，但始终心系彼此，相互关注，要不说"一辈同学三辈亲"呢！快毕业那年，他们俩几乎把整个大学的斗殴肇事给承包了，次次都有他们俩。好在那个年代，处理不严，他们俩也没因打架而影响毕业。

今年春节刚过，他们俩就怀揣着疑问来新乡找我，当了一次不速之客，事先并没通知我。待他们来到延津国有森林公园对过青云林海优年小镇大门口时，才给我拨通电话，问我在不在项目上，让我出门"接驾"。

我很诧异，半信半疑地出门迎接，嗨，真是他们俩！

我立即安排他俩入住精装修过的养老公寓。"斗明"虽不像以前那么麻利，但依旧能窥视出练武之人的干练。徐克则还是那么外向，在深圳当了这么多年律师，口才更是了得，依旧动嘴不动手地扮演着"导演"的角色。

驻定，喝茶，聊天，彼此交流，我把青云林海养老项目的投资建设、整体规划、设计理念，以及国际和国内的养老发展趋势做了介绍，尤其对项目本身的交通、环境、医疗、服务等优势做了重点介绍：万亩刺槐森林簇拥左右，国家旅游局挂牌的3A级景区，天然氧吧，空气负氧离子含量较高，水资源丰富，适合养老。在参观项目时，我要他们等再过两年到这里抱团养老，他们欣然答应。"导演"还当面使劲儿夸了我一番："别看金哥不吭不响的，我打心眼儿敬他，一直都很看好他，这项目他做一定不会差。你想啊，无论是纽约之多元与包容，还是乡土之纯朴与厚重；无论清纯铭心的真情，还是故友重逢的豪情；无论自由自在晒旅程，还是神侃闲聊话财经……他都是一把刷子，不服不行！"

我觉得他夸得不俗。

照实说，"导演"和"斗明"算得上是"读过万卷书，行过万里路"的主儿，看完项目后，他们忍不住竖起大拇指，赞不绝口，还说："毫不夸张地讲，这项目搁北京深圳也不落后，在全国也当属前列。在新乡可能有点儿太超前了……"聊着聊着，不觉间，已是饭点儿，同学建议我推荐些延津特色小吃，我脱口而出推荐了延津火烧！

去县城的路上，我开始给他们讲延津火烧：延津的小麦素有"中国第一麦"之称，茅台、酒鬼酒都在延津建厂。另外，白面质量十分好，打成的火烧远近闻名，更是一绝。火烧几乎遍布县城大街小巷、酒楼饭馆，火烧幽香随处可觅，从业人员或男或女，或老或少；或夫妻搭档，或师徒搭档；或倚饭店而设，或街头独立摆摊。据说，仅县城火烧摊点就不下百余处。

火烧馅儿为细碎五花精肉（回民多为羊肉），细盐、葱花、孜然，拌和均匀，面抻开后卷入其中。火烧熟后，买者须从侧面开一小缝儿，以散发其壳内热气，否则，将灼热难以下口。

近些年，延津又流行"夹什"火烧，更加丰富了火烧内容，或鸡蛋或牛肉或火腿肠或豆腐串或绿豆芽，在炉面上切开摊好，佐以精盐、葱花、麻油、孜然、甜面酱、辣椒面、胡椒粉，煎熟后，将火烧环面切开一半夹入芯内，口感香甜适中，麻辣爽口，风味更是别具一格，未及下炉即香气四溢，食者赞不绝口，闻者垂涎欲滴。

在橙黄色的路灯下，我们来到了卖火烧的路边地摊，找了张桌子坐下来，点菜、打酒、开喝。"导演"有点儿血糖高，不如以前那么喜欢喝酒，就借故去火烧炉旁边看师傅怎么打火烧，正好轮着我们的火烧出炉，没想就发生了幽默横生的一段故事：

"导演"拿着热气腾腾的火烧，兴冲冲地忍不住咬了一口，瞬间被烫得嗷嗷直叫，缓过神儿来问火烧老板："老板，你们火烧怎么这么烫，差点儿烫死我！"

老板头也不抬地操着延津当地话答道："就这还是用凉水和的面嘞！"

"导演"似懂非懂地接着又问："那你们火烧怎么这么小？"

"天大，你去吃吧！"老板仍旧直言不讳。

连碰了两个钉子，"导演"有点儿不快，却也不好反驳。看到咬开的火烧里只有零星的肉末，他又忍不住问道："火烧里面的肉咋这么少？"

"咋的，给你包头猪？"老板又是头也不抬地答道。

"导演"听到此话，俨然已被激怒，忍不住地哼哼两声后，带点儿责备的口吻大声喊道："你咋说话恁难听呢？"

老板依旧头也不抬，不紧不慢且平和地说："咋的了，你买我个火烧，难不成还得叫我老婆喊你个亲爹？"

"导演"惊愕，被噎得半天说不出话来，气得脸通红，气呼呼地回到桌跟前，我和"斗明"都听到他们刚才的对话，忍不住捧腹大笑。

我说道："'导演'呀'导演'，你一向思路敏捷口才好，面对法官尚能口若悬河，难道面对一个打火烧的老板就理屈词穷了？"我递给他一杯茶水接着逗他："你可别真的往心里去啊，这话糙理不糙啊！这正是延津人民在生活中，世世代代沿袭下来的语言符号体系，蕴藏着深厚的文化底蕴啊！这是幽默的语言、诙谐的语言，也是延津人独特的语言艺术、文化智慧，你懂吗？火烧老板最后那句回答，是骂了你也不带脏字呀！"

一向嘴上没吃过亏的"导演"，一时没反应过来咋就被骂了，自己主动喝了杯白酒很谦虚地向我讨教。

我提示他："他老婆叫你亲爹，你该是他啥？"

"导演"想了半天："哇！我成了他的老丈人？我把闺女嫁给了他？那我不吃大亏了？陪了闺女又折兵！"

"导演"好像终于明白了这对话里的玄机，自认吃了大亏。好斗的"斗明"，立马起身："咋办？给他练几手？"我马上拽了他一把，示意他坐下："你怎么还像个孩子，见不得'导演'吃亏？"

然后我诙谐地笑笑，略带神秘地给他们讲："延津的文化，可谓博大精深、底蕴深厚，你们一时半会儿也搞不懂。你们呀，只搞明白了最后一句，那前面的三句也寓意更深刻，你们要想整明白，就再喝几杯酒吧！"我调侃着，卖着关子，结束了我们的晚餐。

回青云林海的路上，"导演"一再想问个究竟，就连平时少言寡语的"斗明"也一改常态，问个不停。我绕来绕去，愣要给他们留下念想，始终没告诉他们答案，只说："老话说得好呀，一方水土养育一方人，一方人培育一方地域文化。这用来形容延津地摊文化最合适不过了！知道不？著名作家刘震云，就是获过文学最高奖——茅盾文学奖的那个作家，就出生在这儿。他之所以能写出来那么多好作品，就是延津的乡土文化养育的……

"你们要是真想知道那三句话的寓意，也不说十天半月了，只要你俩两个月来看我一回，一年来个五六回，我就把谜底彻底告诉你们，还要继续带你们领略延津博大精深的文化生活和语言智慧……"

《百年孤独》的奇幻现实主义演绎

引言

《百年孤独》是哥伦比亚作家加西亚·马尔克斯的代表作之一，以其独特的奇幻现实主义风格和卓越的叙事能力闻名于世。通过讲述布恩迪亚家族七代人的命运，以及他们居住的马孔多小镇的历史变迁和荣辱兴衰，马尔克斯在小说中展现了人类历史和命运的奇幻面貌。本文将从马尔克斯的文学风格、主题探索以及社会寓意三方面解读《百年孤独》，细致剖析该作品独特的魅力所在。

一、马尔克斯的奇幻现实主义写作风格

马尔克斯以其独特的写作风格闻名于世，他的奇幻现实主义将现实与幻想完美融合，创造了一种令人着迷的文学现实。他用细腻的笔触描绘马孔多小镇，将古老的传说和神话融入小说中的人物和事件之中，使小说呈现出诗意般的氛围。通过对时间、空间和人物的跳跃式叙述，马尔克斯创造了一种超越现实的艺术形式，让读者感受到超越物质世界的奇妙体验。

二、《百年孤独》的主题探索

1. 历史的循环

《百年孤独》以布恩迪亚家族七代人的命运为主线，通过描述他们的兴衰和沧桑，深刻探索了历史的循环性。小说中的人物命运如同历史的轮回，既是巧合又是必然。马尔克斯通过以马孔多小镇为代表的封闭社会，展示了历史对个人命运的决定性影响，呈现出一种命中注定的宿命感。

2. 孤独与寂寞

小说中的人物无一幸免地都经历了孤独和寂寞的折磨。无论是马库斯和奥雷里亚诺的禁欲主义，还是乌尔苏拉和何塞·阿尔卡蒂奥的相互孤立，孤独成为布恩迪亚家族的共同命运。这种孤独并非是身处孤岛，而是一种内心的迷失和失去联系的痛苦。马尔克斯通过描绘孤独的细节，深刻探讨了人类内心深处的寂寞与渴求。

三、《百年孤独》的社会寓意

1. 决定人类命运的因素

马尔克斯通过小说中布恩迪亚家族的命运，表达了一种对人类命运的思考。无论是个体的选择，还是历史的必然，都对个人命运产生着重要影响。小说中的人物时常受制于命运的安排，但他们依然奋斗着，以自己的力量去改变命运。这对读者来说是一种启示，要对命运有着勇气和决心，勇敢地面对困难和挫折。

2. 对人性的深刻思考

在《百年孤独》中，马尔克斯对人性进行了深刻的思考。他揭示了人性中的悲剧与喜悦、追求与沉迷之间的微妙平衡。小说中展现的种种人性弱点和错误，如贪婪、傲慢、堕落等，与人性的温暖、善良、智慧相交织，形成了一幅真实而丰富的人性画卷。

结语

　　《百年孤独》是一部以奇幻现实主义为基调的经典之作，通过独特的写作风格和主题探索，揭示了历史的循环、孤独与寂寞以及人类命运等重要议题。它不仅是马尔克斯的杰作，更是一部影响深远的文学之作。读者通过阅读这部小说，可以感受到作者对人性和命运的深刻思考，同时也能在奇幻的叙事中体验到现实世界的美妙与神秘。

流金岁月

精明老板奈何总被流氓欺?

海口,观澜湖附近一所高档酒店的会议室,召开一场有关养老地产融资平台的对接会。我看着主持人那积极劲儿,一听说大师要收弟子,就琢磨着可能是又上当了……

前几天,我接到来自北京的一个养老地产融资平台的电话,邀请我到海口参加会议,说能融资,一个什么国际养老基金组织是投资方。刚好春节后公司还没什么事,我也想顺便到海口游览一番,就按时赴约。

自打回家乡做青云林海养老项目开始,我时不时会接到一些陌生的电话,有某某基金组织的、某某融资平台组织的、某某大集团公司投资现场对接会务组组织的等等。反正电话那头的女士一定是热情有加、专业范儿十足,总能把邀请说得诚挚无比,而且会议的规格、档次、内容以及与会人员水准,听着就正规高端。

刚开始,我挺相信这种会议的,像条件反射似的,一通知就参加。会期一般也不长,少则一天,多则三天,很少有超过四天的。会议地点大多是在大城市或旅游城市,像北京、上海、广州、深圳、海口、三亚等,会议酒店基本上都是五星级的。会务费也不算高,平均一个人就是几百块钱。

打你电话的女士,很像一名会算命的"会计",她通常会帮你算笔账,说他们邀请的大师是著名的谁谁谁,讲课出场费已达到多少多少了，你交这么点儿会务费，就可以和大师当面对话，大师会为你的企业量身打造一个未来的发展方案，并介绍你和某某"资本"对接，帮助你的企业快速进入新的发展轨道、迎来发展"第二春"……

照实说，单听听打来的这些电话，心情就会变得舒畅很多。因为她们很会投其所好，总往你心眼儿里"灌蜜"。现在哪家企业不缺钱？企业再大，流动资金也会紧张，因为流动资金是用来周转的，加上中小企业融资困难已是通病，资金犹如企业的血液，永远都在不停地循环，稍有不慎，就会资金短缺，循环受阻，甚至断链。所以，忽悠你去开会培训的"职业杀手"，都会从你的软肋下手，其目的很明确，就是告诉你，通过会议和培训，能让你拿到钱，而且成本很低。一个想发展自己企业的老板，谁会拒绝这种送上门来的馅儿饼？

当今的老板，为了融资，为了包装自己，不惜开豪车、戴名表、用好包，铆足劲儿地装实力！请有头有脸的人吃个饭，只嫌档次低，尤其是酒水，更是非茅台、五粮液莫属，香烟离了"中华"不说事。

其实又有几个人，能真正了解做企业当老板的苦衷？有些老板看上去冠冕堂皇，实际上外强中干，所谓的"门外挂三灯，外明里头空"，说的就是那些为取得各方支持的中小企业主，他们就是满脸堆笑、陪吃陪喝"穷装货儿"。很多时候，一点点细节安排不好，他们就被吓个半死。

有个看上去企业做得很大的朋友，曾给我做过一次推心置腹的"摊牌"，说他年前忙完公司的事，给员工开完工资，办完福利，大年三十回家时，身上只剩百十块钱，打开手机看看网银账户上，也只有几百块钱趴在那儿。他对着手机呆笑了半天，然后泪水被寒风吹得在脸上七零八落地流淌开来。脸上火辣辣的，心里冷凄凄的，那天对别人来说是热热闹闹的春节，对他自己来说，却是"末日"……

嗨，扯远啦！我们做的养老地产，尽管是朝阳产业，是替别人的儿女尽孝心，为别人的父母解忧愁的善事，但找钱和融资依然是企业主的首要任务，必须拥有充裕的资金，才是大头戏。因为它是长线项目，其本身的特点就是"投资大、周期长、回报微小"，没有源源不断的资金做后盾、做保障，就是神仙，怕也玩不转。

所以，面对这样的电话、这样的融资平台，你怎么可能会拒绝呢？不管成功的希望有多少，不管对方忽悠的成分有多大，去撞撞运气的想法还是有的，万一要有人真乐意投了，那不是好事一桩吗？可事实上又是怎么回事呢？

在此谈我的一个小经历。那是2015年秋天的一个周六，我到上海参加了一个叫什么"资本魔方"的会议。会议主办方的背景介绍十分厉害，某某资本集团，实力很雄厚，说有上百亿元在会议上直接对接项目，只要项目够好，别说融资了，就是VC（风险投资）、PE（私募股权投资）都能立马帮你解决。也真是有病乱投医，我们刻意把自己打扮收拾了一番，昂首挺胸地去参加会议。

到会议室门口时，距离会议开始的时间还有五六分钟。会务人员神秘得很，两名保安站在门口像两位正义凛然的门神，就是不让进去，必须按点开门，我们只好站在一旁等候。

终于开门了，与会者必须排队进入，显得很庄重，严肃。会议室很大，像富丽堂皇的宫殿。整个会议室大约能承载六百人，来自全国各地的与会人员依据进会议室的先后顺序被分成几个小组，每个小组一个会议桌，桌上摆满了各种能量饮料，唯独没有矿泉水。主席台上配有一块超大的高清屏幕，屏幕上的标题更是令人兴奋，赫然映入眼帘的是"资本魔方欢迎你！"副标题也不俗——"你可直接获取资金超亿元"。

这不找到钱了吗？太令人为之激动了！

接下来的戏，唱得就更刺激了。伴随着激动人心的音乐，像是财神爷盛装驾临——主持人出场啦！她是一位妙龄女郎，身材像模特，长相和气质出众。她口齿伶俐，嗓音洪亮，俨然一个专业主持人。她的开场白很猛烈，客套问候几句后便直奔主题："你想让你的企业得到大师的帮助吗？你想让你的企业迅速崛起吗？你想通过今天的会议拿走一个亿吗？……大师们今天就帮你圆梦！"诸如此类的话，犹如连珠炮，轰炸着每个与会人员的心脏与大脑。

主持人隆重地推出某某基金或资本集团的大师级人物，他们造场的能力真是堪称一流，只要你集中注意力听下去，要不了多大会儿，就会把你带入极度的兴奋境界，犹如让你半个小时喝了半斤白酒似的，除了紧跟大师的思路走，没得选择！你正瞌睡，他给了你个枕头；你正饥饿难忍，他给了你一碗热腾腾的捞面条，你不上钩才怪呢！你原本的大气、厚道与善良，此时会一涌而出，感恩救星、感恩大师。在企业都是精明的掌门人，在这里却变成了一个个听话的木偶，大师让你干什么你就会干什么，再加上会议桌上的能量饮料随便喝，越喝越兴奋。

正当听得痴迷时，大师会突然中断讲话，说是要想实现融资的目的，必须先当他的弟子。当场交100万元，会成为终生弟子，保你融资成功；交50万元会成为私董会弟子……依此类推，最后一个档次是"俗家弟子"，只收9888元。

霎时间，手持无线刷卡机的女服务生，穿插在整个会场，她们像天使一样，让自愿当弟子的"金主"当场刷卡拜师。平时那么善算计的老板们，置身此情此景中，脑子好像热到了极点，眼睁睁看着有那么多人站起来刷卡成交（也可能是托儿吧）。我仿佛能听到金币流动的声音，像不远处的黄浦江水，哗啦哗啦的。

这哪儿是融资呀？这不是先向大师投资吗？一向自认为还算有点儿防御心理的我，现场也冲动了好几次，可毕竟还是懂得控制情绪的，服务生拿着刷卡机在我眼前催促了几次，我都摇头给予了否定。可最后，还是当场刷卡9888元，心想万把块钱，真扔了也不至于要命。

可事实证明，9888元还真是打了水漂。后来，我缴费的那个大师让秘书告诉我，我这个学员的缴费级别太低，只能再免费听两次课，此外什么也没有。自觉上当，就再没理会过他。尽管还会偶尔接到他的秘书打来的电话。明知冤枉，但也没辙，谁让咱自愿当场成交呢？权当是交了学费吧！

但是，再后来，这种会议我又参加了几次，因为我实在是忍不住。但情况基本上都是大同小异，大都是会议主办方与所谓的大师达成协议，主办方造势，大师忽悠，然后分钱。谈到对中小企业主的融资帮助，那就是扯淡，就像是去矿山上寻找无缝钢管，去水中捞月。说好听点儿叫主办方赚钱，大师致富；说难听点儿，就是共设骗局，敲诈票子，简直是一丘之貉！

忘记是哪位专家说的一句话啦，"一些以融资为由的大讲堂，简直是骗子盛行的大舞台！"放在以培训和融资为名而忽悠赚钱的这种场合，最适合不过了。

我感觉势头不对，马上撤退，迅速离开会场。虽然我是收了很多看上去像大咖的名片，但也只能回家再仔细看了。随即，我到地摊花八块钱买了个新鲜椰子，哧溜地喝着椰子水，觉得无比真实；又花二十块钱要了十个炭烤生蚝，美哉美哉，权当领略了一下"诗和远方"吧。

然后我就打道回府闹元宵，当是上了，但年还是要过的。

毕竟，被资本流氓欺负一次就倒下的老板，一定不是好老板！

核心感悟：面对各类大师的忽悠，必须保持冷静头脑和理性思考，在学习中批判，在批判中实践。就像你走在北京后海的酒吧一条街，总会有些别有用心的人过来邀请你进去坐一坐，还没有最低消费，但，你敢进吗？

我认为，你敢，但不敢进第二次！

老柿树恋歌

　　静静躲在城市的某一个角落，半依床头，微闭双眼，忘却一天的喧闹和疲惫，做几个深呼吸，点支香烟，在袅袅的烟雾中，悠然间闪烁出孩提时代故乡老柿树的影子。

　　记得那是小学三年级，每天放学后，母亲总是还未从地里回来，我飞快地跑回家，推开家门，把粗布做的书包往迎门墙上一撂，便跑到村西口，和几个小伙伴去爬那棵老柿树。老柿树总是老态龙钟的样子，粗粗的主干，却很矮，也许这是它小时候过早开权却没人修剪的缘故。但那些茂密的树权却伸向四面八方，像一把巨伞，几乎遮盖了村西的三亩地。

　　也是这个季节，柿树的叶子厚实，但仍然鲜嫩。摘一片叶子，掐掉叶子顶端，把叶子卷成一个锥体圆筒，用手把一端掐齐，拇指食指用力捏一下，就做成了一个"嘧"（能吹响的玩具），便可吹出声音来，就像唢呐的哨片一样。我双腿卡在树上腾出双手，用手捂上一个圆弧，左手的后几个指头来回翻动，便可吹出"哩喽哩喽"的声音。我们家那只哈巴狗，也就是农村养的土狗，不管正在哪里觅食，或是睡觉，一旦听到"哩喽"的声音，便会来到老柿树下，用两只眼睛死死地盯着树上的我，时不时还前脚离地，发出"嗷嗷"的声音。我吹得越响，小狗就"嗷嗷"得越起劲儿，好像是在与我合奏。

那时候，我唯一可以吹成旋律的就是《东方红》了，比我小几个月的邻居家小伙伴也总是学我的样子爬上树，问我："哥哥，哥哥，教教我吧，我为什么总是吹不响?"我总是毫不吝啬地教他，摘下一片叶子，重做一个"嘧"。他开始几下总是吹不响，慢慢地，他便时不时地也能吹出点儿声音来了，但声音很粗、很闷，不如我吹得脆。我家土狗一旦听到他吹的声音，就愤怒地冲他"汪汪"大叫，好像是鄙视他没有自家主人吹得好。

村里十来个同龄的孩子，听到这种声音，就好像听到了军营里的集合号，一会儿工夫便都聚集在老柿树下。有的迅速爬上树，学着卷"嘧"，有吹响的，也有吹不响的，那些年纪小、爬不上树的孩子，就在树下随着我吹出的旋律唱《东方红》。大约个把时辰后，缕缕炊烟于沉沉暮色中升起，农田里做活儿的大人们也都收工回来，我们的"演唱会也就宣告结束。我会迅速从树上爬下来，带上我的土狗，一起奔跑着回家。

这时，母亲已经在家做好饭等着我，她总是把红薯干玉米面粥端到家门口的青石板上，黑瓷碗被装得满满的，上面放着几丝老咸菜。我用筷子从碗里夹出一片红薯干，撂给土狗。土狗一跃而起，咬住红薯干，被烫得不行，赶忙把红薯干吐到地上，拿鼻子闻一会儿，围着它跳跃着，等不烫了才继续吃。

当我吃完这碗饭时，夜色已不知不觉地淹没了一切，最终，和四周的太行山混为一色，像是我家床上的粗布被褥，凉凉的，又暖暖的。

村里各家各户的土屋里已经点起了油灯，一明一暗的，像是远天的星星，又像是老柿树枝头间飘荡明灭的萤火虫，透过格子窗，映照着农妇们忙碌的身影。地锅炉膛里暖暖的炭火，留着尚未燃尽的余火，闪着火红的光，照亮了山里壮汉的胸膛。每当我看到他们胸膛上的亮光时，我便知道，他们就是主妇们心中撑起一个家的劳力，我还没长大，但总有一天我也会像他们一样。

通常情况下，晚饭后农妇们都会在灶火前收拾碗筷，用浑浊的窖水洗锅洗碗，汉子们也会拿起旱烟袋蹲在街口的青石板旁边，吧嗒吧嗒地抽上几口，逗逗孩子。因为我家门前有块青石板，地方稍大点儿，所以总会有几个汉子在它前面抽几口旱烟，说说田里的事儿，主妇也会在收拾完家务后过来和男人们说上几句打情骂俏的话，忙碌的一天就算结束了。

每到这个时候，母亲总是催我上床睡觉。在母亲的催促声和静谧的黑夜中，我总会伴着夜风中老柿树的沙沙声进入梦乡。

因为我老家吃水贵如油，这年又遇到干旱，按说已临近汛期，往年这当儿也会下几场雨了，可今年却一直干着，水窖里的水接替不上，所以村里的壮汉下晌回来都会跑到九里以外的水库往家挑水。由于父亲和哥姐在外工作，母亲下晌回来又要烧饭，挑水的任务就落在了九岁的我的肩头上，我没有时间再进行"老柿树的演唱会"了。我显然拎不起成年人的挑水桶，只能给在外工作的父亲捎信，为我打造了一副比正常型号小一半的水桶。

当属于我的小桶捎到家时，我非常兴奋，跟着大人们一起去挑水。虽然路途遥远，可是我竟一点儿也不觉得累，反而在很短的时间内掌握了挑水的技巧，有节奏地一步不落地紧跟在大人后面，感觉我已经步入了壮汉行列，在同龄孩子中神气得不得了。他们看到我挑水，都跃跃欲试地想学我。他们拿起我的小桶，模仿我的样子去挑水。可他们总是掌握不住技巧，几乎把桶里的水全都洒了出去。而我挑水就像跳舞一样踩着点儿，侧着身子有节奏地快步向前走，村里的老少爷们儿都夸我是块干活儿的料，小小年纪了不起！

有天，我实在太累了，在跑完九里路到家门口的时候，一不小心被门槛绊倒，母亲听到我"啊"的一声，出门一看，仿佛并不怎么心疼地上的我。她见小桶里的水还没有洒完，就赶忙扶起小桶，又把流到地上的水拿勺子舀到小桶里，这时满满的两桶清水就只剩下大半桶浑水了。母亲像变魔术一样从厨房拿了把白矾，往桶里一撒，过了没多大会儿，桶里的水立刻清了，尘土杂质全都沉淀到了桶底，把上面的清水倒出来，母亲就用那点儿清水做了顿饭。

那时我还是个孩子，过了几天的新鲜劲儿，就不想再跑着去挑水了，但又不好意思跟母亲讲，因为我是家里唯一的男人。

一天，我趴在离我家最近的水窖口往下看，心想，要是水窖里还有水该多好。这时，不知哪儿的光照进去，下面一明一暗的好像是有小水坑。我高兴坏了，就把家里的井绳拿来，绑在扁担中间，把扁担架在井口，用井绳的钩钩住水桶，把水桶运到水窖底，腰里别着小茶缸，这样我就攀着井绳下到水窖里，凭着上面井口透过来的一点儿光，估摸哪有水坑，就用小茶缸一点儿一点儿地往桶里舀。运气不错，这次收集了满满两桶水，把井绳钩固定在一个水桶上，然后爬上去，把这个水桶拉上来，图省事儿的我就趴在水窖口钩另一个水桶。两桶水都拉上来之后，还不能算是大功告成，因为从水窖底收集的水污黑浑浊，我就趁母亲还未回家的时候偷一把白矾撒进去，等水澄清了就把上面的清水倒入水缸，把污泥倒掉。

聪明的我就这样偷了几回懒，母亲问起水为什么少的时候，我就告诉她，是半路洒出来了一点儿，她倒也没起疑心。可是这样的日子没过几天，村里所有水窖里的水都被我舀干了，无奈之下只好继续随大人去九里地以外的水库挑水。

承蒙老天的眷顾，没挑几次水的时候突然下了场瓢泼大雨，山上的水顺着以前挖的水渠一直流向水窖，这水混着干草和牛粪羊粪一起流了下来，虽然不是那么干净，但是把村里的几个水窖都给填满了，杂质沉淀下去就可以饮用了。随着这场大雨的降临，我们迎来了汛期，也就是说，我终于可以结束挑水的生活，继续之前有滋有味的老柿树"演唱会"了。

这棵老柿树和"演唱会"一直陪伴着我度过了童年和少年时期。

多年以后，单位组织文艺活动，无论是唢呐、二胡、笛子、风琴还是口琴，我都能在别人面前显摆几下，就连唱歌时，调子也比其他人拿得准。别人总夸我有天赋，而我却觉得这都是老柿树的功劳。

去年，因为女儿要学乐器，家里添了架钢琴。也怪了，从没摸过钢琴的我，没摸几下琴键就能弹出旋律来了。站在旁边的女儿眨巴着眼睛问："爸爸，你怎么会弹？以前学过？"

我笑着对女儿说："当然学过，是咱们老家老柿树教的！"

女儿眨巴着眼睛更是不解，一副欲言又止的模样。我瞅着她稚幼的表情诙谐一笑，说："爸爸没骗你，有时间了，我一定要带你去拜访这位出色的钢琴老师……"

情人节午餐有点儿"冷"

今天是2月14日，情人节（Valentine's Day），西方人的节日。

只是，在世界东方的中国，过起这节日来，中国人比西方人还要热情有加。

上午，我正在办公室开会，突然接到豆奶哥的电话，说要来青云林海看我。我问他啥事，他说："你自己在国内，也没个人陪陪，这么大个节日，我和你豆奶嫂去陪你吃个饭。"我不解，但瞬间意识到了情人节，就说："好呀，我正孤独着呢！"

我接着问："都有谁?"他说："还有酸奶！"

"OK，等你们啦！"挂掉电话，我就迅速给餐厅做了安排。

也许，您猛一听"豆奶""酸奶"这些词肯定会有些晕菜吧？其实，这是我几个多年的哥们儿相互起的绰号而已。

中午十二点许，豆奶哥、豆奶嫂，外加酸奶，提了几个在市里买的下酒菜，来到青云林海2号养老公寓的餐厅包间。坐定，比较有学问的豆奶嫂就开腔了："金老弟，你在纽约待了这么多年，你知道情人节的来历吗?"

我热情地看了看豆奶嫂灿烂的笑容道："弟学识浅薄，还真的不知道，愿听豆奶嫂批讲！"

豆奶嫂客气地说："兄弟，别看嫂子大门不出二门不迈的，可嫂子爱读书爱学习。我今天就献丑一下，讲讲情人节的来历。"

她喝了口茶水接着说："很多中国人误解了情人的含义，以为情人节是夫妻一方第三者的节日，其实不然。事实上，在罗马帝国时期，信仰基督教是非法的，有一个叫瓦伦丁的基督徒因此被关进了监狱。监狱长有一个女儿，是个盲人，经常在监狱里走动，她被瓦伦丁的博学征服了，对他产生了爱慕之情。瓦伦丁告诉了女孩治疗眼睛的方法，可惜当女孩治好了眼睛，赶回监狱的时候，瓦伦丁已经被处决。当天晚上，她就在瓦伦丁的坟前自尽了！这一天就是2月14日，为了纪念女孩和瓦伦丁这一对恋人纯真的爱情，人们就把这天定为情人节。情人节是纪念爱情的，而不是亵渎爱情的。过不过情人节、怎么过情人节，不在于有没有情人，而在于你是不是一个忠于爱情的有情人！"

掌声雷鸣！想不到豆奶嫂是这般理解情人节的来历和含义！

此时已开始喝酒，酸奶仰头喝了一杯酒接起话茬："豆奶嫂，你那不叫学问。别看我初中毕业，我读书可不少。最近我在微信上读到一段话，那才叫牛。微信上说，世界上有两件事最难：一是把自己的思想装进别人的脑袋里，二是把别人的钱装进自己的口袋里。前者成功了叫老师，后者成功了叫老板，两者都成功了叫老婆。情人节就是告诉你，家和万事兴。跟老师斗是不想学了，跟老板斗是不想混了，跟老婆斗是不想活了。牢记女人不能随便惹：秦始皇惹了孟姜女，刚修的长城被哭倒了；曹操惹了小乔，赤壁木船被火烧光了；李世民惹了武媚娘，李家的江山被夺走了；咸丰惹了慈禧，大清王朝灭亡了；黄世仁惹了白毛女，结果被当恶霸打倒了……所以要好好尊重你身边的女人。不要和她嘚瑟！天干物燥，小心她闹……"

我听得有点儿傻，这都哪儿跟哪儿呀？作为东道主，我也不能只顾沉默，显得我太没学问。我敬了一圈酒后也侃了几句："我最近也发现个事，大家听听神不神？人体有365个穴位，一年刚好365天。人体有四肢，一年有四季。人体有十二条经络，一年刚好十二个月。脊椎有二十四节，一年刚好二十四个节气。人有七窍，一个星期有七天。人与大自然完全吻合……"

我这一番话，好像震住了他们仨，竟然半天没人接茬。

不过没多久，很少说话的豆奶哥接话了："最近，金一南说了一句话，我觉得讲得好，他说小成功需要朋友，大成功需要敌人！你们懂这句话的含义吗？这就是说，鱼那么信任水，水却煮了鱼；叶子那么信任风，风却吹落了叶。人心的冷暖，总是一直变幻，熟悉的陌生了，陌生的走远了。人与人之间，全靠一颗心！情与情之间，全凭一寸真。落叶知秋，落难知友！人生不易，懂得珍惜才配拥有……你想大成功，就得找对手！谁愿当我的敌人，谁敢和我拼拼酒？也给我一次大成功的机会！"

豆奶哥虽然喝得有点儿多，逻辑思维却一点儿都不乱，可豆奶嫂有点儿看不惯："你说话，总是东一榔头西一棒槌的，都是废话！叫我说，人的一生，每时每刻都行走在同自身劣根性作斗争的过程之中，以便使自己向更加文明的方向发展，或疾，或缓。你叫最有学问的金老弟评评，我说得在不在理。你豆奶哥就是胡说，喝点儿酒，话都照不住路啦！"

豆奶嫂的话让我很惊讶，文绉绉的话里确实有哲理呀，我下意识地朝她竖起大拇指。

这时，酸奶有点儿不甘寂寞了，夹着菜喷着酒气大声喊道："今天情人节，你们都讲的啥？简直一个都不着边。我给你们说，八戒在情人节这天问师父，情人节有假放吗？我想去趟高老庄……孙悟空接话，师父，我想去趟芭蕉洞，我嫂子说要包饺子给我吃……唐僧说，悟净，你又想去哪里呢？悟净忙说，我……我只想寸步不离跟着师父……八戒和悟空走后，唐僧笑道，悟净，我们去女儿国吧！感悟：跟着老大走，好事总会有……"

听完酸奶的话，我们几个差点儿笑喷！

我又敬了一圈酒后，想了想说："感谢各位陪我度过这个浪漫的节日！最后我想对你们说，人的一生可以干很多蠢事，但最蠢的两件事千万别干：一是拒绝读书，忽视灵魂；二是拒绝运动，忽视健康！除此之外，没大事可言……"

一片掌声雷动！

"上主食！"情人节的午餐画上了句号。

长岛夏日一瞥

在夏日的长岛，炎热的阳光洒在金色的沙滩上，碧蓝的海水迎接着游客。海浪轻拍着岸边，发出舒缓而又富有节奏的声音，吹来的海风带着咸涩的味道，让人心旷神怡。

故事的主人公是一位名叫安吉拉的年轻女孩。她和家人一起来到长岛度假，远离了喧嚣的城市。安吉拉兴奋地踏上沙滩，感受到细沙在脚下的柔软触感。她穿着鲜艳的泳衣，戴着太阳帽和墨镜，准备迎接一个美妙的夏日冒险。

安吉拉与家人一起在沙滩上搭起了一个小小的帐篷，享受着阴凉和海风的抚慰。他们一起玩沙、堆沙堡，笑声不绝于耳。安吉拉尝试着冲浪，每次都被海浪推倒，但她毫不气馁，再次站起来挑战。她觉得自己与大自然融为一体，体验到无穷的乐趣。

当太阳渐渐西斜，天边的云彩染上了金红色。安吉拉与家人在海滩上举行了一场烧烤晚会，香气弥漫在空气中。他们品尝着美味的海鲜和烤肉，围坐在篝火旁分享快乐的时刻。夜晚的长岛天空布满了繁星，安吉拉仰望着星空，感叹宇宙的无穷美丽。

在长岛的夏天，安吉拉发现了许多奇妙的事物。她在海边捡到了美丽的贝壳，收集了五颜六色的海洋生物。她参加了夏令营，学习了冲浪和帆船操纵的技巧。她结识了新朋友，共同度过了难忘的时光。

夏季的长岛是一个充满活力和美丽的地方，带给人们快乐和放松。无论是享受海滩的欢乐，还是追逐日落的浪漫，这里都是一个可以创造美好回忆的地方。安吉拉将永远珍藏着她在长岛度过的夏日故事，这个故事将成为她人生中的一段宝贵记忆。

一曲遥远的邂逅

这是我很久以前，还在新乡市农行当文书时采访来的一个故事，也算是一篇小说吧。春节前，老友来青云林海优年小镇看房子，又谈起我当年的这篇文稿，邀约我发在"金哥随笔"公众号上，想再重温那段《一曲遥远的邂逅……》，我便应承下来，在今天兑现。

一、天齐

岳天齐说他之所以叫"天齐"，是因为他出生的那天，连续下了三天三夜的大雪停了。冬日的太阳暖暖地照在产房里，他的父亲——因为处事有能力，笔杆子功夫也了得，当时已经是县委颇有头面的人物了，便给他取名叫"天齐"。

见到岳天齐的时候，我哥哥的两个女儿也在座。但她们没有听完岳天齐的故事就被嫂子叫去赶火车了，那天她们要一起外出旅游。

两个女孩忽然很关心我跟岳天齐的谈话，可她们之前对我写文章总是不冷不热的态度。我有些好奇，便以"你们不说我就不写"来要挟她们对我讲实话。跟我闹了一会儿，她们无可奈何地向我公布了两个人的"Girl talk"（女孩间的谈话）。

据她们说，她们私下里认为岳天齐是金庸的杨过，古龙的花无缺，梁羽生的张丹枫，不仅相貌好，名字也好，很有侠客的味道。

我的小侄女"指教"我说："叔叔，你就不要用你那些很俗的词儿来描述他了，你就用我跟你说的吧。"

不论男性还是女性，漂亮的容貌总会使他们在第一时间打动对方。当我看见岳天齐从轿车上走下来的时候就感觉到了。

那天他穿的休闲服，头发还没全干，他抱歉地说刚从健身房赶来。我们谈话的过程中，他又添咖啡又叫点心，间或讲些小笑话，一点儿都没有冷落两个小姑娘。

岳天齐并不辜负他的好容貌，虽然家境也很好，他却不是那种草包型的花花公子。他多才多艺，从小学到大学都是同学中的佼佼者，也是老师们的宠儿。

他读本科的时候是学生会干部和学校剧团的团长，再加上俊美的外貌，真是"引无数美女竞折腰"啊！他身边的女孩子总是换来换去，他好像对谁都很认真，又好像对谁都不在乎。他喜欢众星捧月的感觉，或者说他已经习惯了被人崇拜，他是有野心有抱负的人，他心里有自己的打算。他知道怎样使用自己的能力和魅力，他成功地周旋于各式各样的人中间。

当他捧着一大堆获奖证书毕业的时候，也收到了攻读经济管理硕士研究生的录取通知书。

日子仍旧是风风火火地过着，但这个暑假却是他人生的转折。

岳天齐的父亲已升为市长，他成功地帮助了众多企业家，他们自然是感恩戴德的。这一次，某公司有一个项目要到东南亚各国进行考察，而岳市长自然在被邀请的名单上。机会难得，岳市长就顺便带上儿子，让他也看一看东南亚各国的经济形势。是的，岳天齐一直是他的骄傲。

二、相识

他们去了众多城市，最后经由香港返回内地。在香港，岳天齐遇到了那个让他的生活出现了波澜的女人——傅萍。

下了飞机，已经有车在等他们，而且食宿都安排妥当了，这让岳天齐觉得很奇怪。在去酒店的路上，岳市长不无得意地告诉儿子，从前他在县里当干部时，有个女人因为失手打伤了丈夫而逃掉了，但是男方家里想要置那个女人于死地。那女人就托人找到了当时还在县里的岳市长，他把这事情摆平了。后来这个女人跟了一个在内地做生意的港商，后来到了香港，改名叫傅萍。

"大概是取'浮萍'的意思吧。"岳市长说，"一个女人在外边的确不容易啊。"

在改革开放的年代里，她利用与内地某些企业搞"合资"而得到的干股暴富起来，她如今的家产何止亿万啊！傅萍一直因无法报答岳市长而耿耿于怀，现在终于可以一尽地主之谊。

同来的陈总谄媚地说着岳市长会办事、能力强、重感情之类的话，岳天齐只想着：这个不寻常的女人到底是什么样子呢？

当他们收拾停当走进餐厅的时候，一个穿着雅致的女人迎了上来。

"哎呀，岳市长，您可来了，我等您好久了呀。"她虽然说的是家乡话，但多少仍带点港味儿。岳天齐不禁愣了愣，因为眼前这个女人看起来也不过二十七八岁的年纪，而如果照他父亲说的来推算的话，她应该是三十七八岁才对。他交往过的女人多了，但年近不惑而又不靠扭捏作态保持青春的却没几个。

那女人虽然注意到了他的目光，但她并不躲避："请问这位是？"

"啊，这是岳市长的公子啊。这就是傅萍小姐。"陈总急忙说道。

"我叫岳天齐。"他们握了握手。她的手让岳天齐想起了一个词——柔弱无骨。

在饭桌上谈了些什么，岳天齐已经不记得了，大约也就是傅萍感谢岳市长救命之恩一类的话。他一直注意着傅萍的一举一动，她脸上的妆痕细腻匀称，脖颈上的肌肤洁白平滑，她的手指白嫩修长，指甲也是精心修剪过的，在灯光下闪着莹莹的光；她的态度殷勤而不谄媚。岳天齐只一门心思地观察着这个谜一样的女人，好几次竟然没有注意到父亲的问话。

这时，服务生送来一瓶轩尼诗XO。岳市长虽宠儿子，但关于饮酒一事却管得非常严，因为岳市长深知酒能乱性。

"爸，酒在家里您不让我喝，这次我可以喝了吧？"岳天齐问父亲。

"哎呀，几口酒没什么的。岳市长您把公子管得太严格了吧！"岳市长尚未开口，傅萍已经给岳天齐斟了酒。

傅萍早已注意了这个年轻人，这样俊秀的人物真是不多见，他也不过二十出头的年纪，却有一种从容慵懒的气质，仿佛一切都不被他放在眼里。她想不到岳市长竟然有这样不俗的公子。

"那好，今天你傅姨请客，你就少喝一点儿吧。"岳市长说。

"哎呀，叫姐就可以了，叫阿姨岂不把我叫老了！"傅萍笑着说，"这是我的名片，你想去哪里玩只管给我打电话，我会给你安排。"

岳天齐接过名片并道了谢。

三、吻痕

躺在房间的床上，岳天齐觉得有些无聊。他毫无睡意，也许因为酒的缘故，他觉得心底时不时会涌上来一股燥热。

他拿着傅萍的名片，凭着一种说不出来的冲动，他拨通了电话。

"喂，你好。"对方说的是香港话。

"喂，你好，请问是傅萍小姐吗？我是岳天齐。"他粗通粤语，讲的普通话。

"啊，你好，你好，有什么需要我效劳的吗？"对方讲了一口港味普通话。

"啊……也没什么，我觉得有点儿无聊……听说香港的夜景很美。"

傅萍在电话那端笑了："你下楼来大厅里等一会儿，我马上就到，然后带你去看香港的夜景，OK？"

挂了电话，岳天齐犹豫了一会儿，便像一条鱼似的，一跃而起。

在等傅萍的时候，他还很疑惑自己为什么会打电话，为什么会渴望见她。他还没想明白这个问题呢，傅萍已经拉下车窗的玻璃向他招手了。

岳天齐对傅萍说了些抱歉的话，因为这么晚了还打扰她。

傅萍笑了，告诉他香港的夜生活很丰富的，大家凌晨两三点钟睡觉是很平常的事情，而现在只有十一点多而已。

香港的海滩很干净，海风吹得人很舒服。

两个人并肩走着，说着一些无关紧要的话。岳天齐便向傅萍打听她公司的情况，傅萍就向他介绍了她管理公司的措施和理念，并询问他的建议。

这正对岳天齐的胃口。读硕士研究生这一年来，他已看过许多这方面的书籍，有了自己的想法，却还不曾应用于实践。他向傅萍大谈特谈自己对于内地和香港、亚洲和世界经济形势的对比分析，以及关于企业管理的构想。他还根据傅萍提到的几个案例，分析其成功和失败的原因，讲得头头是道。

傅萍惊讶于自己的新发现，她原以为岳公子跟众多官宦子弟一样，空有一副好皮囊，甚至还为他请求父亲允许他喝酒的幼稚举动而取笑过他，但她现在才发现，他其实是一个很有目标的人。虽然他的思想还带着理想主义的色彩，她仍然被其热情所打动，甚至有些敬仰他了，因为她并没怎么上过学，她今天的成就和地位更多的是依靠机遇得来的，时常感到力不从心，有时候甚至是恐惧，她害怕哪一天也许一个错误决定就会刹那间一无所有。

她知道自己的心其实已经在慢慢老去，而眼前这个年轻人正拥有她无比渴望的青春和激情！要是时光能倒流二十年该多好啊！那时候她风华正茂，也是纯洁得像一张白纸，她可以随心所欲地挥洒自己的青春啊！

她想起了自己的儿子，他正在家乡读初中，而她打算为其办理出国留学的手续，也算是补偿一下这么多年来对他的冷落吧。

两个人聊得很投机，俨然是老朋友了。

不知不觉中已经走了很久。傅萍觉得累了，便在沙滩上坐下来。岳天齐在她面前站了一会儿，问道："我该坐在哪里呢？是离你近些好还是远些好呢？"

傅萍笑了："小兄弟，你的判断力很好呢，我想，你坐得不远不近最好！"

于是，岳天齐就不远不近地坐在了她旁边。

夜已经深了，香港的天气虽然炎热，深夜的海风却很凉。傅萍还是穿着那件无袖的长裙，这会儿不由自主地打了一个寒噤。

岳天齐注意到了，无论怎样看来，傅萍仍然是一个娇弱的女子。毕竟是女人！岳天齐想着，心底油然生起一股怜爱之情。他靠近傅萍，轻轻地把她拥在怀里。

傅萍没有拒绝，也没有回应，她似乎没有察觉他的动作，继续与他谈论着。

夜越来越凉，岳天齐也感到有些冷了。

"我们去吃夜宵吧。"傅萍说着就站了起来。一个海浪打到了他们的脚下，两个人急忙嬉笑着逃开。岳天齐趁势扶住傅萍的腰，便一直没有放开。

也许这就是人们常说的，特定的时间，特定的人，特定的环境吧。在这种状况下，最容易滋生出男女间的情爱。

两人在一家酒店的餐厅里吃了夜宵，傅萍若无其事地打了几个电话。

岳天齐确信自己看上去已经像个地道的香港人了，除了仍旧说一口标准的普通话，因为气质绝佳，往来的服务生都会多看他几眼。

"我累了，不如我们先去休息一下吧，明天上班时间我送你回酒店，走吧。"

傅萍说着就起身离座。岳天齐没有说什么便跟了上去。

这是一间相当大的套房，装饰得富丽堂皇。

一看见那张宽大松软的床铺，岳天齐便孩子一般跳了上去。

"我去冲凉，你自己看电视吧。"傅萍说完就进了浴室。

岳天齐调了几个频道，感觉很没劲儿，不由得叹了一口气。

"叹什么气呢？"傅萍恰好从浴室里出来，穿一件薄薄的丝质睡衣，身体的曲线随着走动的步子若隐若现。

岳天齐有些不知所措，别过头去关掉电视说："没什么，我看不懂粤语影片。"

"你也去冲个凉吧。"她在床上躺了下来，动作慵懒而毫不做作。岳天齐只是呆呆地看着她，好像没有明白她话里的意思一般。

傅萍笑了一下说："你看什么呢？快去洗吧！"

"噢。"岳天齐答应着，就走向浴室。

刚迈进浴室的门，一股浓郁的香味就扑鼻而来。岳天齐没有在意，他以为是傅萍留下的香气。他原想很快冲完的，可是浴室里的气味和水流按摩身体的感觉太舒服了，他又磨蹭了一会儿才出来。迈出浴室的门，一股同样浓郁的香味又弥漫过来，岳天齐皱了皱眉，不知道傅萍用的什么浴液，香得让人焦躁。

他站在旁边拨弄着头发上的水珠看了她一会儿，傅萍好像察觉到了，睁开眼睛看了看他，说："洗好了？你可以躺到我的旁边来，这床大得很。"她注意到他不知所措的样子，心想豁出去了。他在床的另一侧躺了下来，舒舒服服地伸了一个懒腰，他慢慢地转过身……

不知睡了多久，岳天齐醒来了，他觉得有点儿饿，猛然想起自己已出来很久了，该跟父亲打个招呼的。他没有打搅沉睡的傅萍，轻手轻脚地下了床，抱了电话到浴室去打。昨天那种香味仍然弥漫着，只是已经淡了许多。

他一边对父亲解释说他昨夜联系到了一个在香港的同学，现在正在他的住处，可能要晚些回去，要父亲不要担心；一边打量着浴室的摆设。

一晚的温存使傅萍很是感动。多少年来，她为了生存与各种各样的人做着交易，但是眼前这个大男孩让她如此依恋！

岳天齐听见自己的肚子里"咕噜咕噜"地叫，他笑着抬起头来说："我饿了！"

傅萍的心情是复杂的，她既表现出恋人般的温存又表现出了母亲般的慈爱。她刮了一下他的鼻子，问道："想吃什么？"说着拿起了电话。

当岳天齐又回到他父亲和陈总那儿的时候，已是三天以后了。他真有点儿乐不思蜀了，他对傅萍依恋的程度连自己都觉得惊讶。三天来，他一步都没有迈出那间豪华套房的门口，傅萍给了他前所未有的浪漫体验。虽然他与从前的女友也有过尝试，但那远不如与傅萍在一起时感觉来得绵长而值得回味。

旅行就要结束了，临行前，傅萍殷勤地为岳市长饯行。

酒席上，岳市长不无得意地向傅萍夸耀自己的儿子，说他第一次来香港竟然敢一个人在外边游荡了三天。

傅萍笑了，他对岳天齐举起了酒杯，不动声色地说："人家都说虎父无犬子嘛，岳公子有市长这样的父亲作为榜样，肯定很厉害。"岳天齐与她轻轻地碰了一下酒杯，然后一饮而尽，他的眼睛未曾离开过她的脸庞。

四、扑火

返校已有一段时间了，日子仍旧如从前一般悠悠地过着。但是岳天齐的心情却不复从前了。他时常想起傅萍。

他从未感到两人之间存在着年龄的隔阂，她在他的眼里就是一个女人，纵然她身家亿万。他隔三岔五地也给她打个电话，都聊不了多长时间，他毕竟是学生，国际长途电话费也不是他可以轻松负担得起的。傅萍告诉他可以到宾馆开一间房，然后将电话号码告诉她，她可以将电话打过去。

岳天齐就照做了，从此，这便成了他们约会的方式，往往一聊就是半夜。

傅萍的秘书惊讶于老板近期的电话费骤然增加，傅萍只是毫无表情地在单子上潇洒地签下自己的名字。岳天齐感到他对傅萍的思念并没有随着时间的流逝而减少，反而像酒在窖里发酵，愈发浓烈了。

他真的感觉到了心痛，因为太想念而见不到她，有一次他居然在电话里失声哭了起来。傅萍没有说什么。但是两天后，她突然出现在他的面前。

岳天齐说，自己真的无法形容当时的那种惊喜，就仿佛独自一人找回了丢失已久的珍宝一般。他呆呆地看着她悠然地站在面前，几乎难以置信。他长久地拥吻她，毫不掩饰地表达着自己的思恋之情……

没有不透风的墙。岳天齐与一个这样的女子频繁交往的事情很快便传得满城风雨了。他父亲的一位故交，被拜托关照岳天齐，听到这件事情之后，便叫了他到自己家里吃饭，很慈祥地劝他要以自己的学业和前途为重，多多注意在学校的影响，等等。岳天齐很诚恳地表示他会好好考虑。

其实，从理智上来讲，岳天齐也明白这样下去的后果。但他不愿意在傅萍面前忸怩作态，他更喜欢率直地向自己的爱人表达火热的情感，他希望她知道他会为她而疯狂，甚至粉身碎骨浑不怕，就像他在回去的路上听到一家咖啡店里正放的王菲的《扑火》一样。

在一切都没有见效之后，岳市长与儿子长谈了几次。他对儿子动之以情、晓之以理，充分表现出了一位父亲对儿子的担忧和期望。

在印象里，岳天齐从不记得父亲像现在这般慈爱。他痛哭流涕，向父亲保证他会控制自己的感情。

但是，他却无法在傅萍面前掩饰自己的心情，当她问的时候，就把一切都告诉了她。傅萍沉默了一会儿，劝他不必在乎这些，他对前途的忧虑是不必要的，完全是庸人自扰，因为他是一个如此优秀的男子。

傅萍还说，他毕业后可以到香港她的公司里做事，如果他觉得这样不好的话，她可以将自己的股份送他一半，她可以马上叫律师来办这件事情。

岳天齐考虑了很久，各方面的压力几乎把他压垮了。但他最终还是没有答应傅萍，他发现自己骨子里的传统观念是根深蒂固的。

岳天齐并不知道他的父亲已经与傅萍通过了电话。岳市长以一个父亲的身份与傅萍谈了很久，从她的不幸遭遇到她现在的幸福生活。他请求她让自己的宝贝儿子沿着他应走的道路顺顺当当地走下去，毕竟儿子已经付出如此多的努力，不该在就要成功前夕被什么东西绊住脚跟。

谈过之后，傅萍没有表示什么，但她自然能够拿捏住分寸，也就不常来看岳天齐了。她告诉他正在给儿子办理出国留学手续，实在忙得很。

那时，岳天齐也已经开始为写毕业论文忙活起来，经常跑出去搞调查，或者泡在图书馆里查资料，与傅萍的联系便少了起来。但每次通电话时，他仍旧是充满热情地向她倾吐无尽的思念之情。

临近毕业的时候，岳天齐给傅萍打电话，想请她来参加自己的毕业论文答辩会。但她的手机没有拨通，于是岳天齐把电话打到了她的公司。秘书告诉他说老板好像在内地，但现在具体在哪里他们也不太清楚。

论文答辩很顺利，岳天齐如释重负，但与众师兄弟共同庆祝的时候，他忽然生出一种心绪茫茫的失落感来，于是他离席去给傅萍打电话。

傅萍的声音有些疲惫，岳天齐关切地询问，并向她描述答辩会的情景。她只是与他说了几句笑话便推说累了，他只好无可奈何地挂了电话。

等着拿学位的日子，岳天齐觉得很无聊，想起了傅萍的儿子，他忽然想见见他，于是就去了那个县城。

他见到了她的儿子，而且两个人聊得很投机，颇有相见恨晚的感觉。那孩子说他妈妈过两天就会来接他一起去美国，他们已经办理了移民手续，妈妈因此还向爸爸付了好多的钱，但他觉得其中有很大一部分钱完全是不必要的花费。

岳天齐不禁皱了皱眉头，傅萍并没有告诉他这些。她要移民美国了，那他怎么办？她真的没有考虑过吗？

他原想再等两天，等她来了直接问，但他必须去工作单位报到了，这是他的第一份工作，他想争取表现得更好一些。

等他安排妥当了，再给傅萍儿子打电话的时候，其监护人告诉他孩子已经被妈妈接走了。他于是马上拨通了傅萍的手机，傅萍已经在机场，说她马上要登机了，有什么事情，留着以后再解释。

他感觉到了什么，一段时间以来，他一直有这种感觉，只是他自己不敢或者不想承认罢了。他就要失去她了，也许是永远……

他哽咽着对她说："珍重！"

她似乎也意识到了什么，沉默了一会儿，对他说："谢谢你！"

从此，她杳无音信。

岳天齐自己的事业很顺利，老天好像特别青睐他。

五、新生

"这几年还算好了些，刚开始的时候我经常想起她，不明白她怎么能忍心放弃我。呵，我很为自己的自作多情痛苦了一段时间呢！"

岳天齐喝了一口酒来掩饰他的哽咽。

"我自己也在社会上混了这么久，明白了很多事。上学的时候，我以为很多事情都是想当然的，可实际行动起来，却完全是另一种模样。"

"那你现在？"我试探着问道。

"我明白你的意思。"岳天齐将身子往后一靠，笑着说，"我好像天生善于跟女人打交道，呵呵……"

"我在谈恋爱。"他坐正了身子，严肃地说，"她现在是一家大型集团营销部的主管。我们是通过生意上的交往认识的，我都见过她两回了，她还问我在哪家公司上班，我都怀疑这么笨的女孩子怎么就坐到部门主管的位置的。呵呵，后来我才知道她涮我呢。"

"她追的你？"我感觉气氛缓和了不少，想把话题从傅萍那儿拉远一点儿。

"也说不上谁主动追求谁，我们都感觉彼此挺不错的……"岳天齐又将身子靠回去，悠然地笑着说。

后记

说来也巧，2001年5月，我赴旧金山参加一次华人商会。一位雍容华贵、光彩照人的女人，格外引人注目。

我问及身旁的一位华人朋友，他说她好像是在六年前从香港迁居洛杉矶的，中文名字叫傅萍，现在都叫她辛迪，做珠宝生意的，目前有三家很像样的店铺，洛杉矶的市长都经常光顾。

"傅萍?!"这个名字倏然间让我联想到了岳天齐故事中的女主人公。强烈的好奇心促使我寻觅时机与她攀谈，果真是她！

当问及她是否认识岳天齐时，我没发现她有什么奇特的反应，她只是淡淡一笑说："哦，岳市长家的公子啊，我知道！说起来他还该称我阿姨呢！"她品了一口干红，"回去见了岳市长，请您帮我带个好，他什么时间来美国，我随时都欢迎！"

从傅萍的话语中，我明显感受到了她与岳天齐的那份落差，似乎岳天齐在她心目中已形同路人。我猜想，也许是她受了美国文化的熏染才会这样。

万米高空的波音747客机上，我琢磨着是否把遇到傅萍的事情告诉岳天齐。傅萍，一个曾经对他的成长、事业和人生观产生过巨大影响的女人，在他的心目中，她可能会占据永远不可替代的位置，而那位傅萍……

午后的思考与顿悟

午饭后，倚于床头，阳光透过窗溜进来，我拿起手机，又想写上几句。

近些年，随着媒体传播速度的加快，手机订阅号中，有关"放下"和"放弃"的话题很多，像一碗碗心灵鸡汤似的，看得多了就显得腻。还有很多作者，把一些自己臆想的观点写成"佛曰""马云说""白岩松讲"之类的，让人看得眼花缭乱，无所适从。

依我看，这个话题没那么复杂。

首先，让我们看看"放下"。简单地说，放下的直接意思，就是不再负重，把东西搁地上。但其延伸的真正含义，指的是不要在对待事物的过程中太过斤斤计较，太过在乎一些事情的细枝末节，把所有的大小事情都时刻挂在心上。再延伸点儿，就是说人生很短暂，不要对任何事物都耿耿于怀，尤其对功名利禄、富贵得失、悲欢离合、嗔怒嫉恨、忧悲苦恼等，不要事事都上心，事事和别人相比。咱都是平常人，要学会暂时把一些有可能伤及自己灵魂的人和事搁置一旁，给自己一个缓冲的时机，然后再冷静处理。

我理解的放下，绝不是事事都放弃不做，碰到矛盾就逃避，这种思想既消极又危险，会让人失去活着的意义。试想一下，人生在世，碰到点儿难题就逃避，那人生还能拥有什么呢？即便你再没有上进心，再没有正能量，最起码的正念、正义、正语、正见、慈悲、道德、善缘、精勤……还是要有的吧？当然，这里边包含顺其自然的成分。不管怎么说，放下绝不是把所有的事情都放下不管，否则，人类怎么繁衍生息，文化怎么进步？

其次，我们再讲一讲"放弃"。所谓放弃，就是扔掉，不再坚持。对人的一生而言，不可避免地要放弃一些自认为很重要的人和事。

我甚至觉得，有时候放弃是一种进步的表现，也是一种智慧的选择。我们常说，坚持是一种优秀品格。那么，放弃又何尝不是呢？

人，作为一个单独的个体，如沧海之一粟，其能量与威力的确是有限的，尤其面对大自然不可抗拒的力量时，坚持的力量会显得非常渺小，放弃就显得自然而然。照实说，人这一辈子，就是一个选择的过程，无论是坚持还是放弃，每个人都必须面对。坚持某种梦想固然很好。如果坚持很久还不能实现自己的梦想，那么我们势必会质疑这个坚持是否可行、是否正确，是不是违背了天时地利人和的客观规律。

其实在我们放弃的时候，又正在重新获得。无论什么事情，一次默默放弃，也许会衍生出一种剧烈的伤感，然而这种伤感并不妨碍自己去重新开始，因为这是一种自然的告别与放弃，它富有超脱精神，因伤感而美丽。所谓"天生我材必有用，千金散尽还复来"也有点儿这种味道，只是李白多了份豪气而已。

懂得适时地放弃，才会有更大的收获。放弃，不是件容易的事，需要你审视、观察、思量，什么该坚持，什么又该放弃。

从社会学角度来看，放下与放弃对于任何人都是利益与欲望的取舍问题，没必要去过分纠结。解决烦恼的最佳办法，就是忘掉烦恼。

从佛学的观点来看，不争就是慈悲，不辩就是智慧，不闻就是清净，不看就是自在，原谅就是解脱，知足就是放下。不乱于心，不困于情，不畏将来，不念过往，笑看风云淡，坐对云起时。

谁都知道，人生知止而乐。乐不可极，乐极生悲；欲不可纵，纵欲成灾；酒饮微醺处，花看半开时。天道忌盈、业不求满，若业必求满、功必求盈，不生内变，必招外忧。人生在世，做人不必苛求，做事不必完美，享乐不可享尽。为人做事懂得适可而止，对别人是一种宽容，对自己是一种余地。

有段古训很辩证，值得学习与深思："曲则全，枉则直，洼则盈，敝则新，少则多，多则惑。是以圣人抱一为天下式，不自见，故明；不自是，故彰；不自伐，故有功；不自矜，故长。夫唯不争，故天下莫能与之争。古之所谓'曲则全'者，岂虚言哉！诚全而归之。"

狮子的觉醒：精彩就在不远处！

晚上在办公室处理文件，突然想到了以前看过的一则故事，觉得挺有意思。话说，素有"森林之王"之称的狮子，有一天来到了神仙面前说："我很感谢你赐给我如此雄壮威武的体格、如此强大无比的力气，让我有足够的能力统治这片草原。"神仙听了，微笑地问："但这不是你今天来找我的目的吧？你似乎正为了某事而烦恼呀！"

狮子轻轻吼了一声说："神仙您真是了解我！今天我来的确是有事相求。因为，即使我现在的能力再大，也总是会被每天的野鸡鸣叫声给吓醒。神仙啊！祈求您，再赐给我一点儿力量，让我不再被一只野鸡吓醒吧！"

神仙笑了笑，道："你去找大象吧，它会给你一个满意的答案。"

于是，狮子兴匆匆地跑到湖边找大象，还没见到大象，就听到大象踩脚所发出的"砰砰"声。于是，狮子便循着声音，加速地跑向大象，却看到大象正气呼呼地直踩脚。

狮子问："大象啊大象，您干吗发这么大的脾气？"

大象拼命摇晃着蒲扇般的大耳朵吼着："有只讨厌的苍蝇总想钻进我的耳朵里，我都快痒死啦！"

狮子一怔，只是寒暄了几句就向大象告了别，心里暗自琢磨着："原来体型这么巨大的大象，还会怕那么瘦小的苍蝇，那我还有什么好抱怨的呢？毕竟鸡鸣也不过一天一次，而苍蝇却是无时无刻不骚扰着大象。这样想来，我可比他幸运多了。"

狮子一边走，一边回望仍在跺脚的大象，心想："神仙要我来找大象就是想说明，谁都会遇上麻烦事，而他并无法帮助所有人。既然如此，那我只好靠自己了！反正以后只要鸡鸣时，我权当是野鸡在提醒我起床，那么，我便可以每天按时起床锻炼身体。若这般想，野鸡鸣叫对我来说，可谓好处多多呢！"

于是，狮子便有了一座天然的"闹钟"，还有了一个更加强健的体魄，更有了一个豁达开朗的心境。

这则故事，让我仰卧在椅子上，微闭双眼思索良久：事实上，在人生漫长的旅程中，无论你多聪明，多睿智，多有能力，多英雄盖世，多非凡出众，在前行的路途中，总会遇上一些不顺心的事或者叫生活的困境。如果一遇到麻烦事就祈求家人、朋友给你帮助，或者祷告神仙赐给你更多的力量，帮助你渡过难关，那可能就大错特错了。

一天天，一年年，我们每个人都想找到最轻松、最顺心、最过瘾、最逍遥的活法，谁都不想让困境像藤蔓般缠绕住自己，可是，谁又能躲得过去呢？

一直以来，总会有朋友和同事在我耳边唠叨他有多么艰难、多么倒霉，好像所有的厄运都让他遇着了似的。

纵观人类发展史，无论多么伟大的仁人志士，多么优秀的商界精英，他们都有困境缠身的时刻，可他们更多的并不是抱怨，更不是气馁，而是在努力中克服所遇到的一切困难！

我挺喜欢黄日华版的《天龙八部》，特别是周华健演唱的那首片尾曲《难念的经》。是啊，"人人都有一本难念的经"，说的不就是这个意思吗？无论是辽国的萧大王、大理的储君段公子，抑或是西夏驸马虚竹，只要人活着，就会有困境光顾。但是，若不执着信念，坚定决心，勇敢地抬腿蹚过去，怕是段誉还是个醉心于情场的二愣子，萧大侠永远是仇恨海洋中不得解脱的乔帮主，西夏驸马也永远会在寂寞的少林寺过着庸碌时光……

风吹过来，吹过了时间的河。透过窗户，看我眼前的地方，已经从沙土漫漫、草木横长的黄河故道，变成了心中的"青云林海"，大自然给我食材，我用智慧的行动做出了一大盘菜肴。这菜肴，不仅让我实现了一个梦想，还将服务于家乡无数老人的夕阳岁月……

我，觉得值了！

应该说，命运是公平的，每个人都有上路的机会。其实你只要认真面对，遇到的每个困境都有其存在的正面价值，就看你用怎样的态度去面对它。

亲爱的朋友，请敞开怀抱，别太纠结当下的艰难，大胆地尝试着去拥抱那一道道沟沟坎坎吧，精彩或许就在不远处！

聊聊从容的智慧

从容是指镇定、不慌张，就是说遇事不慌不忙、镇定自若、悠闲舒缓。

依我看来，在现实生活中，从容多是指为人处事的一种态度，也是一种宠辱不惊、去留无意、乐天知命、了然无忧的境界。这种境界至高至纯，是搁置了得失所带来的尘世烦恼，看深看透又不说透地面对人间种种。赤橙黄绿青蓝紫在胸，酸甜苦辣咸麻涩无意，这是何等的境界？确实非常人能为之。

在从生到死的人生旅程中，没有几个人能真正做到宠辱不惊、坦然自若，都会或多或少地在纠结与痛苦中挣扎，不同程度地显露于表，或隐藏已久渐露端倪，或过分外露焦躁不安，或狂放不羁喜形于色……

"人生得意须尽欢"的诗句，就是最好的例证。

细思量，宠辱不惊的境界，绝不是没有追求、没有理想、不思进取，而是在前进的过程中，不管出现怎样的结果，都能镇定自若、坦然对待，这是一种莫大的智慧。从容者不会受当时的境况影响而轻易爆发自己的情绪，不会无尽地宣泄澎湃的情潮和过多地表现自己内心的感受。其智慧之深、控制力之强，正是成功学中极力推崇的高情商五个核心中最重要的一个："妥善管理自己的情绪！"

生而为人，每个人的生活背景、家庭熏陶、穷富贵贱、认知程度、教育深度等各不相同，每个人的际遇大多也都是变幻莫测的，心境和追求也迥然不同。无论是大功告成、胜利凯旋、青云之上，还是事业受挫、失败而归、一落千丈……种种所有，让人澎湃或是失落的，无非都是源自得失。

不少人在得意时，会欣喜若狂、浮躁冲动；而失意时，便灰心丧气、萎靡不振。很少有人在大起大落时能保持坦然自若和潇洒自如。但也有极少数人确实能做到宠辱不惊、镇定自若，微笑面对眼前的一切，这的确是高人之相。

也许，这就是大智慧和小聪明的鲜明区别。

其实，人生本来就是一场博弈，假如你面对得失而痴迷堕落或欣喜若狂，或者在追逐得失的过程当中迷失方向，那么可以肯定地说，你已经输了！谁能在得失与取舍面前拥有乐天知命的心境和姿态，谁就拥有了别样的人生风景，谁就能成为大智慧的拥有者。"喝酒不醉为高"，其实讲的也是这个道理。道理谁都懂，做起来谁都难，关键是情绪的控制力如何，能否从容面对眼前的一切又不失信心，而且在心底更加激发前行的勇气。

真正做到内心从容，这谈何容易呀！

其实，得失不过是人生无法躲开的境遇而已，不必为之大动干戈而破坏美好的心情，需要尽量保持一份淡定从容的心态。繁华落尽不过是一纸苍凉，灯红酒绿终抵不过漆黑夜色。即使面对致命的诱惑，也要竭尽全力，争取以不急不躁、不卑不亢的心态去面对。品嚼生命的酒酿，扔掉胸中的块垒，从容面对人生中的得失，不以物喜、不以己悲，力争看得开、看得透，要入乎其内、出乎其外，绝不能痴迷其中、偏执其内。

我有时候想，人的一生，不管你承认与否，总会面对得失与成败、升迁与沉沦、荣耀与耻辱、富有与贫穷等遭遇。如果你能保持一份平常心，理智地处理好自己的情绪，微笑面对眼前的一切，保持胜不骄、败不馁，秉承不卑不亢的生活态度，你就是高手、高人，你就是大智慧者。实际上，人生中的任何遭遇面对大智慧都会成为没啥重量的过眼烟云。

得之，浮躁膨胀；失之，悲观绝望，本属正常，在鲜花和掌声面前有多少人能等闲视之？在荣誉和金钱面前又有多少人能坦然待之？在坎坷泥泞、布满荆棘的前行道路中，又有多少人能从容面对？

坦然面对人生中的得失，真正做到拿得起、放得下，既来之、则安之，那又是何等的人生难题呀？这种超脱是在拿与放中领悟的智慧，是在欲望与满足的权衡中诞生的大智慧，是赢得美好人生而左右逢源的从容自若！

我一直认为，人生，本来就不是一杯白开水，你所品尝到的酸甜苦辣咸和喜怒哀乐愁，大多都是你附加给它的，水本无色，心境染之；水本无味，眼界予之！

佛曰："一花一世界，一草一天堂，一叶一如来，一砂一极乐，一方一净土，一笑一尘缘，一念一清净。"从容完全源于心境，如若不太过计较得失，一草一花便可以是整个世界了！所谓"优雅地妥协，智慧地索取"。

此时此刻，我的心海中悠悠飘来一首歌："曾经在幽幽暗暗反反复复中追问，才知道平平淡淡从从容容才是真！"有点儿参透取与舍、收与放、淡定与从容的哲学韵味。

读刘慈欣科幻小说《三体》有感

　　《三体》是中国作家刘慈欣所写的一部科幻小说，在科幻文学领域引起了广泛的关注和讨论。读完这本小说，我深深地被它所展现的宏伟想象和思想深度所震撼，同时也引发了许多思考和共鸣。

　　整个故事围绕着"三体"问题展开，以科学和人类文明的命运为背景，引出了一系列复杂而迷人的情节。小说中的三体人来自外星文明，他们面临母星衰亡的威胁，在行星世界上构建了庞大而强大的文明社会。同时，人类社会也在这个过程中逐渐揭开了科学与道德、进步与破坏、理智与情感之间的矛盾和争议。

　　作为一名在读博士生，我对于科学和技术的发展有着浓厚的兴趣和追求。《三体》中的科技元素和科学概念给我留下了深刻的印象。从小说中描绘的虚拟现实游戏"三体"，到双胞胎星、黑暗森林法则等科学设定，都展示了作者对于科技的精准把握和出色的想象力。通过这些设定，小说向读者展示了科技对于社会进步和人类文明所带来的双面性和挑战。我对于科技的追求不仅在于技术本身，更在于探索科技所带来的伦理、道德和社会价值问题。

　　与此同时，小说中对于人类文明的背叛和希望之间的较量也给我留下了深刻的印象。人类文明的高度发展伴随着日益严重的环境破坏，无限扩张的欲望引发了一系列的问题和副作用。而小说中人类面临的"三体人入侵"的危机，无疑是对于人类文明精神力量和道德觉醒的考验。作者通过角色之间的对话和行动，展示了人类在危机面前的不同反应和选择。我深深地感受到了作为一个个体如何在社会变革和人类文明发展的洪流中保持自我和初心的重要性。

读完《三体》让我思考了许多关于人类发展与文明进步的问题。科技发展是否是人类唯一的出路？人类在追求技术进步的同时，是否忽视了道德和伦理的建设？科技对于文明的影响是否可以控制在合理的范围内？我相信，科技与人文的结合将是未来社会发展的方向。在科技不断进步的时代，我作为一名博士研究生应该承担起推动科技与人文融合发展的重任，以更加全面的视角思考和解决现实中的问题。

总之，《三体》是一部思想深度和想象力都非常出色的科幻小说，读后让我对于科技与人类文明的关系有了更加深入的思考。小说中所展示的科技元素与人类精神僵持的冲突与反思，给我留下了深刻的印象。作为一名博士研究生，我将以此为励，继续追求学术研究的深度与广度，致力于科技与人文的融合发展，为人类文明的发展做出自己的贡献。

童年记忆：师生情愁

我是一个地地道道山里长大的孩子，从小学到初中都特别淘气，在我们村里是出了名的调皮捣蛋孩。因为个子最高，打架最厉害，还是个孩子王，被老师罚站、书包凳子被扔出教室、叫家长都是家常便饭。

我们的村子很小，学校一共也就十几个学生，所以我们上的都是复班，就是一、二、三年级的学生在一个教室上课，四、五、六年级的学生在另一个教室上课。

班主任腿部有残疾，我经常笑话他走路，当然，最重要的是因为他对我特别不友好，那时候我总感觉这个老师天天针对我，天天看我不顺眼，还天天给我父母告我这不好那不好。

力的作用都是相互的，对于这个班主任，只要有机会我就恶整他一番。

那是一个夏天的中午，天气燥热得很，树上的蝉叫声一阵接一阵的，好不闹心。我们班主任中午一般都在学校吃饭，他那天吃过午饭，像往常一样，躺在学校一个树荫下的石板上睡觉，而且睡得正酣，张着嘴巴打着鼾，甭提睡得多香了。

我看到这情景，心生一计：我蹑手蹑脚走到石板上，站在他的头旁边，对着他那张得大大的嘴巴，就开始小便……

后果可想而知，班主任大声骂着，起身就要撵着打我，我溜烟儿似的就跑没影了。他还瘸着腿，追我？肯定没什么胜算的。

等到下午课铃响后，我是最后才进教室的，班主任已经在上课了。

"报告——"

我还是鼓起勇气在门口准备进教室，没等班主任批准，就径直走到我的座位上。可还没有坐稳呢，班主任就走到我身边，抓着我的胳膊就把我像拎小鸡一样拎起来了，几下子就把我给扔出了教室。

那时候我个子小，还真禁不住他用力拎。就这样，我被扔在火辣辣的大太阳下，站了好久好久都不让我回教室……

那天我被晒得够呛，心里恨得厉害，还不断寻思着回头怎么整治这个讨厌的班主任。在我们那破旧的小学，被扔出门外，是班主任对学生最严厉的惩罚，一般同学禁不住班主任这么一扔，往往被扔得翻滚在地或四脚朝天。

但我被班主任扔得次数多了，便练就了一身功夫，像玩杂技或体操一样，能在被扔出后落地的一刹那，稳稳地站在那儿。令我记恨在心的是：上次，炎炎夏日，骄阳似火，我好像被班主任忘记了一样，在外边晒得头晕眼花，浑身淌汗。

一次，我在家里翻找东西时，无意中看到了一盒图钉，那尖尖的、闪闪的小钉子，让我看到了胜利的曙光！我顺手就揣布袋儿（方言，即衣兜）里啦！

转天，我早早地来到教室，第一个到。上午第一节课正好是班主任的，我把图钉尖头朝上摆在了讲桌下面的椅子上，还特意把椅子放在一个合适的位置，这样，班主任坐之前就不用再挪椅子了，当然也不会被发现……

我心里暗暗窃喜，只待好戏上演。之后我利索地爬上教室屋顶的房梁上，等着看班主任的洋相。同学们陆续来到教室，待到上课时，班主任夹着课本走了进来，看着精神抖擞，心情貌似很不错。像往常一样，班主任将课本往讲桌上一扔，激情饱满地喊道："起立！"学生起立后喊道："老师好！"然后班主任说："同学们好！请坐下！"之后教室恢复了平静。

"哎哟！哎哟！谁干的？谁干的？！"

只见班主任瞬间捂着屁股跳起来，薄薄的浅色裤子上已有血迹显现出来，殷红一片，班主任疼得嗷嗷直叫，我在房梁上开心得差点儿笑出声来。

班主任环顾一下教室："哪个浑蛋干的？"边吼边捏起凳子上的图钉给同学们看，"那个佩金儿混混呢？没来上课吗？"

不出我所料，班主任第一个怀疑的就是我。同学们七嘴八舌地议论着，甚至有人喊着我今天逃课了，教室里越来越嘈杂和混乱。狗蛋，也是班里挺淘的一个男孩，无意中抬头看见了房梁上的我，毫不犹豫地举报了我。

"够哥们儿！"我心里狠狠地想着。

"你个小浑蛋，你给我下来，看我不打坏你！"班主任仰着头对我嘶吼道。

"不下去，就不下去，下去又要被你扔到大太阳下了。"

我把班主任的话给勇敢地顶了回去，狗蛋带着同学们不断地起哄，足足僵持了有十分钟我才下来。倒不是我惧怕那班主任，关键是趴在梁上，这胳膊、腿儿都太不舒服了，我三下五除二地蹿了下来。

这次班主任并没有让我在大太阳下面暴晒，而是直接把我的书包扔出去，连带我一同送回了家。看来，这次班主任动真格的了，分分钟开除我呀。

家人见我被班主任遣送回家，大为光火，尤其是我母亲，把我狠狠地暴打了一顿。之后，母亲又好声好气地去学校帮我求了情，费了老大的周折，我才又重新回到了学校。至此，我对这个班主任是彻底怀恨在心了。

被狠狠教育批评后，我确实老实了一段时间，但心里一直蠢蠢欲动："别让我逮到机会。"只要看到班主任，我心里就不断犯嘀咕。

我其实算一个好孩子，聪明、点子多，见人也礼貌，方圆几里的村民对我评价都不错，唯独那个班主任，就那么讨厌和针对我，我越想越不服，越想越难受。

那时候的厕所都盖在露天地，而且挺大的。记得我们学校厕所里面长了一棵老椿树，班主任因为腿脚不灵便，每次大便都拽着那椿树，能让他更加稳稳地蹲在那里。

我趁没人的时候，用小刀将椿树的根部使劲儿割，直到它的连接部分就剩一部分，稍微一使力就会折掉时才收起了小刀，等着新的好戏上演。

后果大家可想而知，班主任蹲下去拉树枝时，椿树"啪"一下被他拉断了，他顺势就掉进了便池中……

班主任掉进粪池中的事情很快传遍了村子，这对一位教书匠来说是莫大的耻辱。恼羞成怒的班主任直接找来校长，一定要把我给开除。

书包连带我，又一次被送回了家，班主任撂下一句话："这个学生我是不会再要了，我已经跟校长商量过了。"说完转身就走了。

我又一次被母亲暴打了一顿，打一顿没什么，只是这次母亲伤心地哭了，不知道是因为"打在儿身，痛在母心"，还是因为真的把她给气着了。家里省吃俭用供我上学，什么好吃的都留给我，而我却这么不争气，经常闯祸，这次甚至惊动了校长，我可能真的要被学校开除了吧？我心里有些害怕。

母亲将厨房的炉渣倒在院子的地上，让我光腿跪在了上面，不允许我起来。粗糙硬实的炉渣把膝盖硌得生疼，但我就是不哭、不求情，一直强忍着。

母亲打累了，也哭累了，坐在地上死死地看着我，那神情，仿佛是家里临丰收的小麦被火烧了似的，疲惫、痛苦，乃至绝望。

突然间，我好心疼母亲，第一次感觉自己特别不孝。最后，我母亲和我哥一同出去了，估计去找班主任、校长求情了吧。

过了好长一会儿，班主任来了，母亲把他请进院子里。看着母亲为我受累，我心里像刀割似的。

"他老师，这孩子我狠狠地打了一顿，您看，回到家就一直跪在炉渣上反思。这次，孩子他真知道错了，您大人不记小人过，他再也不会这么淘气了……"母亲一直在给我求情。

此时的我，觉得好生愧疚、懊恼、后悔、心疼、痛心……瞬间难以自已，泪水夺眶而出。

班主任可能第一次见我哭，再加上我母亲的苦苦求情，最后很不情愿地说了声："起来吧，知错就行，起来吧。"

我倔得很，脖子一梗："不起，我妈不让我起来，我决不起来。"

母亲看到班主任有要原谅我的意思，立马边骂我边扶我起来："给老师再好好认认错!"

　　这件事虽然过去了,但让我感觉很愧对我的母亲,为了以后不让母亲伤心,我决心以后在学校再也不淘气、不闯祸了。

童年记忆：黄牛的左眼

日子一天天过去，我在学校里确实安生了好多，但这并不代表我在课外就不调皮捣蛋了。在没有课的时候，我们几个男孩子夏天偷桃子、杏子，秋天偷红薯、偷柿子……还有生产队里的不少野味，填充了我们饥饿的肚皮。

其中，最有意思的是打弹弓。

在十几个孩子当中，我的弹弓玩得最好。那橡皮筋是哥哥从县城买来的，弹性好，韧劲大。我常和狗蛋、青萍（我们的女班长，也是我们班里最好看的女生）等几个小伙伴打麻雀。青萍负责给我们捡石头弹丸子，我和狗蛋打得最好，像"小李飞刀"，几乎弹无虚发。

那时候，打下一只小小的麻雀，可算得上是一顿大大的美餐！我们也来不及把这麻雀带回家煺了毛再吃，我们有自己的绝招：用泥把麻雀包裹起来，用树叶、野草和干牛粪烘烤一阵，泥巴烧干了，小麻雀也熟了，把那烧得硬邦邦的泥巴往地上一摔，麻雀毛便脱了个干干净净，裸露出红红的、嫩嫩的麻雀肉。

那麻雀肉极为细腻香嫩，是我们最高档的美食佳肴。

当然，那时候我们也玩游戏，玩得最多的就是"过家家"。此时，男孩们争得最激烈的就是长得最好看的青萍，青萍也不是轻而易举就给别人当"媳妇儿"的，每次总要考验男孩子们的本事，之后才给最厉害的人当"媳妇儿"。

有一天，我们几个小孩在麦场边的牛圈旁，又准备玩"过家家"了。

像往常一样，"过家家"还没开始玩，我和狗蛋就抢着要让青萍当自己的"媳妇儿"。青萍看我们争得面红耳赤，眼看就要打起来了，便随手指着面前牛圈里的那头大黄牛说："你们两个都别争了，这样吧，我给你们每人发一颗弹丸，谁要能用弹弓一下打中黄牛的左眼，我就给谁当'媳妇儿'，好吧？"

青萍的话音刚落，那狗蛋接过弹丸，搭弓在手，扯开皮条，闭了左眼，瞄了一会儿，"嗖"的一声，弹丸飞了过去，打在了离牛眼仅仅几厘米远的木头夹板上，那牛晃了一下头，若无其事地继续反刍，我心里暗自欣喜。

"笨狗蛋，看我的吧！"

我快速地把弹弓的橡皮筋拉到了最大限度，但我发现这弹弓好像被谁动了手脚，橡皮筋一边紧，一边松，我知道肯定有人捣鬼，管不了那么多，我将松的那边拉长些，紧的那边拉短些，力道这么一均，"砰"的一声打了过去，那弹丸不偏不倚正好打中老黄牛的左眼……

我还没来得及欢呼，就只见那大黄牛"哞——"的一声惨叫，两条前腿腾空而起，牛缰绳也"砰"的一声扯断了，牛发疯似的撞倒了牛圈的围栏，痛苦地"哞哞"叫着，一路上滴着血，向西山坡上狂奔而去……

我们都吓坏了，惊得怔在那里，已经吓蒙的熊狗儿一溜烟儿跑了，一定是告我的状去了。

我们这群小孩，只顾着玩，根本就没有意识到已经闯了大祸：这大黄牛，是生产队用攒了几年的八百元买回来的。这头牛，是头领缰牛，犁地、耙地、播种、拉车，都是把好手，可以说是生产队的半边天。

果不其然，饲养员和生产队队长不一会儿赶来了，看到大黄牛不在，又从孩子们口中证实原委后，生产队队长极为恼火地恨恨地跺了一下脚，对我吼道："你这个浑蛋，你要是把牛眼给我打瞎了，看我不宰了你！"说完拉着饲养员赶紧往西山坡上找大黄牛去了。

此时，我才意识到了事态的严重性。那天，我没敢回家，先是躲在玉米地里，天快黑的时候，在村西的山沟里发现了一个小土窑，这个小土窑有两米多深，我找来一些野草，堵住窑洞口，像一只胆小的猫，躲了进去。

那天晚上，我就是在这个窑洞里度过的，直到第二天上午，实在饿得扛不住，才被迫乖乖回家了。

还没走进家门口，老远就听到我家院子里吵闹得很。

大黄牛的眼确实被我打瞎了，整个生产队的劳力都拥到了我家里，吵成了一锅粥。有的要求赔钱，有的要求赔牛，闹得不可开交。队长对我母亲说："嫂子，这牛多少钱买的，你也知道，你看咋办吧。"母亲急得一个劲儿地骂："这兔崽子呀，昨天到现在一天多了，还没见他影子呢，也不知……"

说到这里，正好从人群中看到了我，我还想向后躲呢，可身旁的饲养员麻利地扭着我往母亲前面一推："给，你的好儿子回来了！"

母亲当时真是气不打一处来，顺手拎起一根枣木棍，"咣唧"一声砸在了我的后背上，边打边骂："你个不争气的东西！这牛可是咱生产队的命根子呀，八百多块钱，你叫咱家咋赔呀，把我和你爹卖了也值不了这么多钱呀！"说着号啕大哭起来……

此时的我，真的害怕了，八百多块钱，对于我家来说，简直就是天文数字，我家会不会因此过不下去呀？我会不会因此上不起学呀？……想到这里，我的眼泪扑簌簌地往下掉，莫大的后悔涌上心头。

村支书跟父亲的关系还不错，后来告诉母亲，说邻村有个老农民，特别懂训牛，让人家试试，把这"独眼龙"好好训练训练，看能否继续干活儿。

事情的结果总算有了转机，经过一个多星期的训练，这老黄牛虽然只有一只眼睛好使，但已经不怎么影响下地干活儿了。最后，经过协商，大队里决定对我家罚一百块，算是对生产队损失的补偿。

一百块钱在当时几乎是我家总资产的三分之一了，这个大大的教训深深地刺痛了我，从此，我再也不敢调皮捣蛋干坏事了。

关键是，因为这件事情，我突然感觉母亲一下子憔悴了好多，一夜之间生了好多白发，深深的愧疚感萦绕了我好久好久，至今不曾消退……

童年记忆：饥饿如歌

记忆中，我的童年，是幸福的、开心的。

是的，那个阳光灿烂、空气清新的山沟沟里，除了冬天有点儿凄凉之外，春、夏、秋三季都非常美丽，漫山遍野的碧绿苍翠。

只是，村里盖的房子有点儿太过原始了，我们是用不规则的石头砌出地基，直至与窗户台平，再往上，则用麦秸秆和胶泥垛砌而成，房顶则是用石灰加石子搅拌锤实的平房顶……那时候的村子很有风情，绝不亚于现代的特色小镇。

美中不足的是生活条件差了点儿，饭菜里没啥油水，无论大人还是小孩，时常都会感到饥饿。对我来说，尽管村头村尾和漫山遍野的生瓜梨枣都可以代粮充饥，可童年和少年时期身体长得快，能量消耗大，动不动就饿得要命。

饿，在那个年代，是我们全村最普遍的记忆。

那时候的家可不像现在，冰箱里储存着各种美食，根本没什么好吃的。上学回到家的第一件事，一定是嚷嚷着问母亲这顿吃什么。无论是上学还是放假，反正总是不到吃饭时候就早已饿得饥肠咕噜直叫喊了，如果能美餐一顿，那恐怕是当时最大的幸福了。

一

老家的沟沟壑壑里红薯种得多，有些城里人也把红薯叫地瓜。我们那个区域，由于长年干旱和红胶土的缘故，红薯长得较小，其最大的特点是干、面、甜，以干著称，含粉量极高，吃着口感是面的，咬得大了，你是绝对咽不下去，会噎着。其形状各异，呈粉红色和紫红色，每年秋天，村民们就会刨出大量的红薯，给独轮车绑上荆条篓，一车一车地往家里推，然后再储藏到十几米深的地窖里。

地窖里冬暖夏凉，是天然的空调房，里面黑咕隆咚的。我很喜欢带着火柴和油灯爬下去玩，像地道战似的。虽然下去过好多次，但每次下去心里还是有些发毛，想着地窖会不会突然就坍塌了，把我小命给埋葬了……

到这个时候，主食几乎天天就是红薯了。吃法多种多样，蒸、烧、烤等都可以，蒸吃是最简单的、最常见的吃法。这个季节基本上是能吃饱的，但吃的再饱也不长膘，这是红薯的成分所决定的。据《本草纲目》中记载，甘薯补虚，健脾开胃，强肾阴，常食必健康长寿。中医理论视红薯为润肠通便与减肥的良药。

地窖里放不下的红薯，母亲就把它切成片，放在房顶上晒干，到冬天可下到锅里煮饭吃，这是一种美味，我极为喜欢。有时去辉县盘上的几个村，会发现那儿的人大多也这样吃。

那年冬天，记得母亲天天做的都是红薯干甜饭，实际上就是现在我们经常见到的路边小店里的早餐，是一种加了红薯干的玉米粥，总是稀汤寡水的，外加几根老咸菜，几乎顿顿都是这样的饭，一点儿都不顶饥，就算吃得再饱，也撑不了多久就饿了，胃酸难忍。

所以，解决饥饿问题，成了我童年生活中最大的梦想和愿望。

二

有一天，母亲出门不在家，我家养的五只母鸡，在大中午，几乎同时咯哒咯哒地叫唤。我知道这是它们刚刚下蛋了，刚从院子的鸡窝里跳出来。

平时母亲听到这声音就会叫我去收蛋，可今儿个母亲不在，我同样去收鸡蛋，伸手到鸡窝里拿出母鸡刚下的鸡蛋，感觉热乎乎的，心想可不可以趁母亲不在家，偷喝一个生鸡蛋呢？如果母亲回来询问我，我就说今天少下了一个蛋就行了。

于是，收好其他的几个鸡蛋后，我把最后一个鸡蛋往石头上轻轻一磕，磕开一个小口，对着嘴一吸，蛋黄蛋清一股脑就全进肚里了。

后来，我就老盼望着母亲外出，这样我就可以偷喝生鸡蛋了。再后来，胆子越来越大，竟然在村里的其他人家也寻找机会，一听到母鸡咯哒咯哒的叫声，我就会去拿生鸡蛋喝，反正一个鸡蛋哧溜一声就进肚里了，很难被别人发现。

就这样，一连三四个年头，我都是用生鸡蛋来填饱肚子。村里的人总说，这几年母鸡下蛋少了许多，可能是年景不好的缘故吧，连母鸡也吃不饱……每当这时，我心里会有一种莫名的恐慌和歉疚，因为我母亲也常骂那些母鸡下蛋少。

有一天，我突然腹痛难忍，卧床不起，害了一场大病！

经过赤脚医生诊断，我是肝部中毒，得了甲型肝炎，是吃东西不干净造成的。医生列了种种能引起甲型肝炎病毒感染的食物，其中就有生喝鸡蛋这一条。心里终于清楚了我发病的原因了，可绝不敢让母亲知道的，自己也就不敢再偷喝。

记得，医生给我开了十几种药片，一瓶瓶摆在床前的石桌上，有苦的也有带糖衣的，母亲按医生的叮嘱按时让我吃药。

我不喜欢吃苦药片，倒很青睐那些糖衣片。有一天母亲去地里做活儿，提前把水给我倒好，让我自己按时吃药。母亲走后，我躺着无聊，就拿药瓶玩，糖衣片就水一口就能咽下，留在口里的味道甜甜的，感觉很好。吃了几个后我还想吃，就一口气把所有的糖衣药片吃了个精光，把所有的苦药片全倒到床缝里了。

结果嘛，我全身发青，昏迷不醒，好歹我母亲懂点儿常识，发现我是药物中毒后，熬了几大锅绿豆水，天天往我嘴里灌。昏迷中我喝了三天绿豆水，才从死神手中挣脱开来。苏醒以后，睁开眼，看到的是母亲那憔悴容颜中的温暖的微笑！

母亲唠叨着说："这孩子，命保住了，大难不死必有后福！"

虽然迄今为止，自己还没有发现后福在哪里，但有一点可以断定，没有母亲当年那一锅又一锅绿豆水的精心呵护，我的小命早上西天了！

说来也怪，经过那次药物中毒和绿豆水的浇灌，竟一次性地根除了我的甲型肝炎，几十年过去了，肝功能一直很好！

童年记忆：与猪争"食"有良效

依稀记得，那是个万物复苏、春回大地的季节。

在和煦的微风吹拂下，我与母亲到山沟沟的涧水边采柳絮，做谷类（音，一种蒸菜），同时也拔些大屁股头草喂猪吃。

母亲依旧喜欢唠叨，不知是说给我听还是自言自语："这猪长得太慢了，都喂八个月了，还是那么一点儿，啥时候才能长成？咋能长得快点儿，赶快卖个好价钱，家里用钱的地方太多了。你哥哥姐姐都刚去外边工作，挣那仨核桃俩枣的，够干个啥？家里不给他们补贴点儿咋办？"

我可好，听到和没听到一样，母亲说的问题我似懂非懂的。但我却十分利索，噌噌噌，几下就爬上水湾边的柳树上，腰上拴个篮子，娴熟地将着刚长出不久的柳絮，没多大工夫，篮子就满了，而母亲的青草篮子还不到一半。

我下树后和母亲嚷一声，就跑到河边玩，一会儿逮小蝌蚪，一会儿用柳条编柳圈，无忧无虑地玩个不停。搁现在的话说，就是拥抱自然，走进春的怀抱，跑在沟沟壑壑的原野上，抖擞精神，放飞身心，笑迎生命激昂的季节……

那个年代，我哪懂得这些？

那些历经风雪磨砺的树枝，仿佛一改僵硬呆板的冬姿，仪态轻柔娇嫩，涨满着青春的气息。整个山坡仿佛听到了冲锋的号角，争先恐后吐出嫩绿，为春天加油，为春天喝彩，为春天平添生机！

一番自娱自乐的玩耍后，母亲的草篮子已满满的了，我就和她一起回家。刚到家门口，就看到那辆熟悉的旧自行车，我像见到了一份渴盼已久的礼物，马上喜出望外地对母亲嚷嚷："爸爸回来了，爸爸回来了！"

客观地说，童年记忆中的父亲，就是我家的"天"，无论什么问题什么困难，到他那儿几乎都可以想到办法去解决。无论我再调皮捣蛋，他也从未骂过我一次。直到现在，他已是九十四岁高龄了，依旧没有在儿子面前说过一句难听话。

我昨天晚上回哥哥家看父亲，他依旧说"这是俺家老二"，说特别地想我。我倚在父亲的床头，一次又一次地亲他那早已布满皱纹的额头，虽然他表示不是太能接受，但我知道他内心深处是高兴的，脸上总露出一丝丝慈祥的笑意。

回到故事中来。回家后，我看到父亲已经手持铁锹在院子里干活儿，父亲看到我和母亲回来，停下手里的活儿问："你们去干啥了？"

我指着母亲篮里的青草说："去给猪拔草了！妈妈说咱家的猪长得太慢，问我咋能长快点儿，我哪会知道？我自己都长得这么慢，我知道爸爸肯定有办法。"

父亲坐在石凳上沉思了一会儿说："是呀，煮饭妇女去地里干活儿，一天只挣六个工分，值不到两分钱。一头猪喂成后，可以卖七八十块钱，喂猪还是划算呀！"然后父亲抬头笑笑说："猪光吃草和清汤寡水是长不快的。嗯，我有办法啦！"

我不知道父亲想起了什么办法，也懒得知道他有什么办法，我没说几句话就一溜烟儿地跑出去玩了。

第二天傍晚时分，父亲用他那辆破自行车驮回来两麻袋东西，看上去很重，我搭把手帮他弄到院子里。之后听父亲说是两块钱买了两麻袋鱼骨粉，只要每天喂猪时放一勺进去，猪就可以长得很快！母亲按照父亲的叮嘱，每天喂猪就放鱼骨粉进去，可猪好像也不是太喜欢吃，也没见猪噌噌地猛长。

有一天我放学后很饿，在母亲喂猪时，我伸手捏了一点儿鱼骨粉尝了尝。哇，咸香咸香的，味道好极了！于是我就动了心思，心想这么好吃的东西都喂猪了，太可惜了。我先是把另一麻袋鱼骨粉使出老劲儿拖到杂货屋不显眼的地方，还用荆条片盖上；再就是在母亲喂猪时我主动帮忙，假装喂了鱼骨粉，其实偷吃。

时间久了，母亲已淡忘了原初的喂法，剩余的大半麻袋鱼骨粉就成了我的美餐……

从小学五年级到初中两年，总计三年左右的时间，我每天上学便偷偷装两口袋鱼骨粉。无论是走在路上还是上课期间，饿了馋了就捏一点儿放嘴里，一天下来两兜鱼骨粉全进肚子里，基本上解决了我的饥饿问题。

结果是，猪依旧长得那么慢，而我长得却飞快，那三年，每年都要长三十多厘米，超出同龄人一大截子。十八岁那年就长成了现在的高度：一米九！

后来，我询问过我爷爷辈的老人，说我家族祖宗八代也没这么高的人。我能长这么高，除偷喝过生鸡蛋外，唯一的解释，就是鱼骨粉猪饲料起的作用。据我后来咨询的营养师说，鱼骨粉含有大量的碳酸钙和蛋白质，营养非常丰富，而且那时候的鱼骨粉还没有添加剂，对身体的成长没有任何坏处！

现在想来，当年母亲是为了接济家用，盼望猪长得快点儿，父亲是为了实现母亲的愿望而买了鱼骨粉，我是为了尝鲜填饱饥饿的肚子而偷吃的鱼骨粉，一不留神就长了这么高的个头，而且身强体壮。

感悟《活着》

　　《活着》是中国作家余华的一部经典之作，这是一本极具震撼力的小说，讲述了一个普通人奇特的命运，同时也展现出人类存在的种种困境和人性的复杂性。读完这本书，我受到了很大的触动和启发，深深地思考了人生的意义和价值。

　　《活着》以一个农村普通人福贵为主角，通过他的亲身经历展现了封建社会、战争和"大跃进"对农民生活的冲击。福贵从小便被命运之手捉弄，他的家族从富裕堕落至贫穷，他遭受了太多的苦难和不幸。然而，尽管他在命运的折磨下饱受痛苦，他依然坚强地活着。

　　《活着》这本小说叙述了一个非常具体的历史时期，然而其中所蕴含的人物情感和思考却是无时代界限的。作者余华通过深入细腻的描写，展现了人性的复杂性。福贵在生活中遭受了巨大的打击，他的家庭破碎、妻子离世、儿子残废，但他依然坚守着对亲情和人性的信仰，为生活而奋斗。这种对生命的热爱、对家庭的责任和对生活的希望，使福贵成为一个令人敬佩的人物。

　　通过福贵的命运，余华试图揭示人类在苦难与挑战面前的选择。他通过福贵的经历告诉我们，尽管生活有时充满了痛苦和不幸，但我们不能放弃对生活的追求。无论走到何种艰难的境地，我们都应该坚持自己的信仰和原则，保持对美好生活的渴望。

读完《活着》后，我被福贵的坚韧和对生活的执着所感动，也开始思考自己的人生态度和价值观。尽管我们身处一个复杂多变的社会，面临各种挑战和困境，但我们应该像福贵一样选择积极向上，坚守自己的信仰，为生活而奋斗。义无反顾地追求幸福和成长，这是我从《活着》中得到的最深刻的启示。

在我看来，余华的《活着》凭借其深刻的人物描写、刻骨铭心的故事情节以及对人性和命运的思考，确实是一部卓越的作品。这本小说不仅仅是一部记录历史事件的作品，更是一本引人深思的作品。它通过描写一个普通农民的命运，呼唤人们正视生活的苦难，坚持对人性的追求和对美好的向往。

《活着》给了我对生活的勇气和信心，并使我对人性和命运有了更深刻的思考。这本书是一部感人至深的名著，一部值得深入研究的作品。

论余秋雨散文语言的厚重感

　　余秋雨是中国当代文坛上备受瞩目的作家之一，他以散文而著称。他的散文作品不仅内容丰富，而且语言典雅、厚重感十足。本文将从词汇运用、句子结构和修辞手法三个方面来谈余秋雨散文语言的厚重感。

　　首先，余秋雨的散文作品充分展现了他独特的词汇运用。他注重运用古典汉语词汇，涵盖了丰富的意境和文化内涵。例如，在描写自然风景时，他使用了许多形象生动的词语，如"翁郁的林木""碧波荡漾的湖面""江水潺潺"等，这些词汇使读者能够身临其境地感受到大自然的美妙。此外，他还善于使用古代典故和典型的成语，使文中的形象更加深入人心。通过运用这些具有历史积淀的词汇，余秋雨的散文不仅承载着厚重的文化底蕴，而且呈现出独特的诗意韵味。

　　其次，余秋雨的句子结构也是其散文厚重感的重要组成部分。他善于运用复杂的句子结构，使得句子更加精细而丰富，增加了文章的层次感和艺术感。在表达情感和思想的同时，他会采用渐进式的句子结构，通过逐步展开的方式引领读者的情绪和思考。例如，他会用长句子来描述事物的变化和发展，以及思想的起伏和深刻。这种复杂的句子结构给人一种深思熟虑的感觉，使读者不仅被文字所吸引，更能品味其中蕴含的分寸和思辨。

　　最后，余秋雨在散文中运用了多种修辞手法，使其语言更具厚重感。比如，他善于使用比喻和拟人，通过将生活、自然和情感等进行联想和类比，赋予文字以丰富的情感和意义。这种修辞手法不仅丰富了散文的表现力，也为读者提供了更为深刻的体验。此外，他还善于使用排比和反复，通过将相似或相对的事物进行对比和重复，以凸显散文所要传达的主题和情感。这种修辞手法使散文更具有感染力和力量感，使读者更加沉浸其中。

综上所述，余秋雨的散文语言具有极其浓厚的文化底蕴和艺术感。通过词汇、句子结构和修辞手法的运用，他创造了一种独特的写作风格，使散文充满深刻的思考和情感。无论是词语的选择还是句子的构造，都蕴涵着他对生活、自然和人性的独特理解和感悟。读者在阅读余秋雨的散文时，能够深入思考和感受其中的艺术之美，体会到他独特的人文关怀。

烦恼的伊甸园

一

繁星满天，夜空寂静。

初春的夜晚，阿闵自由地放飞着自己的思绪，那思绪剪不断理还乱，丝丝凉风调皮地从脸庞侵入，她不由得打了个寒战。

她感到自己像是掉进了浩瀚的海洋，失去了重心似的任凭风吹浪推。要问漂向何处？浮萍一样，没有归宿，不能靠岸！重重忧伤袭上心头，泪珠闪闪，如破碎的玻璃堕入草丛。难道要飘摇一辈子？为何寻觅了这么多年，却总找不到一个可以为自己挡风遮雨、在寒夜中呵护自己的爱人呢？

阿闵能找出千千万万个理由，但也总是能找出破绽，让这千千万万个理由，瞬间变成一文不值的借口。

好友萍曾对她说过一句话，一直萦绕在她心头："你之所以在感情上伤痕累累，找不到一个满意的爱人，是因为你在爱情上没给自己一个合适的定位。"

"合适的定位"，阿闵一直参不透这五个字。从高中到读硕士研究生，每个阶段她都有很明确的步骤，而且都顺理成章地走了过来，可独独在爱情上始终一无所获。为什么呢？是自己太过理智，太过懦弱？还是真的被月老冷落，让和自己有心仪的他，全都有缘无分？抑或是，真的和相爱的他缘分未到？

阿闵不愿再费心去想这些事，可历历往事依稀却上心头，酸、甜、苦、辣、咸五味俱全。唉！人生如梦亦如电……

二

那是一个牡丹花开的季节，宇离开了爱了他三年、爱得死去活来的阿闵。高三那年，阿闵随做生意的父母到了洛阳，寄读在一所不起眼的寄宿制中学。

开学的第二天就下起了雨，很不小的一场雨，像是洛神的泪。

放学后人都走光了，阿闵还愣在座位上，她想，怎么自己就这么倒霉呢？没有丝毫预兆，就下了这么大的雨，在这举目无亲的鬼地方，连把伞都无从找起，中午饭也没法儿出去吃了。

唉……想着想着，阿闵的肚子便咕噜咕噜地乱叫，眼泪跟着就啪嗒啪嗒掉下来。无奈只好找本书顶在头上冲出去，饭不能不吃呀！

阿闵没想到冲到了一个大个子男生的怀里，把那人撞了个趔趄，连退好几步。

"唉，你干吗这么大劲儿？我跟你没仇没恨的。"

阿闵抬起头，看见了站在自己面前几步远的宇，他有着近一米八的个头，极有型的寸头，戴着一副金丝眼镜，身着白色夹克，深蓝色板裤，还穿着一双被雨水打湿却依然透着倔强亮色的皮鞋……总之，他蛮酷的。

阿闵慌忙中说了声："对不起！"腮帮上仍挂着泪水，当她扭头正要离开时，却听见那男生叫她："同学，没带伞啊？我的借给你啦。"

阿闵回头的刹那间，伞已被抛了过来，她没有思索便伸手接住了。

"别忘了还我，我在高三（8）班，姓王名宇！"

阿闵打开伞，擦去眼泪，正想说声谢谢，宇已消失在雨雾之中，像是哪位神仙垂青她，来也匆匆，去也匆匆。

"真巧，一个班的，我怎么就没留意到班里还有这么一位帅哥呢？

而且还挺热心的。哦，祸兮福之所倚也！"阿闵的眉眼瞬间就展开了，像是大雨中的两道小彩虹，放着幸福又明媚的光。她便哼着小调，乐颠颠地跑出去吃饭了。

回来后，阿闵发现宇就在自己后边的一排靠北的位置——竟离得这么近！

"嗨，谢谢你，真的感激不尽。我叫阿闵，咱班新来的同学，请多多关照。"

宇一愣："我怎么没有发现班里新来了同学？失礼失礼，不过挺有缘分，你像头牛一样撞到了我怀里，我现在肋骨还疼呢。"宇的话逗得阿闵又害羞又想笑。

好不容易，又好容易，就牵了缘和分的手！阿闵和宇相知相守在这个曾让人感到凄冷孤独、无依无靠的城市，宇成了阿闵的知己……

当走近宇时，阿闵对宇的认识和了解更深更真。宇其实是一个很踏实、很刻苦、很严谨的男孩，他的内在与外在一样清朗，表里如一。

三

那天中午，阿闵实在睡不着觉，便跑到教室去静静心。

教室的门锁着，可是她能够感觉到有人在里面。当她靠近门缝一看，发现原来是宇在埋着头看东西，神情极为专注。是在看书学习，还是在读小说，还是在津津有味地读一封情书……

阿闵很想知道宇到底在干什么，但又不想冒失地去惊动他，于是，这位春心荡漾的姑娘，就只有苦思冥想地在教室门口打转。

转着转着，她突然发现教室后面的矮窗开着，想必宇一定也是从这儿翻进去的。很快，阿闵就脱了鞋子，蹑手蹑脚地翻了进去。当她悄声走近宇时，发现他看的是《英语世界》，嘴里还嘟囔着什么……

阿闵拍了一下宇的肩膀："喂，我以为你在看情书呢，这么专心，原来是在学英语，你简直太'变态'了吧？"

突如其来的动作和声音，把宇给着实吓了一跳："你这小鬼头，什么时候爬进来的？看来你的'轻功'不错，竟能逃过我的耳朵，吓得我都掉魂啦！"

宇手忙脚乱地在桌上抓起自己的眼镜戴上，一会儿，那副金丝眼镜便盖住了他那双大大的但却近视很深的眼睛。

"哇，原来你的眼睛这么漂亮啊！只可惜整天不能见天日，太浪费了吧？"

阿闵发现新大陆似的叫道。这次她发现宇的脸变红了。"哼，有意思，大男孩也会害羞！"阿闵心里嘀咕着。

"哈哈，姑娘家连鞋子都不穿，你这是干吗，偷窥我啊？这里可是教室啊，又不是浴室。"宇忽地发现阿闵没穿鞋子，哈哈大笑，"你脱了鞋子显得更矮了，来比比，看你到我哪个地方。哇，这么低，只及我脖子，以后叫我大哥，不然我会一只手把你像拎小鸡一样地拎起来的。"阿闵逃也似的跑过去穿鞋子。

第二天中午，阿闵突发奇想，想去教室看宇是不是仍然在学习，趁机还可以说上几句话。她像个小偷，偷偷摸摸地靠近门缝一看，宇果真在！

阿闵又从窗子上翻进去，发现宇依旧在看英语。

"你真的是在用功哎，精神可嘉！想不到你这么爱学习。请问你是心血来潮，还是长期如此？还是，因为昨天我来了，所以今天你就还在这儿守株待'我'？"

宇又摸到桌上的眼镜，盖在他那双漂亮的大眼睛上。"唉！没办法，英语不好，不狠劲儿补补，高考会落分的，到那时，就悔之晚矣。"

宇的脸上流露出几分无奈，但随即又信心十足地告诉阿闵："如果我长期坚持下去，一定会有好结果的，老师都这样鼓励我，而且我也有信心，毕竟，皇天不负有心人！"

"皇天不负有心人"，阿闵挺喜欢这句话的。这不，在她苦等了这么多年之后，老天爷不是已经把宇给派到自己身边了吗？

同时，宇对学习执着的信念，让阿闵备受感染："以后我和你一块儿努力，而且我英语不错，说不定还能帮帮你。不过我其他科不行，希望你也能帮我，OK？"

"OK！"

两人击掌定约。

四

随后的日子，阿闵便每天中午在教室里与宇相约共进步，但总是习惯在门缝中看几分钟他埋头苦读的样子。

有天，阿闵用手机偷偷地把宇的这个形象摄了下来，放在床头的相框里。时间久了，这便成了阿闵心中一道永恒的风景，无论如何都抹不去的。阿闵拿着照片，悄然走近宇的身边，并轻轻地把桌上的眼镜藏进口袋里。

"宇，你看这是谁？"阿闵坐在宇的对面，拿着照片让宇看。

宇又习惯地去摸眼镜，却怎么也找不着，只好眯着眼睛瞅过去。阿闵看见了他长长的睫毛和那双深邃的眼睛，她快忍不住了，她恨不得马上跳进他那如湖水般清澈多情的眼中，就算淹死在里边又何妨？

"嗯，好熟悉，这是谁呀？让我仔细瞧瞧。啊哈，不会是我吧？"宇带着几丝惊喜地问。

"你原有一双很美的眼睛，可惜它现在已经不能再闪闪发亮了，所以我看到的只能是你埋头看书的样子。"阿闵满是惋惜地说。

"习惯了看书，眼睛便不知不觉地近视了好多。我在家时，家人经常赶我出去玩，不让我看书，可是江山易改，禀性难移，读书使我快乐，所以就顾不上了。我想，我身上最美的不应该在眼睛里，而应该是在心里，也许我这样说有些自负，但我是认真的，请别在意。"宇坦然地说道，满满的真诚。

那一刻，阿闵觉得自己爱上了这个外表很酷、实为书呆子的男孩，绝不仅仅是荷尔蒙的作用，更有两个人灵魂的共鸣。

从此，阿闵觉得自己浮萍一样的心被什么东西抓住了，她再也不用漂游了。

宇的生活很简单，吃饭、学习、睡觉。无论阿闵什么时候瞅他一眼，他总是在看书，他的成绩也一直保持在前列。

阿闵就不一样啦，成绩像过山车似的，时好时坏。老师总爱对着阿闵说："你看咱班的王宇，学习刻苦勤奋，成绩保持得多好。你就不会向人家学学？天才来自勤奋嘛，不能光靠小聪明。"

阿闵却认为自己已经无药可救了，永远无法像宇那样多少年如一日地学习。

"我跟他不是一类人，所以不能强求雷同。古代的老夫子一定制造不出来现代的卡通片，但卡通片里却可以有老夫子生动逼真的形象，而且老夫子也可能会喜欢看卡通片。"阿闵心想，也算是安慰自己。

腊月初十，那天是宇的生日，阿闵早早就来到教室等他，要把这双她费尽精力织了一个月才织好的手套送给宇，并特意在里面放了一张卡片，写着："送给我可爱的大哥，Happy Birthday！喜欢你的小妹。"

宇走进教室时，吃惊地说："鬼灵精，今天起得这么早，以前总是我第一个先到的。你该不会是有什么事儿吧？"

"嘿，真让你猜到了，喏，送给你的，生日快乐！"阿闵把手套递上去。

"哎呀，今天是我十八岁生日，我都忘了。谢谢你，细心的小妹！"

宇说着便试着把手套戴上，"哦，还有张卡片。"他掏出来看了看，"好漂亮的卡片，再次谢谢你。"又看了看后面的话，"晚上一块儿去过生日，给我捧场哦！"

"OK！"阿闵的眼，笑得像一弯月牙。

消逝的伊甸园

一

晚上，在学校附近的小饮品店碰面时，阿闵只见到宇一个人，面前放着一个精致的小蛋糕，上面插着十八根蜡烛。

"咋的？怎么就你一个光杆司令啊？"阿闵打趣地问道。

"这不，又来了位压寨夫人不是？"宇今天的嘴皮子倒是利索，阿闵只得努努嘴，表示无声的抗议，但其实内心里早就开出了一朵花！

待阿闵坐定，宇又说："其实，除了你，没谁能在今天给我过生日，人家想不到，我也不屑。坐下吧，你先给我唱首《生日快乐》歌。"

把蜡烛点上，阿闵便顺从地唱了歌。宇一口气吹了蜡烛。"哦，快乐的十八岁！来，咱们以饮料代酒干一杯，祝十八岁的我一帆风顺！"两人端起杯子碰了一下，一饮而尽。

"好啦，我们现在可以切蛋糕啦！"宇叫着。阿闵却挡着他，示意等会儿再切。"帅哥，我有件事很想弄个明白，请先回答我然后再开吃，好不好？"

"好吧，本公子今天心情好，满足你这个心愿，问吧。"宇说。

"帅哥，你人长得这么帅，又这么内秀，从里到外都蛮好的，为什么就没有女孩子追呢？"我看别的班稍微帅点儿的男生都不断地换女朋友，怎么就不见你的身边有女孩子呢？真不明白你是怎么想的。"

"唉，这有什么不懂的，因为本帅哥心中已有'颜如玉'啦，而且只求精不求滥，一个足矣。再说，我没有精力把时间都放到谈情说爱上，宝贵的年轻时代，我可不想虚度光阴。学习，知道吗，学习才是正事，你说对不对，小妹？"

"嗯，那就是说，你已经有女朋友啦？怎么没听你说过？"

"这并不是一件新鲜事啦，咱们同学估计除你之外都知道我和冰儿的事。"

"谁是冰儿啊？"阿闵在装傻，其实她的心已被划开一道口子，快渗出血……

"冰儿是我初三认识的，她现在在三中读书，虽然不能常在一起，但我们心中都有一个共同的目标，这就足够了。来，小妹，咱们现在开始切蛋糕，哦，忘了告诉你，这蛋糕是冰儿寄给我的，咱把它分三份：你一份，我一份，她一份，她的那一份你替她吃了吧？好了，开吃！"

宇的话让阿闵心里蛮不是滋味的，不过阿闵想，你就是有了女朋友，也碍不着我喜欢你，该追我就是要追到手。冰儿？哼！不就是早几年认识嘛，我就不相信活泼可爱还热情的阿闵比不上她！

二

随之而来的，是一天比一天紧张的学习氛围，一套又一套的卷子，一次又一次的模拟测验，让阿闵整天像个陀螺似的不停地转动、不停地学习，曾经躁动的心，在紧张的状态中似乎有所收敛。

只是，阿闵仍然有事没事地和宇说上几句话，不过，更多的则是有关学习上的探讨。两人曾为争论一道数学题的最快解法忘记了吃饭；曾为一个英语单词的正确写法而打赌，结果是宇跑出去买了一盒立波糖；也曾为了买最新最权威的高考模拟题，并肩跑遍了大半座城市……日子在时而紧张、时而郁闷、时而高兴的冲冲撞撞中，走过了"黑色七月"。

也许时间能冲淡一切，但缘分是命中注定的！

阿闵是回老家考试的，成绩出来后，刚过大专线，于是便报了洛阳一所高校。她打电话问宇的情况，才知宇在考试时因为过于紧张而发挥失常。但无论如何，他今年也想有学上，便选了一所离家近的学校。

这所学校，竟与阿闵是同一所！

阿闵当然是喜出望外，说两人也许真的有缘分，不谋而合地报了同一所学校。而宇却故作悲伤地说："小妹，我以后要继续倒霉了，会时常有人偷拍我的照片，偷偷把我的眼镜藏起来……"

说完，宇就哈哈大笑起来。

通知书下来的时候，阿闵拎着书包去报到，一边走一边嘀咕着学校为什么把自己报的中文系调成了历史系。唉，她实在是不喜欢历史。

排队时，阿闵看着长长的队伍，急得东张西望，忽然眼睛一亮，看见骑着单车往回走的宇，便大声叫："嗨，宇！"

宇看见了阿闵，便骑着车过来打招呼。

"宇，你是哪个系？"

"我是历史系，只能走历史系了，好在我挺喜欢历史，你呢？"

"哇，和你一样！我们在一个系了，真巧。我在2班，你在哪班？"

"和你一样！"

阿闵高兴得跳了起来："宇，我们太有缘分了，是不是？"

宇点点头，拍着阿闵的肩膀说："小妹，看来你又可以在大哥的羽翼下待两年了。嗯，不错，不错，待会儿一块儿去庆祝庆祝。"

宇帮阿闵把东西拎到寝室时，寝室里人已经到齐了。阿闵赶快过去打招呼，又把宇介绍给大家。

"我是洛阳土著，以后大家有什么需要帮忙的地方，尽管找我好了。"宇笑嘻嘻地说着，又拍拍阿闵的肩膀，"这是我的'传呼娃'，找不着我的时候，告诉她一声就行了。"

一时间，所有的人笑得前俯后仰。阿闵住在了靠窗的上铺，宇爬到床上又是扫又是擦，又帮着铺被褥，下来时已满头大汗。阿闵赶快端了一盆水帮着擦擦。室友们见宇挺勤快，都劳他帮忙，又是锤钉子，又是放行李，又是挂蚊帐，忙活了一上午，才算忙完。宇身上那件白色的T恤已被汗渍透，灰迹斑斑了。

宇走了之后，大家都围着阿闵问宇是不是她男朋友，阿闵说不是，高中的好朋友而已。

"哇,他那么帅,对你又那么好,干吗不去珍惜呀?"

"人家有女朋友了,别乱说哈。"

"才不管他有没有女朋友呢,只要你喜欢就去追,怕什么呀?"

三

那一刻,阿闵的心有些悸动,一年前的感觉又回来了。

开学第三天,便开始了为期两周的军训。从早上六点到晚上十点,要跑操、操练,还要打扫卫生、学叠被。一天下来,阿闵总是第一个喊"累死了!累死了",不过心底倒觉得军训也蛮有意思,至少不用动脑子!

阿闵的个子矮,被排到第一排的倒数第一个,为此她颇为伤心,还好倒数第二个就是同寝室的浩儿。

浩儿戴眼镜,人长得水灵灵的,看上去倒是挺斯文,却不知只要她一张嘴说话,就原形毕露,活生生一个贼精灵,表情语气都极为夸张,且特能侃。阿闵时不时地跟浩儿比比谁的肩高,总不服气自己站在倒数第一的位置上。浩儿发现时,毫不留情:"哼,小传呼娃,比什么比,再比我就让王宇把你抓起来放进口袋里,哈哈!"又冲着阿闵做个鬼脸。阿闵气得说不上来话,半天不理她。

歇息时,浩儿便把旁边的董菲和杨莉拉过来,一块儿逗阿闵。董菲是个看上去比较秀气、但一张嘴便让你无从插口的女孩,和浩儿还真对脾气。杨莉最喜欢凑热闹,总喜欢讲高中时军训的情形,又非常善于模仿,一会儿做出个大家闺秀的淑女模样,一会儿又是唯唯喏喏的丫鬟样儿,一会儿又来个孙悟空的形象,一会儿又是芭蕾舞中的天鹅……还真是多才多艺。

阿闵经常对着宇抱怨自己个子矮,"唉,要是能把你的大长腿截一段给我就好了。"她�’着嘴嘟嚷着。

"那可不行,不过我有办法。"宇神秘兮兮地说。

"真的?怎么办?"

"这样咯……"宇说着便拎着阿闵的耳朵往上提,阿闵便很不淑女地哇哇大叫,两个人在操场上追来追去地闹着,几个好友更是笑得直不起腰。

109

快乐的伊甸园

一

　　一天，教官说要从队里挑选十个男生十个女生参加会操比赛，阿闵、浩儿、董菲、杨莉都被选中了。当天中午预定人员加班训练的时候，阿闵发现男生中有扛旗的班长"大个儿"李博，宇也入选了。

　　会操队员是全队的代表，训练自然就比普通队员苦得多了，光加班时间就四个小时。第二天训练时，杨莉和董菲两人便嘀咕着太累，不想参加。两人商量了半天，就向教官申请退出。

　　教官说："你们这些新时代的大学生，蜜糖罐里长大的，就吃了这么点儿苦便受不住了，以后再遇到更大的苦难该如何面对？"

　　到底是脸皮子薄，几句话，便说得几个女孩子惭愧地低下了头，从此再没有人叫过累和苦，做动作也认真了很多。不过，教官并没有要求更严，反而温和了许多，时不时地让他们歇上一歇，中间还给大家表演几个精彩的动作，或者，干脆拉上几首歌，相处得也算融洽。

　　会操时，大家齐心协力，打破了历史系以往在体育方面的尴尬纪录，获得了全校第三名。教官和队员们的脸上都挂满了汗珠，眼眶里盈满了泪水。同学们欢呼着把会操队员抬起来，扔得老高老高。

接下来是长途拉练。大家背着背包，挎着水壶，慷慨激昂，精神饱满，颇有雄赳赳、气昂昂的气魄，一两千人拖成长长的队伍，举着五彩的旗子就浩浩荡荡地出发了。教官忙着跑前跑后，一会儿喊号子，一会儿提歌词，每个人都走得挺有劲儿，连两旁的行人也时不时驻足观看。

"又要打鬼子啦？怎么不带枪啊？"听到的人都笑得前俯后仰。

但是，当走了一半的路程后，便不时有校车往回送人了。

"真的受不了啦！"女生中又是一片叫苦声，一时间，刚开始的兴奋劲儿全没了，不时有人问："快到了吧？快到了吧？"

男生似乎还有许多精力没有消耗掉，便跑过来帮女生背包。宇也跑过来帮阿闵，并不时开着玩笑打发时光。大个儿李博也殷勤地帮董菲背着包。那个留着长发名叫石林的男孩，也不知什么时候和浩儿搭上了话，两个人侃得火热。

"浩儿，你累不累？"阿闵叫道。

"不累啊！怎么，你累了？"

"累死我了，我都走不动了。"

"那让王宇背着你呗。"

"你这个坏孩子，不跟你说了。"阿闵看看宇，脸上泛起了红晕，像红霞飞。

杨莉一路小跑跟着教官："哎呀，好累呀，教官你们天天都这样，怎么受得了？"

教官回头笑笑："练出真功夫就不觉累啦，你们呀，太嫩！来，把背包给我，坚持到底就是胜利！"杨莉也不客气，顺手把包递给了教官，仍小跑着搭着话。

好不容易到了目的地——伊河桥下，大家都累得瘫倒在地。

歇了一会儿，便有人脱了鞋袜往河里跳，岸边的水清清浅浅的，把小鱼吓得乱窜。禁不住诱惑，大家都闹了起来，似乎过了个泼水节，浑身都湿漉漉的。

阿闵也脱了鞋子蹚着水跑来跑去，突然觉得脚有些痛，仔细一看，原来脚都被磨破了，又被水浸得红红的，她玩得正高兴，也没有太在意。

阿闵看见杨莉在桥下和教官聊得起劲儿，便拉了宇、浩儿、石林、董菲，悄悄绕到后面，把教官的鞋子藏了起来，捧起水来便往两人身上泼，然后飞也似的散了去。等他俩回头时，已经没了人影。

杨莉气愤地抹着脸上的水，教官急匆匆地找鞋子，结果怎么也找不着，无奈只好跑到学生堆里求救了："把鞋子还给我吧，不然我就罚你们啦！"

"罚了我们更不给，唱首歌，我们就给你！"阿闵几个恶作剧地叫道。

教官无奈，满脸通红地唱道："林间有两条小路，我选择了一条，我也说不出理由……"

"请原谅，唱得不好，本人的确五音不全。"大家鼓起掌来，为教官那变了调却依然优美的歌声。教官亦是同龄人，可以没大没小，但也要互相关爱。

接下来的日子轻松了许多，可阿闵却觉得自己行动越来越不方便了。

为什么？

原来那天只顾着玩水，受伤的脚被水浸泡得发炎了。刚开始，阿闵还没太在意，结果后来严重到双脚不敢落地，痛得晚上睡不着觉。

阿闵吓坏了，给宇打电话诉苦，诉着诉着都要哭出来了。宇听了，不顾天色已晚，很快就跑了过来，二话没说，背起阿闵就往校诊所去。阿闵感动得不得了，忍了好久的泪水最终掉下来了，一颗一颗落到宇的脖子里。

短短的军训在充实紧张中过去了，操场上、宿舍里、伊河桥下的林林总总，都已化作永恒的风景留在了大家的记忆中。相见时难别亦难，泪水打湿了衣襟，却留不住即将分别的人。

杨莉和教官就在这短短的时间里相爱了，而且爱得那般刻骨铭心，让阿闵几个艳羡不已。

归队的军车前，杨莉哭得泪人一般拉着教官的手："回到部队一定要给我写信，我会很想你的！"教官一边劝杨莉别哭，一边给她擦去眼泪："在学校里好好学习，我会经常给你写信，有空我就来看你，别哭！"

阿闵在旁边看着挥泪惜别的俩情场新人，不由得叹道："相爱也如此简单！"

宇笑了笑："怎么了，情窦未开的小姑娘，你也会感慨？"

阿闵想说自己才不是情窦未开呢，却欲言又止。

二

军训结束后，学习和生活双双走入了轨道。

第一堂课上，班主任让大家自我介绍一下，并谈谈自己两年里有什么打算。"尽情地显示自己，把自己丑陋的一面在学校里洗掉，把自信和成熟带出校门，面对社会。"老师鼓励着每一位同学。

大家都做了精彩的演讲，踌躇满志。

李博是男生中最引人注目的一个，单就他一米八四的个头儿，便足以震慑住一大群人。并且他说话稳稳妥妥的，虽不曾有激昂的言辞，却周密细致，颇具魅力。当晚班主任便宣布李博为班长。李博毅然担起这个职务，并表示愿意勤勤恳恳为大家服务。

阿闵自觉没有领导才能，便申明她要在两年内尽自己的最大努力为集体多做点儿事，多做好事，并且把学习搞好。

杨莉和浩儿的演讲也颇为精彩，从个人到集体，从家乡到全国，纵横捭阖，俨然一个大杂谈家。董菲和宇倒是极为平淡。

第二天是班干部竞选，杨莉和浩儿跃跃欲试，结果，一个当了宣传委员，一个当了文娱委员。

李博找到董菲说："你口才这么好，为什么不去试试竞选班干部？"

"我的志趣不在此，有空闲的时间不如回家看看电视，陪父母聊聊天儿。"董菲干脆地答道，云淡风轻般的，无欲无求。

"你是为数不多的来自本市的同学之一，有个性，佩服！"李博说。

从此，董菲便穿梭于家和学校之间，不问"政事"，活得倒也逍遥自在。

阿闵的字写得不错，便积极加入壁报组，成了《史林》的一个小编委；石林一副艺术家的派头，擅长书法，亦擅长美术，成了《史林》的主编；宇依旧钟情于读书，他总是图书馆、教室的常客。

宇还有个爱好就是买书，他时不时地拉着阿闵满大街地逛书店和旧书摊。一个星期六的早上，刚吃完早饭，宇就跑去叫阿闵。

"阿闵，陪我一块儿去上海路的旧书摊买书吧，昨晚刚听冰儿说，那儿有许多许多有价值的书呢，都能让我的小屋'汗牛充栋'呢！"

"那冰儿怎么不陪你去呢？"阿闵想，冰儿仅仅一句话就能让你"汗牛充栋"，我算哪根小葱？

"她今天有课，去不了。怎么，你不乐意？"

"没有啊。"阿闵说。但心里却想，冰儿没时间你才来找我，把我当什么了？不过又一想，只要跟宇在一块儿就行，管那么多干吗？于是他们便骑着单车奔到旧书摊。

摊主是位年逾花甲的老者。书摊上还真有几部颇具价值的书。线装的《日知录》《十驾斋养新录》，还有中华书局二十世纪八十年代出版的《明儒学案》《汉语大字典》等等。突然，阿闵在一些旧字帖中发现了一本线装的《爱眉小札》，这书当时只发行了一百本，而且刚一发行就被陆小曼买去了许多，送给她亲戚朋友了。

宇指着书上画的"99"字号，说："这肯定是第九十九本，哇，我们好幸运，九九归一呀，买了买了。"

两人喜滋滋地去付钱，一看书本上没写价钱，宇说："五块钱卖给我们吧？"

老头儿瞅了瞅他俩，迟疑了一会儿，摇摇头。

"那多少钱？"宇急了，"二十块钱行不行？"

老头儿又摇头说："不卖！"

真把两人气得要死。阿闵想这老头儿真贼，刚对他有点儿好印象，这么快就破灭了。于是，她拉着宇说："先不买吧，回头看我的。"然后两人又去逛新华书店了。

到了中午，阿闵说："你先在这儿等着，我一会儿就回来。"

说完，阿闵又溜回了旧书摊，发现老头儿已换成了老太婆。她赶紧过去把《日知录》《明儒学案》和《十驾斋养新录》找出来，把《爱眉小札》放在当中，一块儿递给老太婆，总共才四十块钱。阿闵想老太太肯定把那本《爱眉小札》当成一本普通的历史书了。

再见到宇时，宇说："贼丫头，你比那老头儿还贼！"

几天后的一个中午，阿闵吃过饭，照常拎着书包到教室里去等宇，却发现宇正坐在那儿发愣，眼中还噙着泪水。她第一次见到他流泪，肯定有很伤心的事。

"宇，你怎么啦？"宇的眼泪一闪便滴落在书本上，他匆忙地把眼镜戴上，合上那本书，是《爱眉小札》。

阿闵坐在宇的对面，凝视他的双眼："大哥，被徐志摩的爱情感染了？"

宇摇摇头，泪水顺势洒在桌子上。"男儿有泪不轻弹，什么事竟然让你这么伤心？"阿闵关心地问。

宇费了好大的劲儿才把感情克制住了。

"是我和冰儿的事，我俩昨天吵架了。你知道，冰儿学的是音乐，专长是古筝，而且她学得特别好，一直想找个机会施展自己的才能，所以就联系在一家大酒店里给客人弹古筝。我也知道这样她会得到很好的锻炼，但她毕竟是个尚未涉世的女孩子，我怕她被一些不正经的风气染坏了，所以就不想让她去，结果便闹翻了脸。"宇说着，话里没有埋怨，满是关切！

"你不知道我有多爱冰儿，我不想失去她……"说着，宇又泣不成声。

"唉……原来人在感情上都是如此脆弱，连你这样的书呆子也会为情所困。好啦，别哭了，再找找她，跟她表明你的意思。只要你俩仍然相爱不就没事了？"阿闵说完这些话，又觉得心里头酸酸的。"爱得这么深，不知自己可还有希望？"

不知又过了多久，宇的情绪开始稳定下来，阿闵在旁边无所适从地待了半天，也没说上几句安慰的话。

"小妹，我写了一封信给冰儿，你去冰儿学校把这封信亲手交给她，好吗？让她别再生我的气，我已经想开了……"

阿闵机械地点点头，便拿起信走了出去。

外面不知何时已经小雨淅沥，低头看着被小雨打湿的地面，抬头透过雨帘仰望灰蒙蒙的天空，阿闵的心情似乎也成了被剪断的雨帘纷纷落地的雨珠一样，纷纷扰扰散落一地。

　　她想，自己干吗要操这份闲心？他们若是分了手，对自己岂不是更有利？就不信她打动不了宇的心，也不知道自己哪点比那冰儿差，正好今天去见识见识。

斑斓的伊甸园

一

冰儿正好在寝室，眼睛上还有一层雾，一看就知道她正伤心。

"嗨，我是阿闵，宇的小妹，他让我来给你送封信。"阿闵自我介绍道。

冰儿抬起头来，亮亮的眼睛嵌在圆圆的脸上，长长的黑发披在肩上，长得有点儿像《窈窕淑女》里的女主角，楚楚动人。

"他还让我告诉你，他已经想开了，请求你原谅他。"

"哦，谢谢你。"两滴晶莹的东西闪落下来，冰儿说，"我也知道他是为我好，我们爱得太深了，麻烦你转告他，让他别多想了，我知道自己该怎么做。"冰儿的声音柔柔的，阿闵也有想哭的感觉，不知爱情的力量竟有这么大。

回去的路上，阿闵想自己肯定完了，宇无论如何也不会把她放在情人的位置上，她很茫然，自己这段情，就要这样湮灭了吗？

星期六的时候，冰儿来学校看望宇。宇高兴得像个孩子，一手拎着冰儿的小背包，一手牵着冰儿在操场上边说边笑。

阿闵站在教学楼上，看着他们这对快乐的蜜蜂，心里很不是滋味。那一刻，阿闵真的想放弃，爱情近在眼前她却抓不住，它就像一朵云彩，从眼前飘向天边。

晚上，宇对冰儿说："你住小妹她们寝室，和小妹挤一个床吧。"

冰儿满口答应，阿闵也说："行啊……"

于是，阿闵和冰儿便挤到了一个被窝，睡在一头。

阿闵说："真羡慕你和大哥。"

冰儿一笑："其实也没什么，相处久了就越来越知道珍惜对方，但也免不了拌嘴生气，等你恋爱的时候，就会尝到爱情的苦和甜了。"

阿闵不语，冰儿又说："宇常提起你的，说你人又聪明又可爱，心地善良，肯定有不少男孩子追吧，现在有没有物色一个呀？"

阿闵微微摇头："男孩子都不喜欢我这样活蹦乱跳的性格，他们喜欢像你这样文文静静的。唉，我这辈子都不会找到一个爱我的人了，不过，我心目中已经有一个白马王子了。"

"那你就去追他嘛，既然喜欢一个人，就要敢于表现自己呀。"冰儿鼓励她说。

"可是……"

阿闵没有再往下说，要是冰儿知道宇就是她心中的白马王子，而且已经暗恋了许久，冰儿肯定会生气的，说不定她和宇连朋友都做不成了。唉，慢慢地等待时机吧。

冰儿走后，室友都说宇真是好福气，找了这么一个温柔、漂亮的女朋友，只有阿闵没吭声。她在屋里待了一天，愣愣地拿着镜子对自己照了又照，觉得自己长得并不难看，不就是没有冰儿温柔嘛。

"嗯，从现在开始，我也要学得温柔一点儿，也许到时候宇会喜欢我的。"阿闵又对着镜子摆了许多温柔的姿势，自我感觉良好。

二

晚饭时宋晴说："阿闵，跟你商量个事。我和男生109寝室的小虞提议，咱们女生115寝室和男生109寝室联谊，你看行吗？如果行了，你负责对咱寝室人说，OK？"

阿闵想了想，这也没什么不好，于是就满口答应了。

阿闵在饭桌上向大家说出了这个提议："哎，正好大家今天都在，说个事，鉴于咱们跟男生109寝室关系不错，如果想进一步团结互助，那咱们就和109寝室结为友谊寝室吧，大家看怎么样?"

"行啊，我看109寝室的人个头都不错，以后有什么重活儿或干不了的事都可以找他们帮忙了。"王颖第一个赞同。

"石林和王宇家都是洛阳的，咱以后可以随时向他们发出'help'。"浩儿说。

"小虞和周刊乒乓球打得不错，咱以后有师傅可投啦!"僧和小段儿附和着。

"陈霄的文章写得特棒，字又漂亮，唱歌也好，大才子哟!"宋晴极力赞同。

阿闵说："既然大家都不反对，那就定了，我这就通知他们去，大家就静候佳音吧。"说完便噌一下没影了。

到了男生109寝室，发现他们也正在讲联谊的事，八个人里六个同意，两个没意见。

阿霄告诉阿闵："你回去通知你们寝室的人，今儿晚自习后在操场上举行联谊开幕式。"

"OK!"阿闵又喜滋滋地跑回去给室友说了一遍，大家都没意见。

"开幕式"上，每个人都要做一番自我介绍，由于女生比较害羞，就让男生先介绍。陈霄第一个站起来说话："本人姓陈名霄，在家排行老大，在班里亦是老大，自然就真的是'老大'了。而且伙计们都喜欢叫我'老大'。其实我本人没啥本事，当老大有愧，但众望所归，我就不推辞了，大家以后有什么事尽管找我好了。老大一定尽力而为!"掌声四起，他又说："多谢各位小妹和兄弟!"

老二郭晋涵少言寡语，让他做介绍纯属赶鸭子上架。"本人无甚特征，以后大家会慢慢了解我的，不过我有一个愿望，就是只要大家快乐，我干什么都行!"

老三张略比较坦率："本人形象不佳，不善于跟女孩子打交道，但有一女友常来学校看我，希望大家多多关照!"

老四小兵："本人有点儿神经兮兮的，众人都说我大智若愚，希望各位小妹给我一个公正的评价!"

老五小虞："我最喜欢干的事就是侃大山、结交女朋友，大家若不嫌弃，随便找我玩哈!"

老六周刊："本人最擅长打乒乓球，有哪位想从师学艺的，尽管找我好了，保证学费从优，哈哈!"

石林和王宇说："我们就不必介绍了，大家都熟悉，但需要申明的是，109寝室的人都爱踢足球，请大家多多捧场。"

阿闵说："我们女孩子比较忌讳谈年龄大小，所以就不排行了，大家对我都不陌生，所以我就先说两句。我有一个问题请教小虞，你们那儿是不是有很多大山，而且大山的景致是不是都很美？找个机会，当回我的导游呗!"

众人听了都哈哈大笑。宇说："小虞是信阳人，不是爱大山，是'侃'大山。"

阿闵忙说不好意思，小虞却羞得满脸通红。

当晚，大家一下玩到十一点多才匆忙回寝室，再晚一点儿就要被锁到外面去了。但回去后，115寝室的"余焰"正旺，大家一下谈到一点多才睡觉。这个"开幕式"是成功的，彼此都有了许多了解。从此，兴趣相投者便默契地走到了一块儿。年轻人就像一团火，走到一起便越燃越旺，联谊的时光大都是美好的。

三

大一上学期，要上普通话和毛笔字两门课，期末时还得考试。宇让阿闵教他练普通话和毛笔字，阿闵一口答应了。两人决定每天中午练字，晚自习练普通话。

"宇，我的毛笔字是我爸教我练的，他的毛笔字在我们那儿可是出名的，我嘛，有我爸的遗传基因，书法在我们学校也是小有名气的。"阿闵得意地说。

"呵，还真看不出来，你擅长写什么字体？"宇问。

"唉，我爸最擅长颜体，我当然也不错了。"

"改天一定去拜访你老爸，顺便讨点儿真经回来。哦，你还没跟我说你如何练字呢。"宇始终是知书达理的感觉，交谈起来，让人舒服极了。

"练字当从笔画练起，然后定骨架，两者俱全了，你就可以挥洒自如了。我当初练习，都是老爸把以前的课本找出来，让我描正楷字，描了五年，功到自然成。毛笔字是他写完了，我再描他的字，虽然有点儿功夫，但和老爸比还差得远，所以你现在就开始拿字帖描正楷字吧。"阿闵说起来很专业的样子，像"老学究"。

"那我得描多长时间才能有效果呢？"宇有些心里没底。

"只要你用心去体会正楷字的下笔力度和框架，认真感悟，三个月保你成功。这是我爸说的。"

"三个月？嗯，不算长，那我就照你说的方法试试，成功了，请你吃饭。"

"好，说话算数。"

学校举行粉笔字比赛，阿闵每天中午在教室勤练，宇也像跟班似的跟着她练。石林也要参加，便时常与他们在教室碰面。宇的字慢慢有了变化，阿闵就开始为自己的劳苦功高沾沾自喜，回到寝室便告诉大家："我收了一个徒弟，他在我的教导下正一步步爬上成功的阶梯。哦，漂亮的、可爱的阿闵真伟大！"

"收什么样的徒弟啊？都乐成这样啦，照照镜子，你的鼻子上天啦！"浩儿挖苦道。

"告诉你们，王宇现在跟着我练毛笔字呢，不信你们问石林。"阿闵为自己辩护。

"喂，阿闵，这是真的？如果能把字练好，我也拜个老师去！"宋晴说。

"当然是真的。不信你们去问石林和宇，我犯不着骗你们嘛。"阿闵有点儿委屈，但依旧表现得底气十足。

第二天中午，阿闵再去练字时，发现教室里一下多了三个人：陈老大、宋晴、浩儿。

"哇，你们怎么都在这儿？"阿闵有点儿小惊讶。

"练字！"几乎是异口同声，"老师好！"

"同学们好！"

阿闵很顺当地接了话，感觉自豪极了。她看了看，发现前后黑板上已写满了密密麻麻的字，石林的字后面跟着浩儿的字，老大的字下面跟着宋晴的字。

"哇，情侣字耶！"阿闵发现新大陆似的叫着，"你们该不会凑成对儿了吧？什么时候开始的，这么快？"

四人面面相觑，没人回答。

浩儿冲着阿闵做了个鬼脸，说："看好你的王宇吧，别让他飞了。"

宇把阿闵拉到一边，说："你管得着吗？赶快练吧，明天中午和后天中午我们要踢足球，是96级和95级的联赛，你们得过去捧场，因为主力在109寝室！"

四

足球场上，王宇、石林、李博、陈老大和小兵都上了，石林的球技最好，动作最敏捷、最潇洒，头发长长的，且踢前锋，特别引人注目。李博个儿虽高，但跑得慢，因此只能踢中场，但亦醒目。浩儿一会儿为李博加油，一会儿喊"石林真Cool"。陈老大守门，时不时冲宋晴笑笑，球射过来时，老大差不多全都逮住了，力保球门不失。宋晴眯着眼，不断地给陈老大献飞吻。王宇的球技不太好，就踢后卫，惹得阿闵几个笑得前仰后合，但最终还是96级以3：0胜了95级。

整场比赛结束后，联谊寝室决定去龙门桥上包饺子，庆祝庆祝。

星期六上午，十几个人便骑着单车，提着买来的面粉和饺子馅儿奔向龙门桥。队伍在嘻嘻闹闹中便到了桥下。宇跑回家取了锅、面杖、面板，阿闵等几个女生便动手和面、擀面皮，男生则负责找柴、架锅、提水……

那已是十二月份的天气了，干冷干冷的，还刮着风，风卷着土时不时地掺到面里，于是十几个人便围成一个圈，形成一个"挡风墙"。

阿闵开始施展自己的才华，擀的面皮薄厚均匀，不大不小，又圆圆的。大家开始夸阿闵。阿闵心里乐开了花，说："本姑娘是有点儿功夫，但巧妇难为无米之炊，还是王颖的面和得好，不软不硬。"

大家一哄而笑。"阿闵什么时候变谦虚了，也会夸别人了？"于是，大家又夸王颖手巧心细，云云。

宇说："我不会包，也不会擀，就为大家当个勤杂工吧。不过我看你们包的饺子怎么奇形怪状，花样有三四种呢？"

小虞说："我包的像耳朵，是信阳饺子；僧和小段儿包的像元宝，是三门峡饺子；宋晴包的像抓饺，老大包的像馄饨，这叫各有特色嘛！咱们来自不同地区，当然有不同的包法啦，大家说是不是？"

大家又是一阵爽朗的笑声，都快把天上那轮太阳给点着了似的。

快包完的时候，阿闵实在坚持不住了，得找个替代。小虞自告奋勇地说："我来接替你，我自认为干得还不错，大家不要见笑。"

阿闵说"好"，但当她正要站起来时，却发现两条腿已经僵了，简直动不了，她哎哟一声，向宇投去求助的目光。

小虞说："阿闵，我来帮你一把。"便一把抱起她。阿闵见宇不高兴地扭过脸。

紧接着又听见小段儿说："我不想包了。"站起身便快步走了。

阿闵看见小虞望着小段儿的背影愣了半天：好尴尬的场面。

阿闵说"我去洗手啦"，就向河边走去。她想不通宇为什么会那样做。在洗手时，她发现一条不小的鱼慢慢地游过来。阿闵不假思索地伸手去抓，竟然抓住了。阿闵大声叫宇过来，他来一看，兴奋得把阿闵抱起来，转了一个圈。

123

"我小妹抓到一条大、大、大鱼，快来看哪！"哗一下十几个人全围了上去。

"哇，阿闵你好厉害！抓了一条活鱼啊！"

"熬鱼汤喝吧！"王颖提议，"我会做鱼汤！"

于是大家七手八脚地把鱼剔干净，放进锅里先煮鱼汤。周刊和老大烧火，僧和宋晴给他们送柴，小兵不断地夸王颖贤惠，"将来肯定是个好妻子，谁要娶了她真是福到家了"，大家都笑小兵有意讨好王颖，"该不会是想追她？"

小兵做了个鬼脸，王颖却一声不吭，只管做汤下饺子。小兵亦前前后后地打下手。石林和浩儿倒是悠闲，坐到老柳树上聊天。

"哇，你们躲在这伊甸园倒是蛮自在嘛。"阿闵过去打趣，"不过不要犯错哦！"

"怎么？羡慕我们呀，那就把你的王宇也拉过来呀，哈哈！"

阿闵气嘟嘟地走开了。

饺子盛出来时，小虞第一个去捞了一碗给小段儿端过去，小段儿高兴得邀小虞一块儿吃。阿闵盛了一份叫宇一起吃，不经意地发现周刊似乎在向僧献殷勤，但是僧并没有领情。

阿闵说："大哥，咱们的联谊快成了'联姻'啦。"

宇望了一圈说："好像是吧，我只知道宋晴在追老大，老大跟我说过。"

"那周刊是不是想追僧呢？"

"不清楚，反正我知道他天天都陪僧练乒乓球，她拜他为师了。"

"石林和浩儿挺投缘的，不过两人性格相差太远了。石林那么不爱说话，有点儿艺术家气质，浩儿却是叽叽喳喳的麻雀，真奇怪他们怎么会走到一块儿？"阿闵分析得头头是道，但依然是满腹疑问。

"现在我们都在怂恿小虞去追小段儿，小兵去追王颖呢，好戏还在后头呢。"宇说得自在，好像世界一片晴空万里。

"那我不成了孤家寡人，没人追啦？！"

阿闵噘起嘴，宇却半天不语，过了一会儿才安慰阿闵："咱们兄妹互相照顾，不是挺好的嘛，嘿嘿，简直是'胜却夫妻无数'哪！"

"当然不好啦，你还有冰儿呢，我却是孤身一人。"

阿闵依然不依不饶，然后，宇就不语了。

五

一连几天，阿闵的心里都挺失落的。晚上，浩儿便拉她出去散散心。

阿闵说："浩儿，你觉得我是不是很差劲儿，为什么没人喜欢我？"

"阿闵，说真的，你挺优秀的，性格开朗，心地又善良，学习又好，又那么积极，没有什么不好呀。而且你还是'大众情人'呢，大家有啥心事都爱找你诉说。我看，109寝室的人都挺喜欢和你一块儿玩。"浩儿一副真诚的样子。

"可我需要的不是这些，我需要一个人来追我、爱我、宠我呀，我那么喜欢宇，可是他对我总是不冷不热的，真的好难过。而且他还有冰儿，我该怎么办？"

"阿闵，我觉得王宇对你也挺在乎的，平时你们俩不是常在一块儿吗？会日久生情的，不过我劝你还是慎重一点儿，最好弄清楚他对你是兄妹之情还是男女之爱。如果他也爱你，就让他做出一个抉择，免得将来三个人都尴尬。"

阿闵思考了一会儿，也觉得对，就点点头。

"唉……人家说女人生来就是为爱情而活着的。"浩儿忧郁地说道。

"浩儿，你和石林是怎么回事？"阿闵问。

浩儿在栅栏前停住，两只胳膊放在栅栏上，手捧着脸望着满天繁星说："我有男朋友了，高中时的同学，我们谈了四年，很相爱的。他说他虽不是天空中最亮的星，但却始终在关注着那颗最亮的星，他说，我是他心中最亮的星。"

"好浪漫哟！"阿闵望着浩儿说，却发现浩儿的脸上挂着眼泪。

"怎么啦，浩儿？"

"可我觉得自己跟石林在一块儿也很开心，他吸引着我，他有着很独特的气质，我抵挡不住那魅力的吸引，所以我很苦恼。"

阿闵不知道该对浩儿说些什么才好，在这个多情的年纪，似乎每个人都注定无法逃脱多情的羁绊。

125

六

一眨眼，元旦来临。

李博找到浩儿说："要开元旦晚会了，班里要选一位女主持人，你要不要试试？"浩儿欣然同意了："这是一次表现的机会！"

班委选举会议上，推出两名女候选人：浩儿和杨莉。

经过一番比较研究，大家觉得浩儿的声音和气质比较适合当主持人，杨莉的声音有点儿尖，不如浩儿稳重。另外，大家似乎都不太喜欢杨莉的性格和行为方式。

然后，大家又决定男主持人为石林，已是女主持人的浩儿得知后激动不已，一抽空，两人就在一起练台词和塑造形象。

晚会开始前，浩儿让阿闵把她那件红大衣贡献出来，看看自己穿上效果如何。穿上一试，大家都说挺好，显得浩儿身材修长，更有气质了。

晚会开始时，浩儿和石林报入席领导时忘记了前任系主任，后来发现时已经晚了，浩儿便感觉渐渐不好了，但还好石林的应变能力较强，他们主持下来，场面还挺融洽、挺活跃的。

两位同学在用河南各地方言表演一个小品时，浩儿被逗笑了，一不小心一只脚踏空掉到讲台下，差点儿踏空整个人栽倒，当即"哎呀"一声，众目便唰地一下转向她。浩儿发觉自己失态，便笑着补充道："我的脚掉到讲台下面了，我今晚回去要作一首《掉脚赋》了。"

她还故意操着河南话，一时同学们从不解中回过神儿来，笑得前俯后仰。

晚会后，李博拉着浩儿出去批了一通："你怎么会把赵主任给忘了介绍了，后来也不随机补上去。而且后来你不该闹那么一个笑话……"

浩儿心里本就不畅快，又听李博这么一说，真的来气了，眼泪直往下掉。

"你他妈的，谁让你选我当主持人的？"

李博愣了："浩儿，你怎么骂人？"

"你他妈的，我想骂，谁让你不早点儿看清我爱骂人的本质？"

李博半天不语，看着浩儿大哭，最后说："浩儿，我不想责怪你的，不该说这些话的，对不起，别哭了！"

"你别管我，不想再看见你！"浩儿说完便一个人跑了，留下李博一个人愣着。

第二天，李博特意请浩儿吃饭。"浩儿，咱们都是老乡，我是把你当妹妹看待才那样心直口快的，不小心伤了你的自尊，请你原谅。"

此时浩儿的心绪早已平息不少，也满含歉意地说："其实我也知道自己有许多失误的地方，却不想别人说出来，而且我急了总喜欢骂人，请你原谅。以后大家仍然是好朋友，OK？"

"那当然，不打不骂不相识嘛。"

七

那件事之后，阿闵发现李博、浩儿和石林经常一块儿进进出出。浩儿那么喜欢打打闹闹，总是蹦起来去拍李博的脑袋，李博总是怒而不火地站着不动，只用两只呆呆的眼睛看着浩儿，看得浩儿心里发毛，便又去追石林。

阿闵觉得浩儿真幸福，两个大男孩围着她一人转，可每天晚上回来后，浩儿总是一个人坐在床沿愣着发呆。晚上大家都睡了，浩儿还开着台灯趴在床上写东西。第二天却见她拿着一封信，信皮上画满了五颜六色的千纸鹤。

信，是寄给她男朋友的。

杨莉这段时间不知为什么老往115寝室串门，一进门便热情地给每个人打招呼，大部分人只是应了一声，便不再理会她，只有浩儿跟她能多说几句，似乎两人侃得也挺起劲儿。

杨莉几乎两天就要换一套衣服，或者变个发型，然后喜滋滋地找浩儿评价她的衣服和发型如何如何。一天晚上，杨莉敲门进来时，大家都已经上床睡觉了，她穿着一套咖啡色毛裙，脚上蹬着高帮的靴子，浓妆艳抹，肩上挎着一只红色的小皮包，很精致的那种，是刚从外面回来。

"嗨，大家好，快看我的裙子漂不漂亮？今天刚买的。"杨莉跟大家打招呼，表情里充满着得意和自信。

"哇，好酷哟，多少钱买的？"浩儿睁大眼睛问。

"280块耶，不过没花我的钱，是我表哥给我买的，他常常买衣服送我呢。"

"那你可真有福气，有一个对你这么好的'表哥'。"宋晴的话里带着刺激的味道，"哟，你的靴子也挺好看的，蛮时髦的嘛。"

"那当然啦，这也是我表哥的眼光！"杨莉美得鼻子翘上了天，宋晴不屑地把头扭了过去，和阿闵做了个鬼脸。其他人只是看了她一眼，便不再理她。

"浩儿，明天早上我要和你一起去练跳舞，我要把我的体形永远保持下去，你说好不好？"她又去拉浩儿。

浩儿支吾了半天说："行啊。"

阿闵听了之后，心里挺不舒服，平时都是她和浩儿搭伴，现在又加进去个杨莉，还怎么跳双人舞？她虽生气但也懒得说什么，看浩儿自己怎么决定吧。

第二天，浩儿老早就把阿闵叫起来，她们跑完步便去舞场了，过了一会儿，杨莉才过来。"你们来这么早啊。"打了个招呼，浩儿、阿闵只应了一声继续跳，杨莉只好临时找了个舞伴。

随后，杨莉自己找了一个固定舞伴，阿闵才渐渐放松了"警惕"。

快春节了，师范院校放假总是很晚。

那时，父母都忙着做生意，也没人陪阿闵一块儿回家，虽然宇答应一定要把阿闵送上火车，但阿闵依然想找人做伴儿，于是商量和王颖一块儿走。碰巧王颖要去北京一趟，只能作罢。

正发着愁，杨莉跑去找阿闵："老乡，放假咱们一块儿回去吧？"

阿闵说："谁是你老乡，以前怎么没听你提起过？"

"哎呀，你怎么会不知道，我在市里住，你在县里住，但咱们同属于一个地区呀，你还得从市里火车站下车，然后转坐公共汽车才能回去呢。"

阿闵想这人真怪，平时见了面连招呼都不打，现在有事，"老乡"叫得挺甜，还"市里""县里"的，不知她在这么多人面前，分那么清干吗？

不过，她也正好缺个伴儿，好歹有个照应，还是答应了。

临行前一天晚上，杨莉又跑去对阿闵说别忘了带吃的，火车上要待七八个小时呢，还说她已经买好了吃的东西。

宋晴等她走后，呸了一口，说："小市民！连这种话也能说得出来。阿闵，你带的东西在火车上吃的时候，一定不要让她噢！"

好不容易挤上火车，虽是空调特快车，却找不着坐的地方，过道里几乎都站满了人，阿闵无奈，只好把行李放在地板上，顺便在行李上坐了下来。

阿闵打了个盹儿，醒来时，看见杨莉已在对面的座位上坐下来，正和旁边一个西装革履的男士谈得眉飞色舞。

阿闵想杨莉真有本事，这时候还有人心甘情愿地给她让个座，而且还把这位"大美女"照顾得很周到的样子。

后来，杨莉用那人的手机往家里打了个电话，下车时两人还交换了联系方式。不过，阿闵觉得自己和杨莉真的是两路人。

迷惘的伊甸园

一

春节后再见面时，是开学的前一天。宇在车站接到了阿闵，阿闵看他兴奋得像个孩子。

"大家都到了，就剩你一个人，怎么来这么晚？"宇接过行李，关切地问。

"我以为你们都不想我呢。"

"早就想看你是否又吃胖了，又长高了。"宇边说边打量着阿闵

"嗯，没胖，不过，似乎又长高了！"

阿闵踢起脚说："买了双七分跟的高跟鞋。"

"怪不得呢，不过，真的挺适合你。"

阿闵听了之后感觉特好，说："宇，你啥时候也会拍马屁了，是不是有求于我？"

宇忙说："没有，没有，只是你拿了一等奖学金，大家都嚷着让你请客呢。"

"真的？"

"真的。"

"哦！我太高兴了，请客没问题！"阿闵跳了起来，又一想，"那你呢？"

"我拿三等，因为量化分数太低了，我没有你积极主动。"

"那太可惜了，你专业是第一吧。"阿闵挺心疼他的，他其实比自己优秀。

"嗯。不过无所谓，反正第一是你拿的，肥水不流外人田，我同样很高兴。"

那一刻阿闵觉得宇挺固执，以前劝他多少次多参加点儿活动，可他总是一笑了之，只默守着自己的一方净土。

第二学期似乎比第一学期又忙多了，要学专业，还要参加各种活动，而且阿闵受宇的鼓励，也报考了自考中文本科，四月份就要考试了，时间就更紧了。

宇除了练字、练普通话，还要自学外语，阿闵一半像书童，一半像老师，在旁边帮他学习，真是忙死了。但生活是那么充实、愉悦，竟不觉得累。

一天，浩儿对阿闵说："这级的女生要开一次乒乓球比赛，你常练练，小段儿和僧都很踊跃的。"阿闵把这事告诉给宇，宇毫不犹豫地答应陪她练球。

于是，阿闵每天上午下午下了课，便拿着球拍去占"案子"（乒乓球台），却见小虞和周刊也在打球，便过去蹭蹭："周刊，我拜你为师吧，教我打球，好吗？"

周刊开玩笑说："我才不收你这调皮的徒弟呢，而且我的门下已有高徒了，你要想练就跟我徒弟学吧！"正说着，僧和小段儿走过来了。

周刊指着僧对阿闵说："若能打过我徒弟，我就收你为徒。"一副得意的样子。

阿闵正想驳周刊时，看见小虞和小段儿已经到另一案上练球了，顿时明白了怎么回事，招呼了一下，便去找宇了。

比赛时，阿闵以一分之差输给了僧。僧的风格颇似周刊，快而长，连打球的姿态都挺类似。阿闵想该不会又要成一对儿了吧？

然而，谁知道僧提起周刊时总是淡淡的："他只不过是我师傅而已。"

有段时间，阿闵在乒乓球场上看不到小段儿和小虞了，心里很奇怪，问了问宇，才知道小虞给小段儿写了一封情书，不料被小段儿无情地拒绝了。小虞发誓从此以后再也不和115寝室的任何一个人打交道了，他已伤透了心，听说在寝室里整整哭了一晚上。

阿闵再见到小虞时，老远就叫："小虞，我要吃鱼，中午一块儿吃糖醋鱼吧?"

弄得小虞怪不好意思地笑着回个招呼，每次都如此，小虞似乎不那么恨115寝室里的人了。阿闵为此事还专门找小虞开导了一番，力促他和小段儿重归于好。

小段儿说她只是拒绝了他的爱，并没说以后不做朋友呀。于是，小虞就又像以前那样频繁地和115寝室的人打交道了。不过，小虞说他确实很喜欢小段儿，有意把她娶回家。

阿闵说："努努力吧，我尽量帮你。真的不成，也就听天由命啰。"

二

王颖和宋晴也报了自考，紧张的情绪一直持续到"五一"前。

"五一"时的天气不冷不热，百花争艳，大家便带着相机去郊游。青树碧草，空气清新，每个人都尽情地享受着大自然，他们在伊河滩上逗留着，拍照片。

阿闵惊奇地发现，老大搂着宋晴的腰时竟是那么坦然，宋晴的脸上挂着幸福。

"宋晴，你敢当着大家的面亲老大一下吗?"阿闵心血来潮地逗他们。

老大憨笑着望着宋晴，宋晴的脸红红的，但又不愿认输："哼，我为什么不敢?"说着便一扭脸在老大脸上啄了一下，老大的脸上立刻留下了红红的唇印，大家又是一阵爽朗的笑声。"够Cool!"阿闵叫道，宋晴的脸就更红了。

小兵追着王颖，一定要两人合一张影，王颖就是不肯。后来浩儿拉着石林，对王颖和小兵说："咱们四个合一张吧!"王颖才勉强答应。

老大自告奋勇地要帮他们拍照。"我喊一二三，就开始照啦!"

当喊到"三"的一刹那，浩儿和石林都溜了，大家在旁边憋不住劲儿地笑。

石林揪着浩儿的马尾辫走到阿闵面前说:"今天好不容易制服这个鬼灵精,快把这个情形给我拍下来。"

浩儿的手脚并用,反抗石林,但石林就是不松手,阿闵便不得不把浩儿疯疯癫癫的样子拍下来。小虞、小段、僧、周刊四人也留了张影。

阿闵看在眼里,心里酸酸的。不知宇会不会主动要求跟自己合影,想着想着便落起泪来,于是一个人偷偷溜到小河边坐下来,百无聊赖地数着芦苇。

宇不知什么时候已跑到她身边:"小妹,怎么啦,郁郁寡欢的?"

宇的声音轻柔,很像阿闵手中的芦苇。她想到自己近两年来扮演的角色,爱着宇却不敢说出口,不敢问问他是否也爱自己,便又落起泪来。

宇在她身旁坐下来,用手拉着阿闵的胳膊说:"别哭,别哭,有话跟大哥说。"

阿闵听了,越哭越伤心,便一股脑趴在宇的身上哭个痛快。

他为她擦去眼泪:"为我吗?你把我的心都搅乱了,原谅我,我真舍不得冰儿。但我也不愿看到你为我伤心,真的,做我永远的妹妹吧,好吗?"

阿闵没有言语,站起身往回走去。浩儿看见她便大叫:"鬼丫头,藏哪儿去了?刚才还给你们留了张胶片,但怎么找都找不到,只有我们先享用啦!"

此刻,阿闵似乎想开了,大概她和宇真的是有缘无分,连拍张合影的机会都没有。既然如此,就让这段情烂掉吧,烂在这无边的芦苇荡里,也烂在自己小小的、脆脆的心房里。

三

回去后,阿闵一连几天都意志消沉,她无法逃脱那张自己亲手织了那么久又那么密的情网,更无法想象,自己将如何继续扮演深爱男人的小妹。

根本就不可能!

她突然想逃离这个地方,于是便冲动地收拾行李打算回老家几天散散心。王颖见状便问她干啥去,阿闵说逃避现实。王颖就阻止了她,说逃避不能解决问题，大家不再是小孩子了，凡事都要思量后再拿主意。

"我佩服你勇敢地爱宇爱了这么久，能想象到你所承受的心理压力，就是他没有冰儿，你们也不可能成为幸福的一对儿，因为你们不在一地生活，毕业后必会各奔东西。现实是残酷的，我们不能太天真，与其两年后再承受分别，不如现在就做出决断。"

阿闵知道王颖一向很理智，她不给小兵机会，不是不喜欢他，而是现实的压力太大，在现实面前，感情总是显得很脆弱。但阿闵觉得自己是唯爱情主义者，没有爱，她会活不下去，她在乎的只是曾经拥有。

然而，现在的情况让阿闵很尴尬，她决定从此不再追求宇，要把这份感情埋葬在心里，也许放弃了宇之后，她会找到一个真正爱自己的人。

周末的时候，阿闵一个人走进了校园的歌舞厅，她忧郁地坐在一个角落里。

置身于斑驳陆离的舞场中，望着倩男靓女相拥而舞，霎时间，一种深深的孤独感笼罩了她。这种孤独使人恐惧，恐惧得瑟瑟发抖，似乎宇宙间只剩下她自己，在这空落落的大千世界中，自己一个人行，一个人留，来来去去，去去来来，只有自己脚步的回响。

阿闵把自己束缚在孤独的恐惧中不能自拔，直到一个清亮的声音穿透而来，哦，是一个男孩打着手势在请自己跳舞。

"Sorry，我不会。"阿闵愣了一会儿，沮丧地说。

"没关系，我喜欢教别人跳舞。"男孩笑着，就拉她步入了舞池。

阿闵随着男孩的步子和手势来回动着，她不知道此刻跳的是三步还是四步，是快的还是慢的，反正悠来悠去，感觉挺好。

"阿闵，你不记得我了？"男孩开口说话了。

阿闵这才正眼看了一眼他的脸，眼前正拥着自己跳舞的男孩，清秀的面庞，大概有一米七四的个头儿吧，但着实想不起曾经在哪儿见过。

"你忘了，去年十一月份，在公关协会上我们俩自我介绍后，发现是同一天的生日呢。"男孩提醒道。

哦，终于想起来了，他是外语系的，两人当时还在会上拍了一张合影呢，但从来没有见到过那张照片，也再没见到过他，不想今天在这个地方又相逢，阿闵暗暗地想："莫非真有缘？"

男孩说："你的舞跳得不错，舞步轻盈，跟你的人差不多。"

"我的人是什么样?"阿闵听了男孩的话后,迫切想知道自己给他的印象。

"很文静、很秀气,给我的感觉,就像是芙蓉一般。"

阿闵很受感动,不管男孩说的是真话还是假话,她很久没有听到这样的话了,因为只有不了解自己的人才会这样说。

浩儿曾经说过:"阿闵,你不说话时真美,如果你能始终保持这种静态,保准能迷死一大堆男生。"阿闵知道自己已经很久不能把心平静下来,自从见到宇以后,她把自己爱的热情用行动表现得淋漓尽致,虽然她从未正式跟宇说过她爱他,但她始终独自沉浸在爱的狂热中,活脱脱一个"热恋中的傻子"。

难道开朗和奔放也是女孩子的一种缺点吗?

一曲完了,男孩说:"坐下来说说话吧。"阿闵便坐下来托着腮帮,静静地听男孩说一些西方古典艺术欣赏方面的东西。她听得似懂非懂,只是不断地点点头,男孩讲得很投入,直到音乐停止的时候,才意识到已经晚上十一点了,该回去了。

他把她送到寝室,走时又说了一句:"别忘了,我叫李海宁。"

四

躺在床上的时候,阿闵想,这个世界似乎真的很奇妙。缘分,总是很突然地拉着你的手,但不知何时又悄悄地松开了你的手,让人在爱情的大旋涡中时而欢乐、时而忧伤。

早上醒来时,寝室里几乎所有的人都出动,各自去做各自的事了。一看表,九点半!阿闵这才意识到自己昨晚失眠了很久,一觉睡到这个时候都没醒。从上铺爬下来时,她看见了浩儿的床围还在拉着,心想浩儿不会还在睡觉吧,她从来都是早起。她便顺着缝隙偷偷瞅了一眼,浩儿的确还在床上躺着。

"浩儿,别睡了,快十点了,太阳晒着屁股了。"阿闵吆喝着,等了半天,也不见有个动静,赶快拉开床围去看浩儿怎么了。

浩儿正捂着嘴巴轻轻地抽泣,眼睛又红又肿。阿闵一边轻轻地叫着"浩儿,浩儿",一边使劲儿地把她扳起来,说:"怎么了?怎么会成这样子呢？要是觉得不好受你可以跟我说呀。要不，你就大声哭出来吧，或许这样你会感到好受一些。"

阿闵一个劲儿地安慰着浩儿，浩儿最终忍不住了，抱住阿闵大哭起来，哭得阿闵觉得自己似乎掉进了黑暗的深渊，也是满脸的泪水。

阿闵想起两天前浩儿曾说，她要去她的那颗"星"那儿，走的时候带着忧伤。自己昨晚神情恍惚，也不知她是什么时候回来的，好像昨晚床围就拉得严严的。

"又是一个被情所困的遭遇者。"阿闵心里叹着，不知人们需要为爱情受苦受多久，才能尝到苦尽甘来的甜蜜。

一会儿，石林来敲窗户，问浩儿回来没有，浩儿赶快摆摆手，意思是她不在。

阿闵说："她还没有回来。"石林便很沮丧地走了。后来寝室人说起浩儿和石林的事时，阿闵才知道石林已经来敲窗户几十次了。

"阿闵，我很迷茫，不知道该选择谁，去了阿星那儿，我觉得自己难以割舍那份感情。回来之后，我又不知该如何面对石林，我真的不知道该怎么办。"

"我爱上一个我不该爱的人，我也不知道该怎么办。"阿闵悠悠地说。

两人相对而视，一个泪眼朦胧，一个泪水涟涟，互相帮着擦去泪水，然后两只手紧紧握在一起。

"我想去喝酒，一醉方休。"浩儿提议。

"抽刀断水水更流，举杯浇愁愁更愁。"阿闵无奈。

"让他妈的爱情见鬼去吧！"浩儿大声喊道。

"对，让爱情和烦恼都见鬼去吧！"阿闵受到了感染。

"我们去喝酒！"两人哈哈大笑。

于是，一对患难中人便神秘兮兮地到商店里买了一瓶白酒，跑到洛河滩去一醉方休。边喝边笑，边喝边说，边说边哭，又哭又笑，这真是疯疯癫癫的一对儿。

她们已管不了那么多，到最后，两人都醉醺醺地走不动路了，便双双倒在洛河滩上。她们谁也记不得王宇和石林是如何把她们弄回去的。两人醒来时很平静，平静得好像没有那一杯杯酒，以及那一串串泪。

五

阿闵忙完自己的学习后，除了不再单独和宇在一起，依旧拿着乒乓球拍老早地去占案子，见了109寝室的人便大呼小叫让他们过来陪打球，球技倒是长进得挺快。阿闵有事没事就去逗他们，不管是自己逗了别人，还是别人逗了自己，只要开心就行。

李海宁每个周末都要请她去跳舞，她从来不拒绝，而且每次都跳到尽兴才回来。那段时间，阿闵每天都笑得很灿烂，大家都说她是前世的"开心佛"托生的，没事也瞎乐。她在日记中写道："我是笑得最开心的人，又是内心最痛苦的人，如果有一天我自杀了，大家一定会很惊奇。"

九月的时候，阿闵去车站接浩儿。浩儿又黑又瘦，说她去联系工作了，先看看形势怎么样，反正等明年毕业回到市里工作也比较难找。

还有，她和阿星分手了，话语间透出一股成熟气息，但仍有几分忧郁。

"我又拿了一等奖，请你吃饭。"阿闵故作轻松地说。

浩儿的嘴张了张，想说什么却又没说。阿闵知道她想问的是宇拿了几等奖，吃饭时要不要叫他一起去。她很感激浩儿没有提，而自己也没有必要再去打开深埋心底的伤痛，揭开辛酸的回忆，她已经很久没跟宇说过话了，虽然她很想。

大学的一年时光，眨眼间便要过去了，每个人都能感觉到时光的宝贵，便抓住每一秒能在一起的快乐时光，尽情地交流着，抓住每一刻学习的机会，学习自己不会的东西。友情和爱情都在一步一步地加固，晚上，大家一有机会就彻夜长谈，谈的内容无所不包，当然，爱情、婚姻是热点。

"世界上到底有没有真爱？"这是小段儿常提的话题，她被以前的男友甩了，所以不再轻易地接受另外一个人的爱。

"爱别人是一种痛苦，被别人爱也是一种痛苦。"这是僧经常得出的结论。这既是一个旁观者的感受，也是自身的体会，如果她没有经过高中时那场刻骨的相爱，她也不会得出如此深刻的结论，周刊也不会这么长时间一直没有机会……

"爱情是要有物质和现实基础的。"王颖一向冷静客观地看待这个问题。

"我珍惜老大给我的每一份爱，而且我会不顾一切地想尽一切办法和老大在一起的。"宋晴在黑暗中坦白自己的心灵，话语很坚决。

"我喜欢跟着感觉走，爱情至上，也许我为爱情受的苦还不够。"阿闵叹道。

"我相信爱是由缘分决定的，我同样喜欢跟着感觉走，但我觉得自己的将来不会幸福，极有可能嫁给一个不爱的人。"浩儿的语气带着悲伤。

当提到婚姻时，小段儿和僧要求对方绝对不能背叛自己，否则就要离婚。奇怪的是，大家都有直觉王颖的老公将来一定会有婚外情，王颖悲伤不已，老叹自己命苦；宋晴是个有主见又很能干的女人，将来老大会死心塌地一辈子俯首称臣。

而浩儿的命运肯定会坎坷不已。阿闵开玩笑地说："浩儿，当心点儿，你别等到老了，却像祥林嫂一样捐个门槛，否则会被砍成几半哟。"

浩儿吓得瑟瑟发抖，随即又骂道："你们这些讨厌鬼，不给我点儿好的祝福，反倒咒我，真可恶！"黑暗里又是朗朗的笑声一片。

"不过，阿闵一定会有一个好丈夫，而且她丈夫不会有外遇！"僧和小段儿又在发表高论。

"为什么呢？"阿闵赶紧抓住话尾巴问。

大家异口同声说："直觉！"

是自己比较执着吗？阿闵想，但愿真能找到一个爱自己、自己也爱的人。

"李海宁看上去挺不错的嘛，对你也挺好，阿闵你不考虑？"宋晴插了一句。

"行啊，让我好好想想，是不是应该给他一次机会。"

"哦——我们要找李海宁让他请客了！"室友们跟着起哄。

六

阿闵想，李海宁是对自己很好，但她从没想过要和他谈恋爱，而且宇在自己心中的位置是他根本不可能替代的。但是大家在一块儿玩玩还可以。阿闵突然想起，自从有了李海宁，她便不知不觉地爱上了跳舞，又不知不觉地把室友们一个个都带进了舞厅。李海宁把他们的室友叫过来当舞伴，于是115寝室又开了一个新天地，学跳舞成了一个新的热门话题。

十月二十四日是阿闵的生日，李海宁托人送给她一片红红的枫叶，背面写着"生日快乐"。阿闵没有拒绝，反正该毕业了，有什么话不能说呢？毕业之后，多少年能再见一次还是个未知数呢。

中午，李海宁过来邀请阿闵和她的室友们一起去吃生日蛋糕，说是他们寝室特意为他和阿闵定做的。阿闵乐得蹦上天，就差跳上去吻他一口了。

晚上七点，大家相约来到操场，为两个幸运儿点燃了蜡烛。大大的蛋糕上面写着八个字："生日快乐，珍惜今天！"

阿闵和李海宁一起吹灭了蜡烛，在掌声中，《生日快乐》歌悠然而起，阿闵心里一阵感动，泪水不禁流了下来。

"别哭，傻丫头，大家都正高兴呢。"李海宁拿出手绢为阿闵拭去泪水。

"哦，切蛋糕啦！"

阿闵和李海宁把蛋糕切成十六块，分给大家一起吃。

"祝你们友谊天长地久！"

"祝幸运的一对儿永远幸运！"

"祝咱们大家永远快乐！"

…………

每个人都在尽情地开心，笑声、说话声混成一片，大家自告奋勇地表演着各种节目，认识的、不认识的，熟悉的、不熟悉的，都如同故友般亲切地交谈着，大聊特聊。聊累了，又放起舞曲，大家结伴跳起舞步。

李海宁拥着阿闵说："你的舞步又长进了不少。"

"我的舞步有长进，还不是多亏你指点？是不是想让我夸你呀？"阿闵调皮地说。

李海宁腼腆地笑了笑，继续沉浸在浪漫的舞曲中。

"阿闵。"

阿闵听到李海宁轻声地叫自己，便抬起头来，碰到了他柔情脉脉的目光。

"跟我在一起的感觉好吗？"

"嗯，挺好的。"阿闵敏感的心动了一下，随即便装出乐呵呵的样子，把话题转移到一边。

"我们寝室的人都夸你舞跳得好，一定要跟你好好学呢，你可以趁机收她们的学费，然后请我去吃饭，哈哈，我渔翁得利。"她真不想让他在她身上浪费感情，她爱王宇已经很苦了，何必让苦分出双份让他尝？

"阿闵，我们去一边走走，说说话吧。"

阿闵没有拒绝。

李海宁轻轻地拉住阿闵的手，说："知道吗，我真的很喜欢你，喜欢你的外表下掩饰不住的活泼。"阿闵不作声，继续往前走。

"给我一次机会吧，让我们好好谈谈，如果你觉得我合适，我会尽力把你和我留在一起的。如果你答应我，我会把自己所有的真心献出来去爱你的。阿闵，看着我的眼睛好吗？"他把阿闵拉过来面对自己，一只手托起阿闵的脸。

阿闵痛苦地闭上眼睛，不忍看他的双眼，她还是不能接受他。他的胳膊微微地搂住了阿闵，要去吻她脸上的泪花，她用手挡住了他湿湿的唇。

"别这样，让我们冷静一些，好吗？我还是希望咱们能做永远的朋友，真的!"

"为什么，能告诉我吗？"

阿闵摇了摇头："我也说不清楚。"说完，她不由分说地把他拉回到大伙儿当中，不停地逗他开心。他知道她是在刻意地转移话题。

很晚了，他们才回寝室去。

在宿舍楼前，阿闵看见了站在窗户前等她的宇。阿闵站住了。宇已经很久很久没有出现在115寝室的窗前了。

他一手拎了一个大蛋糕，一手拿着一个礼品盒。"小虞说你今天生日，我才知道。这是我们八个人的意思。"

宇把蛋糕递给阿闵，说："本来想和你一起去吃的，但等了几个小时也不见你的影子。这是我送给你的礼物，你最爱吃的点心。"

"谢谢你们，你在这儿等了很久了吧？"

宇笑了笑："没多久，刚开始跑了几趟，你们都不在，想着你们一定出去玩了，十点时我又跑来一趟，一直等到现在。"

阿闵看了看表，差十分就十二点了。她心里很恨，想，宇你早知今日，何必当初呢？

"给你一个迟到的祝福：生日快乐！注意下一次别再回来这么晚了，安全第一！好了，我走了。"这一次，宇没有叫"小妹"。

阿闵看着他远去的背影，心里乱糟糟的。她躺在床上，又失眠了。前生肯定是欠了宇的情，这辈子注定纠缠不清。

永恒的伊甸园

一

毕业在即，阿闵把自己的照片赠给好多同学，又把许多照片夹进自己的影集，光是含情脉脉的留言就写了厚厚的一本。

收拾东西的时候，阿闵发现了那张高三时她偷偷拍宇的照片，它在被子下面已经被压得有些泛黄了，她心痛地仔细擦了一遍。她忽然很想见宇，她想跟他说，无论如何，他现在应该做出自己的选择了。

走到楼门口时，却碰到了来找她的李海宁。

"阿闵，送你一本书，《飘》。这是我最喜欢的一本书，希望你也喜欢。想起我的时候就翻翻这本书吧。"说完，李海宁便满怀忧郁地走了。

阿闵望着他的背影，觉得自己欠他太多太多，很长一段时间内，他只是充当着阿闵感情的替代物和排解苦闷的对象而已，她从没有真正地喜欢过他，可是却无形中使他爱上了自己。

阿闵愣了一会儿，又回到寝室，打开那本书，扉页上有李海宁写下的话："我有白瑞德一般对你的爱，而巴希礼掩住了你的双眼，使你看不到我的存在，结果，我的结局和白瑞德一样，但我希望你不要做'郝思嘉'，再见了，My love。希望你的爱情有一个好的归宿！"

看着这段话，阿闵仿佛又看到了那个忧郁的大男孩。唉，是她让他变得忧郁了，可是，又是谁让她也不似从前了？

她的心没有离开过宇，她在苦苦地等待着，宇应该能够读懂她的眼神。她知道宇和冰儿的感情已不再像以前那样稳固，两人所处的环境不同，思想也在逐渐发生异化，两人经常为了琐碎的事吵架，吵得伤透了对方的心，但吵完后又合好，不久又开始吵，又合好。

在阿闵看来，他们的感情已经危机四伏，她从不去问宇为了什么吵架，但她想这其中一定少不了自己所起的作用。想到这儿，阿闵觉得自己似乎有些卑鄙，但她管不了这些，因为爱本来就是自私的，她只渴望得到宇的爱。

二

毕业前一天，两个寝室举行了一次会餐，大家举杯共饮，为了昨日的回忆，也为了今天的分别，更为了明天的美好。

大家先为老大和宋晴的爱情干了一杯，又为阿闵的学业有成干了一杯，再为即将走向社会的每个人的鹏程万里干了一杯。

几杯酒下肚，话也开始多起来，浓浓的离别之情从每个人的心中流露出来。

老大端起酒杯，充满歉意地说："各位兄弟、各位小妹，两年来，我没有尽到老大的职责，没有照顾好在座的各位，请大家原谅。"

"你只要照顾好我们的宋晴小姐就行了，我们别无他求。"阿闵说道。

"对呀，对呀，哈哈……"大家都赞同。

老大的眼里含着晶莹的泪，说："来，大家干杯酒！"

"好！"大家一饮而尽。

阿闵端起酒杯，说出了自己想了很久的心里话："大家都知道，我在咱们当中是年纪最小的一个，所以大家对我都非常包容。我在这个圈子里度过了快乐的两年，不知道在以后的学校中还能否碰到像你们一样善良、热情、真诚的好同学、好朋友。此刻我想说，我爱你们，我会永远想念你们的！"

说到这儿时，阿闵已经哽咽不已。

"阿闵，今天告诉你一个大秘密。"老大说，"来，大家说我们最爱的人是谁?"

"阿闵!"整齐的回复,让温暖的光照进了阿闵的胸膛。

望着一双双真诚的眼睛,阿闵再也控制不住自己的感情,泪水在脸上飞,"谢谢,谢谢大家的爱!"端起酒杯,连同泪水,阿闵饮尽甘苦。

"阿闵,没有我们照顾的时候,一路顺风!"浩儿说,又转向宇,"珍惜我们的好姑娘哟,机不可失!"

"阿闵,学得坚强一些,别再让董菲和杨莉抢了你的床!"僧和小段儿提醒着。

"阿闵,把握好爱情!"王颖叮嘱。

"阿闵,等到我们结婚的时候,你一定要去,希望再见你的时候,身边站着的是你最深爱的人。哦,爱哭鼻子的小傻瓜!"宋晴逗阿闵。

"洛阳是你的第二故乡,我和宇留在了这片根据地,你可要及时向我们汇报情况哟!"石林幽默地打趣。

"我会时刻关注你的,阿闵!"宇依旧是真诚的目光。

"阿闵,没有你的日子,我们会失去很多笑声,给我们再笑一次吧!"小虞说。

"阿闵,你灿烂的笑声永驻我们心房!"小兵说。

"大家笑起来吧!"周刊提议,然后,朗朗的笑声回荡在整个房间。

阿闵、宇、浩儿、石林在浓浓的感伤中送走了朝夕相处了两年的好友们,两年来的一切一切都将成为历史,尘封在以后各自几十年的记忆中。

是啊,人生何处不相逢。

然而,相逢何必曾相识。站在空荡荡的寝室里,阿闵和浩儿抱在一起痛哭。相聚不易,分别却是如此难挨。这一别,何时何地才能相见?很久很久,两人才止住泪水。

"阿闵,明天我也要走了。"

"明天我去送你。"阿闵说着,泪又止不住地往下流。

"去送我可以,但明天不准哭,哭了我就不让你送,OK?"

阿闵强装笑颜地点点头:"我不哭。"

浩儿不让石林去送她,她实在受不了这种离别的悲伤。也许三门峡和洛阳之间没有距离,但她宁愿把这份爱永存在心里,不受伤害。

李博一大早就来叫浩儿，赶七点的火车，阿闵叫了宇一起帮他们拎东西。

"阿闵，以后你和李博到了师大互相照顾吧。如果他对你照顾不周，打电话告我一声，我就去扁他一顿！"浩儿笑着逗阿闵。

"那太好了，李博这么大个儿，以后我回家有人帮我拎东西、挤火车了。浩儿，你可要在李博面前多说我几句好话哟！"阿闵笑着打趣，又转向李博，"李博，你一定要给我面子哟。"

"那当然！就凭你这又瘦又小的样子，我也会给你面子的，加上浩儿的面子，我当然要对你多加照顾啦。"李博答道，又冲浩儿一笑，"对吧，浩儿？"

"王宇，我把阿闵托付给李博帮你照顾，你就放心吧。"浩儿又鬼头鬼脑地对宇说。

"那真是太感激你的菩萨心肠了。"宇又转向李博说，"李博，我不在阿闵身边的时候，麻烦你了，请照顾好我的传呼娃，多谢！"两个大男孩有力的手握在了一起。

浩儿跳上列车的时候，又转身大声喊："王宇，你敢辜负我们的阿闵，我跟你没完！"

"你这鬼丫头，管得真多！"王宇无奈地回道。

阿闵顿时流下眼泪，挥手告别即将离去的浩儿。

"说好了不哭！"浩儿笑着冲阿闵说。但在列车启动的一刹那，阿闵最终忍不住悲伤，趴在李博肩上哭了起来。

三

晚上，阿闵和宇散步到洛河桥上，谁都不愿开口说话，就那样站了很久。

"阿闵，"宇用胳膊揽住神情沮丧的阿闵说："别难过了，天下没有不散的筵席。"

阿闵再也忍不住了，扑倒在宇的怀中："宇，我该怎么办？我不愿离开你！为什么你能爱冰儿，不能分一些爱给我？"

"傻姑娘，别再提冰儿了，我们之间已经成为往事了。"

阿闵摇了摇头："你骗我！你骗我！"

"我怎么会骗你呢，难道你没从我的眼神中看出我对你的爱吗？唉，我的小冤家，从你撞进我怀里的那一刻开始，就注定我们要相爱一场了。"宇深情地望着阿闵。

"真的，这是真的？"泪水再次顺着阿闵的脸颊流下来，在桥上霓虹灯的映照下，闪着晶莹的光。

"真的，我们再也不要做爱情游戏了。"宇紧紧地拥住阿闵，吻去她脸上的泪，吻着她干燥的唇，让阿闵第一次深刻地认识了这个词——如胶似漆！

从此，阿闵的生活里充满了幸福和欢乐，宇的身边再也少不了活蹦乱跳、笑得灿烂的阿闵。龙门山上、伊河桥下、洛河桥上……都有他们风一般的身影。

"小冤家，明天一块儿去上海路的旧书摊买书去，好不好？"那天之后，宇总是乐呵呵地称阿闵为"小冤家"。

"行啊，书呆子，离了我你肯定买不成书！"阿闵甜甜地说，"天天让我在烈日炎炎下骑单车会把我晒黑的，到时候你可不要嫌我丑哟！"

"才不会呢，一个人只有因为可爱才美丽，你永远都是最可爱的！"

尽管阿闵和宇非常珍惜他们天天在一起的日子，但是暑假两个月的时间很快就过去了。阿闵要去上学，宇要去上班。这次是宇把阿闵送到学校，一切安排妥当后又匆匆赶回洛阳。

"阿闵，在学校好好照顾自己，常给我写信！"

阿闵泪眼婆娑："你也照顾好自己，真的不愿意让你走！"

"我的小冤家，别哭了，再哭我就不走了。"宇逗她。

阿闵破啼为笑，在宇脸上用力吻了一下。"永远爱你，可爱的书呆子！"

四

阿闵在回去的路上碰到了杨莉，身边还有一位个子高高戴着墨镜的三十多岁的男子。

"嗨，阿闵，你也是今天刚来的吗？"杨莉打着招呼走过来，"这是我表哥。"她指了指身边的人说。

"嗨，你们好，我今天到的，你们也是刚到吧，这会儿干吗去?"阿闵说。

"吃饭去，我表哥要赶回去开会呢，回头咱们再聊。哦，对了，咱们住一个寝室，还有董菲，她现在在寝室呢，赶快回去看看吧!"

"嗯，那挺好的，以后可以互相照顾了!"

"嗯，再见!"

寝室里，董菲的父母在忙着给她收拾东西。阿闵赶快过去跟他们打招呼。董菲热情地把阿闵介绍给她父母:"爸、妈，这就是我经常给你们提起的我们三个抢床铺的阿闵!"说完大家都笑了起来。

下午，董菲的父母一定要叫上李博和阿闵一块儿吃午饭，杨莉不在，没法儿聚齐了。阿闵他们也就不再推辞。董菲的父母一再叮嘱李博多出点儿力，因为他是他们四个当中唯一的男生，没办法，重责只有落在他的肩上了。

李博颇有几分男子汉气概，说:"叔叔、阿姨，你们就放心吧，我会尽力照顾好几个小妹的。"董菲父母看到他诚恳的样子，心里轻松了许多。"董菲她从小有些娇惯坏了，不对的地方你们就多指正些。"

"互相照顾，互相照顾。"

以后的日子，就像回到了高中时代，每天早上六点起床，六点十分就背着书包去教室学习了。阿闵这些刚来的同学，忙着补外语和过级考试，每个人都发了疯似的猛学。因为两年实在太短了，而要做的事太多了。

阿闵的心弦绷得紧紧的，一天到晚地背着书包，除了学习还是学习，忙里偷闲时就想想宇，给他写写信，信中装满了思念，装满了喜悦，还有学习中的苦。

宇的工作很繁忙，但仍不间断地给阿闵写信。宇回信时教给她许多的学习方法，不断鼓励和安慰她。所以，虽然学习很辛苦，但紧张中透着充实和愉悦。

啊!有爱陪伴的日子，总是美好的!

夜已深，寝室里已鼾声四起。她们都已进入梦乡了，阿闵还在睁着眼睛望着天花板，耳边伴着张信哲轻轻柔柔、缠缠绵绵的歌，她的眼角湿湿的。

偶然，阿闵在《人生小语》中看到一段话："昨晚我买了一个可爱的气球，我满心欢喜地欣赏着，一不小心气球飞走了，我想我和这个气球的缘分就这样完了。人生就是这样的匆匆，所以，我告诉你一个秘密：珍惜你生命里的每一份缘分。"

"珍惜生命里的每一份缘分。"阿闵一直在咀嚼着这句话，"相爱真的不容易！"

寝室里没有装电话，信便自然而然地成了阿闵和宇关系的纽带。阿闵希望每天都能收到宇的信。"有我的信没？"回到寝室阿闵第一句话总是这样。董菲和杨莉为此还经常嘲笑她是热恋中的小傻瓜，也许她们体会不到阿闵心中的惦念，她把所有的话都在心里默默地向宇倾诉着。

他是她的全部，她的唯一。

"阿闵，你以前不是挺活泼的吗？"董菲翻着阿闵的相册，看着照片上神采飞扬的阿闵，又望望整天除了学习就是独自一人静坐的阿闵，不解地问。

"是不是整颗心都被宇给带到洛阳了？"

阿闵总是笑而不语。

"爱情是能改变一个人的，你这小傻瓜，赶快找个男朋友，封封你那整天叽喳不停的嘴巴吧。"杨莉对董菲开玩笑说，"阿闵是先例，你不妨试一下，看能否改变你自己？"

"你这死丫头，嫌我话多了是不是？哼，以后再想找我聊，我都不理你了。我才不会像阿闵那样呢！"

五

已经有近两个星期没有收到宇的信了，阿闵心里颇为焦急。

"该不会出了什么事吧？"

晚上，阿闵早早就钻进了被窝，轻轻地抽泣着，她不敢想，要是宇和她分手了，以后的日子会是什么样？

"阿闵在吗？"随着敲门声，有人进来问道。

"在。"阿闵伸出头，看见了信使小苏，眼睛一下子就变亮了，"是不是有我的信?"她迫不及待地问。

"是,你这封信放在我抽屉里三四天了,忘记给你了,没有急坏吧?"

"没有!"一看是宇的信,阿闵的心情立刻就晴朗起来了,来不及说声"谢谢"便撕开信封,一门心思地去读信了。

那熟悉的字体、熟悉的话语、熟悉的"阿闵好吗",让她感到无限的欣慰。读完信,阿闵觉得自己就像是变身后的美少女战士月野兔,精力充沛,激动不已,想着身在远方的"夜礼服假面",突然来了兴趣写下这些话:"守着大山的时候,没有等信的感觉。告别大山离开家门,踏上异域他乡,等信便成了心中一道永恒的风景。

"信鸽刚一放手,便开始了等信的日子。如同一场旷日持久的'攻心战',在焦急不安中度过。

"等信的感觉,如同喝了一杯浓浓的咖啡,开始时,其苦涩自不必言。随着时光的飞逝、日历的翻转,慢慢有了信要来的感觉,也就有了一种不可名状的甜味,从不知名的地方涌来,渐渐扩散开去,让希望在风中飘扬。

"等信的日子,时光仿佛停滞,夕阳西下,踽踽独行的身影,是我在顾盼那远方的恋人。回想起往昔的一幕一幕,乐从心生。其情殷殷,其乐也融融。难耐的日子似乎也快了许多。

"等信,成为生活的一部分时,空空的日子装满了期望。信使光临的那一刹那,表面平静如水,毫无牵挂,实则非也。信到手中时,那一句'一切都好吗?'足以使寂寞中的我泪流满面。

"孤独中,等信的日子,酸、甜、苦、辣皆有。远方的人,你可有同感?"

宇读了之后,当即在首页写上一句:"没有永恒的真实感情,任何故事必然是昙花一现。"直到现在,宇说他深夜难以入睡的时候,都要读一读阿闵这段心灵独白。

唉,往事如烟,真情永留心中,想不到这突来的灵感,在分手后的几年里,却成了阿闵和宇对往昔怀念的唯一寄托。

六

又到元旦了。

浩儿来看阿闵，阿闵和李博到车站去接她。下车的人基本都出站了，还是不见浩儿的身影。两人急得直冒冷汗，突然他们觉得各自头上被什么东西敲了一下，回头一看，是正在做鬼脸的浩儿站在背后哈哈大笑。

阿闵哭笑不得地要去痛揍浩儿一顿。"鬼丫头，吓死我们了，没想到工作了，还是一副秉性不改的模样。"

李博拦住正要出手的阿闵："你斗不过她的，看我如何整治她。"说完便伸手去抓浩儿。浩儿却伸手拧住李博的脸往两边拉，然后撒手就跑。李博也是一副哭笑不得的样子，用一种让阿闵也感觉温暖的目光，望着哈哈笑个不停的浩儿。

"唉，这小耗子！你就不能学学阿闵，看人家让爱情滋润得多么文静。"

浩儿看看阿闵，说："我才不相信阿闵会变文静。"又对李博说："你又不是王宇，凭什么让我变得像阿闵？"

阿闵望着他们斗嘴，笑了一番。

回去的路上，阿闵和浩儿在笑里泪里吹牛疯傻，感觉又回到了从前时光。浩儿边说边挥舞着拳头不停地落在李博背上，李博骑着单车静静地听着她俩漫无边际地侃大山，时不时对坐在后座上的浩儿关切地说一句"小心，别掉下去了"。

晚上，阿闵焦急地等着浩儿回来休息，她到李博那儿去了。

"阿闵，我看你是白激动一场啊，浩儿根本就不是来看你的，'醉翁之意不在你，而在李博身上耶'。"董菲端着茶杯走来走去，对坐在床边等得焦急的阿闵说。

阿闵听了，心里酸酸的。

睡觉时，阿闵问浩儿到底怎么回事，浩儿说："我也说不清楚。反正李博挺能包容我的，说他能用自己的爱浇灌我一生，也许这是真的吧，跟他在一起的时候，我没有负罪感，不会想阿星，也不会想石林。"

"浩儿，你可真厉害，有那么多人都喜欢你。其实我觉得李博在洛阳上学的时候，看你的眼神就有些小暧昧。"

"去你的吧，胡说八道的，我怎么不知道，该不会你暗恋他吧？"

"你这鬼丫头，嘴巴真臭，我才不会喜欢他呢，宇已把我的心装满了，任何人都塞不进去了。"阿闵赶紧为自己辩解，她才不喜欢这种误解呢！

"哇，好肉麻哟，不过，说真的，你挺幸福的，有情人终成眷属了，明天请我好好撮一顿哟！"

寒假里，李博去了浩儿家。

"浩儿，跟我一块儿回家看看吧！"

浩儿摇了摇头："你还没有毕业呢，咱们这样不是挺好的吗？"

李博告诉浩儿他要准备考研了，要浩儿无论如何都要等他，浩儿说："只要缘分不尽，我会等你的。"

七

阿闵感觉宇自从参加了工作之后，就变得越来越深沉、越来越成熟了。当她把自己在思念中叠的一千对纸鹤串起来挂在宇的床头时，他拥住了她，眼睛里已装满了泪水。

"阿闵，我有什么好，值得你这样爱我？"

阿闵轻轻擦去他脸上的泪："傻瓜，爱一个人是没有理由的，你不是叫我'小冤家'吗，自从偷拍了你照片的那一刻，我就爱上了你，还记得那张照片吗？"

"记得，当然记得。那你还记得咱们那次去教堂的事吗？我还许了个愿呢！"

"许什么愿？能告诉我吗？"

"愿你能找到一个爱你的男朋友。"

"谢谢你，我终于找到了。"阿闵吻住了宇的唇。

"我们永远都不要分开，好吗？"宇紧紧地把阿闵拥在怀里。

阿闵带着爱情的甜蜜走进了春天，一片片嫩嫩的绿，哦，牡丹花已经开了吧。阿闵想到自己在洛阳待了两年，却从没有心情去看看那大片大片盛开的、象征着富贵与幸福的牡丹。无论如何，她今年一定要和宇一块儿去看个仔细、看个痛快。

晚上，阿闵却做了个奇怪的梦，梦里的牡丹花变成了黑色，一片狼藉。

过了几天，宇的信来了，阿闵觉得沉甸甸的，随即，她的心也跟着沉重起来。她小心翼翼地撕开信封，满怀期待却又不敢打开，她第一次有这样的感觉。

终于打开了，打开之后，仿佛回到了昨夜的梦境……

那是满纸的泪滴和一片片模糊的字体，阿闵的心猛烈地颤动着，强忍着眼泪读完了那封信。

原来，是冰儿趁家人不在的时候，打开煤气自杀在自己的小屋里，怀里抱着几年前宇送给她的古筝，枕边放着宇和阿闵一起买的《爱眉小札》，脸上带着几分忧郁，永远永远地离开了人间，离开了宇。

宇在信中说：

> 阿闵，我一生都会爱你，但是冰儿的死给我的打击太大了，我不知道自己是否做错了什么，我不知道该对冰儿有一个什么样的交代。也许命中注定我不能得到你们两个中的任何一个。那么我只有远走。阿闵，原谅我，原谅我无法承受这个现实，无法再接受你真真切切的爱，原谅我的懦弱。再见了，阿闵，没有我的日子里你要好好地活着……
>
> 永远爱你的宇

一片牡丹的残片从信中抖落下来，飘在地上，决堤的泪水从阿闵的脸上流下来，洒了一地的伤悲。陈明的那首《幸福》，飞满了蓝色的天。在这美丽的春天和蓝蓝的天空中，阿闵失去了宇，也许是永远……

> 终于还是差了这一步，停在幸福前方不远处。
> 若是爱与痛都曾铭心刻骨，又何必想哭？
> 决定放手也是种幸福，至少不用再为爱尝辛苦啊。
> 这一段旅途，就当作我对爱的梦想彻底的觉悟。
> 我曾那么接近幸福，你却将我冷冷放逐。

我的感情从此麻木，没有结束，不能重复。

我曾那么接近幸福，怎么可能就此打住？

为何上天要我孤独，好孤独，谁清楚？

我曾那么接近幸福。

后记

写到这里，我已无法再继续写下去，只能以后记的形式把故事中的人物做一个简单的交代。

阿闵这位曾经接近幸福的女孩，在宇远走之后，曾一时有了轻生的念头，在朋友和家人的劝导下，终于从悲伤中走出来。但从此以后，她不再过问人世间的感情，把所有的精力都用在考研上。

第二年，她以405分的好成绩考取了兰州大学历史系历史文献专业硕士，如今，她正专心于古籍整理的事业当中。

每当有人问她的爱情和婚姻时，她只淡淡一笑，说："'浮萍本无根，何须找归宿'，刘及和先生已为我做出了榜样，我要把一生的精力放在古籍整理和国学研究上。"

也许，爱情的定位就应该像浮萍一样随缘而定。

浩儿没有等到李博毕业，便又寻找了她认为的"一生的爱人"，去继续她的浪漫人生了。

杨莉依旧秉持她那"现实主义至上"的观点，没有回头地爱着她的表哥。在表哥的支持下，她考取了武汉大学的硕士研究生，现在的日子过得更是如鱼得水。

董菲经过一番又一番的考验，终于和李博走到了一起。她说："注定的缘分是跑不掉的。"

原来，李博就是她心目中找寻了多年的白马王子，而且，她现在已经像当初沉浸在爱河中的阿闵那样，变得如其外表一样的文静、秀气。

感悟

读完大学里这个纯粹且显些平淡的故事，能悟出一些作为人的共性，那就是，无时无刻都不要放弃对美好的憧憬，它就像山岩中勃发的青藤，绝不会因土地的贫瘠和环境的困窘，而放弃对阳光的渴望。

人生最美八十年代

狄更斯在《双城记》的开篇写道："这是最好的时代,这是最坏的时代;这是智慧的年代,这是愚蠢的年代;这是信仰的时期,这是怀疑的时期;这是光明的季节,这是黑暗的季节……"依我看,二十世纪八十年代的中国,用前两句话形容,很妥帖。

从1981年我高中毕业至2010年,历时近三十年,中国已成为世界第二大经济体,我几乎见证了巨龙的腾飞,亲身体味了过山车般的五味生活。回头瞅瞅,唯觉简单、从容的二十世纪八十年代最有滋有味。

那时候,文化发展迅猛,流行歌曲层出不穷,像《敖包相会》《冬天里的一把火》《故乡的云》《信天游》……还有董文华唱的《血染的风采》、包娜娜唱的《掌声响起来》等脍炙人口的歌曲,让人激情澎湃,热血沸腾,难以忘怀。最令人不能自已的是八十年代初期邓丽君的歌,让我至今记忆犹新。

那时的自行车,有两个走后门都不一定能买到的牌子"永久"和"飞鸽",而"凤凰"牌是后起之秀。摩托车稀罕死人,在我所生活的新乡市,凤毛麟角。对我来说,那是可望而不可即的奢侈品。可我有招儿,在二八自行车上,绑了一个三十七块钱买的小型汽油发动机,改装成土造摩托车,狠狠过了几年摩托车瘾。

那时候的餐馆很简陋,没法儿和现在比,我也极少有机会光顾。

曾去过最好的地方就是"黄河宾馆"，一场"银鹰杯"篮球比赛下来，累得像驴似的，可吃上一顿腐乳肉，算是主办方农行对球员的犒劳。常去吃饭的地方，就是地摊儿，一两毛一碗胡辣汤，六七毛一碗烩面，四五毛一斤油条。吃得货真价实，碗大量足，特别过瘾。以我当时的条件，隔三岔五会出来吃一次，面对热腾腾的烩面大盆碗，心情愉悦得难以言表。一瓶烧酒块把钱，绝对真货，一点儿不亚于现在饮过茅台和名贵红酒的享受，关键是轻松快乐，远离忧愁，也从没听说过像现在动不动有假酒的事情。再后来，随着我自身生活条件的改善，花钱早已大手大脚了，可快乐的指数好像在逐渐减弱。当然，我从小简朴惯了，和很多大咖无法比拟。三年前，听说某大咖来纽约曼哈顿与巴菲特一起吃了顿牛排，花了八十多万美金，惊吓了我。也许这就是当代商人心胸和格局的差异吧。

那时的业余生活很丰富，看电影、下象棋、拉二胡、弹吉他，最时尚的是结伴三五好友，到舞厅跳舞。舞厅都是大家伙儿的，像现在的超级市场那么大，舞曲音响设备很猛烈（声儿大），无论自由步还是水兵舞，布鲁斯或华尔兹圆舞曲，舞伴合作得好，能满场飞，特锻炼身体。

跟《渴望》电视剧里的慧芳差不多一样，八十年代的女生都非常清纯、美丽。我的审美标准是大眼睛，深不见底的回头一眸。也许我启蒙较晚，高中毕业后才知道看大眼女生养眼。可惜当时美女不多，碰到的更少，遇见就合拍的几乎没有。再后来，才发觉性格开朗、能侃能乐的少女让你如沐春风，可转眼间考试晋级转干的枷锁把我的幻想一扫而光。可八十年代确实给我留下许多鲜活的记忆。现在想起来，性格真是决定后来的人生走向。记得一年夏天，我从农村到新乡后，第一次到人民公园露天游泳池游泳，跳下水后才发现和别人的姿势完全不同，后来才知道我无师自通的泳姿叫"狗刨式"，城市人的叫蛙泳、自由泳等。我立马学习，很快适应。在后来的人生路上，可以说经历坎坷曲折离奇，快速适应的性格起了很大的作用。说实话，直到现在，下泳池，后学的泳姿还是没有我的狗刨式运用得自如。

那个年代是造星的年代，张瑜、李连杰、巩俐、张闽、薛白分别主演的电影《庐山恋》《少林寺》《红高粱》《城南旧事》《黄土地》，堪称经典，至今令人难以忘怀。八十年代，值得记忆的故事太多太多，无法一一诉说。

今天，按纽约时间，是 2019 年的第一天，在展望未来的同时，我特别留恋八十年代那些相对青涩的经历，就在此唠叨几句，与同龄人共鸣。收笔时，我突然想起三千年前冉有问孔子的话："既庶矣，又何加焉?"孔子云："富之! 教之!"在电影《独立时代》中曾表达过九十年代台湾的困惑，物质欲望将内心的简单、纯真一点点吞噬。我们这一代也同样躲不掉时代的烙印。

但是，二十世纪的八十年代，依旧显得那么安静与清新，让我陷入追忆……

简述刘震云的创作风格

刘震云，1958年5月出生在河南延津，著名作家、编剧，毕业于北京大学中文系。其作品多以描写中国农村为主，深受广大读者的喜爱。刘震云独特的创作风格给人留下深刻的印象，本文将从题材选择、写作技巧和书写态度三个方面来简评他的创作风格。

第一，刘震云的作品题材多涉及中国农村。这与他的生活经历有着密切的关系，因为他自幼在河南延津农村长大，非常了解农村生活，拥有丰厚的农村文化底蕴。他的作品主要以触摸基层为主，以农村人的日常生活为素材，用朴实的语言叙述他们的生活琐事，表达他们的内心情感。他的作品反映了农民的苦辣酸甜，揭示了社会深层的问题，让读者看到农村的真实面貌。刘震云独特的题材选取让他的作品富有真实感和感染力，引起社会各界人士的广泛关注，一度在国内掀起关注刘震云的风潮。

第二，刘震云的写作具有独特的技巧。他常常运用农村俚语、乡土元素以及农民的典型行为和语言，给他的作品增添了浓厚的地方特色，使读者能够更加真实地感受到农村生活的味道。但刚开始读他的作品时，你会很不适应，感觉非常拧巴，但你只要坚持读下去，就会发现他的语言越来越有魅力。他善于运用幽默、讽刺、夸张等手法，使作品更加生动有趣，引人入胜。刘震云的语言简练、生动，没有烦琐的修辞和复杂的句式，使作品具有强烈的感染力，能够迅速打动读者的心。同时，他还注重细节描写，通过具体的描绘，使人物更加立体、形象，情节更加紧凑。这些写作技巧使刘震云的作品有着独特的风格和魅力。

第三，刘震云的作品展现了他积极向上的书写态度。尽管他揭示了社会的黑暗面和农村的困境，但他并未沉溺于悲观和绝望。相反，他以乐观的态度，通过对农村生活中的真善美的诗意抒发，展现了人性的光辉。他关注个体尊严，赞美勤劳善良的农民，批判社会的不公和剥削。他的作品充满了正能量，寄托了对美好生活的向往和追求。刘震云在揭示社会问题的同时，也提供了积极的思考和解决方案，给人以启示和希望。

2011年，刘震云凭借小说《一句顶一万句》获得了茅盾文学奖，成为他人生中最辉煌的时刻。然而，一年后，莫言获得了诺贝尔文学奖的消息传来，立刻抢走了刘震云的风头。有记者调侃地问他："莫言获得诺贝尔文学奖，你有何感受？"刘震云机智地回答道："这就像我哥娶了个嫂子，新婚之夜，别人问我感觉怎么样。"刘震云这个幽默的回答再次展现了他的个人魅力。

对于不太熟悉刘震云的人来说，他给人的印象是一位表情严肃、少言寡笑的作家。但是接触几次后，我们会发现，他的思想深刻，口才绝佳。他时不时地说出一句冷语，让人捧腹大笑，笑过之后又禁不住思考他话里的含义。

刘震云与冯小刚、王朔的关系非常密切。在王朔面前，刘震云常自称为"学生小刘"，并赞美王朔的写作才华。听了刘震云这样的赞美，王朔对冯小刚说："刘震云是当代作家中对我真正构成威胁的人。"

而刘震云听了之后大笑，他解释说，他只是开个玩笑，并不是认真的。他真正的意思其实是：在中国的作家中，对我构成威胁的是王朔。他们之间的较量就像神仙之间的打架，每一句话都充满了韵味。

刘震云以他独特的幽默方式在文坛上站稳了脚跟。但他笔下的幽默却以悲剧为内核，与他的成长经历有很大的关系。

刘震云小时候，他们家每天都吃不饱饭。每次客人来家里，父亲都会派他去镇上的饭店"借"饭菜。有一次，家里来了客人，父亲派他去赊三个馒头。到了饭店，刘震云被厨师狠狠地羞辱了一顿。他非常愤怒，但家里急需这三个馒头，所以他只能忍气吞声，将内心的愤怒深埋。为了摆脱屈辱，刘震云发誓要走出去，离开小村庄，到外面闯一闯。

十六岁那年，他报名参军，成功迈出了他人生计划的第一步。在部队期间，他遇到了一个姓冯的战友，这个战友热爱写作，深深影响了他，使他开始走进文学的世界。

退伍后，刘震云回到家乡，当了一年的民办教师。这段时间里，他开始自己复习备战高考。最终，他以优异的成绩考入北大。

从一个山村来到北大，刘震云一段时间里无法适应新环境。当时，许多同学喜欢嚼口香糖，但刘震云却完全不知道他们嘴里在嚼什么。因为自卑，他不好意思问，怕别人嘲笑。

直到大三，他才从室友那里得知大家嘴里嚼的是什么。对此，刘震云回忆道："当时我完全不知道大家在嚼什么，我只在村子里的牛棚里见过这个场景。"

大学毕业后，刘震云开始迅速崛起，小说《塔铺》《一地鸡毛》等作品相继发表，他开始在中国当代文坛崭露头角。在之后的几十年里，刘震云一直持续不断地写作，取得了丰硕的成果。《我叫刘跃进》《一句顶一万句》《一九四三》《我不是潘金莲》等作品问世，赢得了读者和文学评论家的一致认可。

其中很多作品还被改编成电影，并取得了巨大的成功。因此，刘震云也被誉为"中国最优秀的编剧"。尽管他的作品在票房上屡创新高，但刘震云对电影改编还是有自己独特的看法。他曾说："将文学作品改编成电影，就好像将良家妇女变成风尘女子一样。"

刘震云的作品很多，但让他最自豪的还是那本获得茅盾文学奖的《一句顶一万句》。书名听起来有些晦涩，实际上故事并不复杂，讲的是三代人为了找到一个能倾诉心事的知己，离开和回到延津的故事。

人生就是一段孤独的旅程，所以我们渴望找到一个能够理解我们的人。有些人以前可能不愿意表达自己，但过了一些年却变得能够说出来；还有些人以前可以畅所欲言，但突然间却闭口不提了。无论是爱情、亲情还是友情，重要的是能够找到可以倾诉的对象。

中国人不擅长表达感情，习惯将内心的深情隐藏起来。即使是对父母、子女和朋友，说话也十分含蓄。但有时候，当一句话触动了你的内心之后，你会感到一种瞬间的亲近感，仿佛找到了知音，这时候你会产生一种甘愿为知己付出一切的想法。

"一个人的孤独并不是真正的孤独，只有当一个人找到另一个人，一句话找到另一句话时，才能体会真正的孤独。"这也许是一种深入骨髓的孤独，它渗透在亲子关系、友谊以及恋爱关系中。每个人都期盼着，自己不用多说一句话，别人能够明白自己的想法；同时，一句关心的话语，能够抵得上别人说出的千言万语。

刘震云的小说《一句顶一万句》，以平实的语言和朴素的文字表达了中国特有的孤独和友情观。也许你正感到内心的孤独，渴望找到一个可以倾诉的人，不妨看看这本书，或许能够找到那个特别的知音。

综上所述，刘震云的创作风格独具一格，他的题材选择、写作技巧和书写态度使得他的作品生动、真实、有趣且积极向上。他通过对中国农村生活的描写，向读者展示了一个丰富多样、充满人情味的世界。刘震云的作品引起了广泛的共鸣和关注，成为中国当代文坛的重要代表之一。

赏析莎翁《哈姆雷特》

　　《哈姆雷特》无疑是莎士比亚不朽的经典之作，被誉为世界戏剧史上最伟大的作品之一。这部戏剧交织着悲剧与复仇的元素，探讨了人性、命运、道德和心理等众多议题，对于深入理解莎士比亚的作品和人性的探索具有重要意义。本文将从不同的角度对《哈姆雷特》展开品味，希望能让读者更好地领略其内涵和意义。

　　首先，不可忽视的是《哈姆雷特》中浓烈的复仇主题。整个剧情即围绕着哈姆雷特对其父亲之死的复仇而展开。然而，与其他复仇剧不同的是，《哈姆雷特》不仅在探讨个人复仇行为的合理性和后果，更深入思考了道义和伦理的问题。在面对复仇的诱惑时，哈姆雷特内心纠结，不知道应该如何行动。他矛盾地权衡着正义和道德，思考自己的责任和后果。正是哈姆雷特的思索和艰难抉择，使得这部戏剧具有了独特的内涵和深度。

　　其次，除了复仇主题外，《哈姆雷特》还探讨了人性复杂多样的一面。在剧中，不同的角色展示了各自不同的性格和思考方式。哈姆雷特被描绘为一个内敛、矛盾且深思熟虑的人，他的举止和言谈都充满哲理和智慧。与之形成鲜明对比的是克劳狄斯，他为了谋求权力不择手段，展现出了人性中的黑暗面。在剧中还有其他形形色色的人物，如忠诚的波洛涅斯、纯真的奥菲莉亚等，这些人物形象的塑造给剧情增添了更多的戏剧性和艺术美感。

另外，本剧还围绕着命运和宿命的议题展开了探讨。哈姆雷特评论"人无法逃避自己的命运"，展示了他对命运的矛盾看法。剧中的人物相信自己的命运已经注定，而他们的所作所为也成了命运的谜题。然而，莎士比亚并没有将命运彻底看作是不可改变的，他着重描绘了人类对命运的抗争和挣扎。哈姆雷特和拉奥提斯等角色为了追求自己的命运，付出了不懈的努力。这种对命运的思考和抗争，反映了莎士比亚对人性的思索和对命运的探讨。

最后，本剧还融入了丰富的艺术手法和文学技巧。莎士比亚运用了各种修辞手法、隐喻和象征等方式，巧妙地表达了角色的情绪和内心世界。他的语言优美、深邃且充满戏剧性，使得整部剧本都显得生动、饱满。同时，莎士比亚还通过戏剧装置、舞台设计等手段，展示了剧中复杂多样的情节，并加强了剧情的张力和悬念。

综上所述，《哈姆雷特》是一部不可多得的经典之作，具有深远的意义和价值。通过对复仇、人性、命运和艺术手法的探讨，读者可以更好地理解莎士比亚的创作理念和人性的多面性。这部戏剧给予了我们对人生的启示和思考。在品味莎士比亚的《哈姆雷特》时，我们可以通过对剧情、人物和文学手法的分析，探讨并领略其中的智慧和艺术之美。

呼伦贝尔之旅

驾车赶往机场接朋友。路上，降央卓玛的一曲《呼伦贝尔大草原》，悠扬动听，旋律优美，唱出了草原的灵魂，更唱出了草原的壮阔：

> 我的心爱在天边
> 天边有一片辽阔的大草原
> 草原茫茫天地间
> 洁白的蒙古包散落在河边
> …………

我禁不住想起了2018年国庆长假自驾游，一次错过黄金季节的说走就走的旅行。按说，七八月份才是最好的黄金季节。

我清晰记得，当时点开手机导航，从河南新乡到海拉尔，显示距离两千多公里，真远！可三个年过半百的老哥们儿，仍旧犹如重走青春，驾一辆"陆地巡洋舰"，直奔呼伦贝尔。

备了足够的干粮和水，日夜兼程，轮换驾驶，一路高速一路空旷，平均时速120，几乎是一直狂飙，没有任何交通堵塞，约25个小时来到了海拉尔。

海拉尔，是呼伦贝尔市的首府。呼伦贝尔是内蒙古自治区辖地级市，位于内蒙古自治区东北部，以境内呼伦湖和贝尔湖得名。

经当地人介绍，我们走进一家诺敏塔拉奶茶店（旗舰店）。品尝真正的蒙餐，点了锅茶、一斤手把肉、三根羊棒骨。

手把肉和棒骨并不膻，比想象的好。奶茶配上奶酪、炒米放在锅里煮，香气扑鼻，香甜解腻。遗憾的是期待的奶酪饼等到饭全吃完了也没上。

饭毕，我们直奔额尔古纳河。

额尔古纳河右岸为山岭森林，是一代天骄成吉思汗的故乡。茅盾文学奖得主迟子建所著的长篇小说《额尔古纳河右岸》，语言精妙，以简约之美写活了一群鲜为人知、有血有肉的鄂温克族人。

小说以一位年届九旬的鄂温克族最后一位酋长的女人的自述口吻，讲述了一个弱小民族顽强的抗争和优美的爱情。

诱人的故事，磅礴大气，酣畅淋漓，像一曲叩人心扉的命运交响曲，轻柔舒缓，如月明风清或鸟语花香；激昂震撼，如悬崖飞瀑或惊涛拍岸。有动人心魄之美……

只可惜，在河边的木质小店铺里我们仅仅住了一夜，没有机会去深刻体会迟子建小说里那妙不可言的描写：

"世界上有两条路，一条有形的横着供人前行徘徊或倒退，一条无形的竖着供灵魂升入天堂或下地狱。只有在横着的路上踏遍荆棘而无悔，方可在竖着的路上与云霞为伍……"

离开额尔古纳，我们直奔满洲里。路上，我们时而沿着边境线行驶，时而穿越空旷无比的无人地带，偶尔也能看到徒步的背包客。此时的草原已经没了七八月份"风吹草低见牛羊"的感觉。虽一路很多牛羊低头吃草，但草已经枯萎。

满洲里是由呼伦贝尔市代管的准地级市，是中国最大的陆运口岸城市，位于内蒙古呼伦贝尔大草原的西北部。

满洲里，可是个好地方：蓝天白云、清清河水、群群牛羊、点点毡房、袅袅炊烟，应该说是世界上少有的绿色净土和生灵的乐园。

一望无际的天然牧场，耸立挺拔的千年森林，清新宁静，置身其中，令人心胸豁然开朗，你会忘却一切俗事的纷争。围着红彤彤的篝火跳起俄罗斯舞，听着嘹亮悠扬的蒙古长调，顿感人间的纯净美好。

三个老男人，住在满洲里，品了名吃，酌了小酒，领略了三国联合民族表演，还和蒙古国、俄罗斯演出的姑娘们拍照留念。我们怀揣着流连忘返的心情驱车打道回府……

我们顺利接上旅游归来刚下飞机的朋友。回去的路上我在想：一个陌生的地方，发现一种久违的感动。如能找到孩提时代的哥们儿搭伴，不受羁绊，没有约束，那是何等的幸福美好！

几十年匆匆而过，咀嚼过世事难料，品尝了五味杂陈，也感受了风花雪月，更迎接过狂风怒号，有过斑斓的精致，也遭遇过叫天天不应、叫地地不灵的困境……青丝已转白发，生活似乎消耗了一代又一代人的激情……

何不寻一机会，背上简单的行囊，带上轻松的自己，有多远，走多远，尽情挥洒和领略人生的精彩呢？可以把旅行当作一种美妙绝伦的信仰，权当这一生都走在朝圣的路上了……

一曲无与伦比的爱情绝唱

重温电视剧《大秦帝国》，被商鞅与白雪、荧玉两位女子的爱情故事深深打动，感慨颇深，在此写上几句，以表敬佩与折服之感。

"在天愿作比翼鸟，在地愿为连理枝；天长地久有时尽，此恨绵绵无绝期。"我觉得，用伟大诗人白居易的《长恨歌》来形容白雪、荧玉与商鞅的爱情，也不足表达她们对爱情的牺牲精神！

千古法圣商鞅，和秦孝公精诚合作，在秦国进行了春秋战国历史上最深刻的变革，改变了秦国贫穷落后的局面，一举将秦国变成战国最强大的国家。

站在这个层面看，可以说商鞅的功绩无与伦比，十分伟大，他超过了战国时期所有的臣子。他的功绩得益于秦孝公旷古胸襟给他的授权和力挺，更得益于白雪与荧玉对他真正无私的奉献与支持。

变法如此成功的商鞅，在情感方面却有与常人不一样的经历，他一生有两个女人，白雪与荧玉。白雪出生商贾之家，是商鞅的初恋，也是挚爱，不过却有缘无分，最终死在一起；荧玉一生只爱商鞅一人，最终因为爱人死去，伤心到肝肠寸断，一夜之间青丝变白发。

商鞅入秦之前，在魏国丞相府工作过六年，主要担任丞相府的档案管理类工作。在工作和学习之余，商鞅经常去洞香春喝酒聊天，一次和高手下棋，无意中结识了洞香春女主人白雪。

当时的商鞅和白雪，都是刚刚二十出头的少男少女。心高气傲的两人遇到彼此有相见恨晚之感，很快便擦出了爱情的火花。当白雪从布衣小弟变身为大小姐时，商鞅被白雪的美貌和才情深深折服，从此两人便开始了幸福而苦涩的爱情之旅。

　　当时的魏国丞相很欣赏商鞅，几次向魏王推荐商鞅，但都被魏王拒绝。怀才不遇的商鞅恰好看到了秦国的求贤令，不过魏国却不让商鞅离开，甚至动了杀念。最后白雪凭借强大的人脉并且付出巨额财富，才顺利地将商鞅从魏国带到了秦国。

　　商鞅到秦国不久，便很快和秦孝公开始合作，在秦国推行变法。此时白雪为了不打扰商鞅，独自留在魏国。商鞅可谓天纵奇才，整个秦国的变法在他的推动下稳步进行。

　　可商鞅对白雪的思念，并没有因为工作忙禄而日渐减弱，一份接着一份的信件往来于栎阳和安邑之间，传达着两人无尽的思念。秦国变法第一阶段完成，白雪来到秦国，看到秦国的面貌发生了巨大改变，社会充满活力。

　　白雪了解了商鞅的所为，深深地感觉到了商鞅的伟大，也体会到商鞅在秦国的行事不易，和商鞅一阵缠绵后，白雪选择离开商鞅，并且建议商鞅娶秦国公主荧玉为妻，以此提高商鞅在秦国的政治地位，以便在秦国进行更深层次的变法。

　　可此时的白雪，早知道自己已经怀孕，但为了爱人的事业，她坚决而又果断地选择了牺牲自己的幸福。

　　秦孝公死了，商鞅面临两个选择，离开秦国，或者死在秦国。商鞅选择了后者，终被判处车裂之刑。在渭水河滩，商鞅被押赴刑场，此时白雪赶到，商鞅被车裂，白雪殉情。

　　荧玉是秦孝公的妹妹，喜好骑马射箭。一次在魏国执行任务时，同样在洞香春遇到了商鞅。商鞅的一言一行，让荧玉特别佩服。

　　后来，商鞅顺利到了秦国，荧玉对商鞅更加了解，也更喜欢商鞅。敢爱敢恨的荧玉放出话来，非商鞅不嫁。此时商鞅在秦国被老世族排挤，虽然有秦孝公的大力支持，但是仍然步履维艰。

　　白雪离开后，商鞅为了自己的政治抱负，选择和荧玉结婚，他们的结合被视为政治联姻，这时的商鞅一下子巩固了自己在秦国的政治地位。

本来商鞅对荧玉没有感情，不过经过一段时间的接触，对他无微不至的荧玉感动了商鞅，他们相敬如宾，举案齐眉，生活也充满了乐趣。

秦孝公死后，商鞅被处以车裂之刑。得知此消息的荧玉四方奔走，为了解救商鞅可谓费尽心机，不惜和大哥决裂，找新君嬴驷理论，但这些都不能改变商鞅被处决的结果。

伤心欲绝的荧玉失去了对生活的渴望，一夜之间白了头，差点儿先商鞅离开人世。

为了伟大而神圣爱情，白雪与荧玉两位杰出而忠贞不渝的女子，把爱演绎得淋漓尽致……真乃古往今来无与伦比的一曲爱情绝唱！

莫使金樽空对月

时间嘀嗒嘀嗒……永无休止。日月既往，不可复追。岁月无情，韶华易逝。不知不觉中，已走过大半辈子，黑丝已成白发。重回首，去时年，会无奈地自嘲感叹：揽尽风雨苦亦甜！实则又如何？

2014年，中央电视台春节联欢晚会上，歌手王铮亮演唱了《时间都去哪儿了》这首歌曲，"还没好好感受年轻就老了""转眼间就只剩满脸的皱纹了"的感叹，充满感染力，歌手非常走心地用歌声诠释了时间的匆匆流逝，感动亿万观众，现场很多人都泪流满面，泣不成声。

夜阑珊，寐无眠，听尽春言，每天都是新一篇，不再清闲，望着洒满月光的大地一路向前。时间却在不停地追赶着我们，累积着年岁。不觉间，我们嘴边已开始挂着"那个年代怎样、我年轻时怎样、前几年怎样"的话，语气中充满了不舍和遗憾，那又能怎样呢？

假如说诸葛孔明先生，当时的祈禳之法、点灯逆天命是一代谋圣对抗时间的方法，那么诸多君王痴迷不老不死、贤哲英雄求名垂青史、基督徒笃信未来救赎、中国人用《易经》预言命运，这些统统都是历史留下的证据，都曾站在时间的对立面，与之抗衡。

然而，时间永远向前，一丝未曾停歇过。秦始皇曾派两千童男童女，起帆东渡寻求长生不老药，到头来也没能让时间回转过一秒。在人类历史的长河中，未曾有谁能有丝毫的能力对抗岁月，让岁月回头。

丘吉尔、戴高乐、拿破仑、马克思、列宁，但凡我们知道的伟人，哪个不为时间的匆匆而感叹；实际上，生命仅此一次，不过百年，三万多天，随时可结束战斗，谁也无法逆转。但是，活好当下这一秒，应该一点儿也不难。

不过，我很想戏说两句。比如，佛说，伸手需要一瞬间，牵手却要很多年，无论你遇见谁，他都是你生命中该出现的人，绝非偶然。人生也是一次随性的旅程，身体是灵魂借住的客栈，对于茫茫无涯的时间而言，今生，只是过客。其实，这种解释是在用"生命有限，灵魂永在"之说聊以安慰众生而已。

所以，我们在有限的生命中，理应爱想爱之人，做想做之事，成想为之人。趁着你还处在三万多天的过程当中，筛选一下，哪些是你最想做的事情，哪些是你必须完成的事情，最起码要把自己认为重要的事情提前做完。

我负责生我的人、我生的人。年轻时，别给生我们的人加负担；老了，别给我们生的人找麻烦。我挂念相濡以沫的爱人、肝胆相照的朋友，我谢绝做事不道义的人、处事无诚意的人。

记得看过的一篇文章这样说，诸葛亮虽有祈禳大法，但在给刘禅上书的《出师表》中说道："后值倾覆，受任于败军之际，奉命于危难之间，尔来二十有一年矣。"身肩重责的诸葛亮临危受命二十载，此时的他已然不再是"七擒孟获"意气风发的样子，只是一位毕生忠心于国的老臣。再精明的智者也抵不过时间的流逝。

唐代诗人李商隐也曾对时间发出这样一句感叹："沧海月明珠有泪，蓝田日暖玉生烟。此情可待成追忆，只是当时已惘然。"前半生的李商隐满心热忱投身国家建设，对待感情也是敢爱敢恨。可当晚年失去妻子王氏后，李商隐万分悔恨。李商隐常年在外为官，极少有时间陪伴妻儿。不知不觉，青丝成白发，佳人难再觅。

也许，我们的前世真的是一枝深山里的海棠，在逢秋夜半，被卷入姑苏城外的客船；也许，我们的前世是忘忧河上撑篙的船夫，孤舟、蓑衣、斗笠，在红尘中摆渡；也许，我们的前世是山野柔柔的清风、天上悠游的云朵，或是云朵里酝酿着的雨珠、田间溪流中畅游的鱼儿……前世是什么重要吗？来世你怎样体验？只有当下才能切身体会。

照实说，在时间的长河里，我们能把握的或者是能操控的，只有当下自己的行为和意念。活在今天，活在这一刻。看山还是山，看水还是水，吃饭时能吃饭，喝水时能喝水，睡觉时能睡觉。对自己的过去无太大的懊悔，对我们的未来没有莫名其妙的期待和恐惧，认真体味这一刻，感受这一刻，活好这一刻，则是最真实的答案。

记得西方有句谚语："时间，是最好的酿酒师。"确实，时间能检验出一个人的品格能力，也能区分出酒品的高低优劣。有的人想买老年份的酒，他当真是喜欢老酒的口感吗？我看未必。人们是在年份酒中寻找流逝的时光，品尝经过岁月沉淀后的滋味，那唇齿的一开一合间，有多少白驹过隙，有多少人生画卷顺着酒液流入身体内，这才是你定格历史的一部分。

人们都说，陈年的酒有更丰富多变的香气，更顺滑醇厚的口感，确实非常迷人。喝过陈年老酒的人，包括我自己，常会说那些散发着仅有时间才能酝酿成的香气与滋味，仿佛再醇香的年轻佳酿也无法比拟。但事实又是如何？名嘴老梁在视频中公开说，中国七千多家酒厂，五千多家都有年份酒，都是真的吗？他说答案是否定的，酒质没什么两样，只是在勾兑时，加了一些香料调了味道，为营销而已。而喝酒的人、送礼的人，为了面子，为了一种人文的情怀也不愿去追真质疑。

犹如起起落落的人生，时间能让酒贬值，也能让酒升值，从而导致人们对酒的评价不同。反正乙醇能让爱说的人不再说话，能让内向的人滔滔不绝，能让自卑的人自信，能让高傲的人谦卑，能让情商智商很低的人变得聪明很多……酒的价值被体现得淋漓尽致。

其实，我总认为酒这东西，并没有什么永恒不变的绝对价值，倒是看着尝着这些酒或青春正盛或封闭顿塞或年华逝去，都有着时间的广度与深度，因此，再难喝的酒都可以非常迷人。

人生短暂，美好的年华总是一闪而过。不要去羡慕别人的人生，你看见的并不是他们经历的所有。你只羡慕他们的光鲜外表，却看不到他们为此付出的代价和努力。生活不是一定要有惊天地的情节才叫精彩。每个人都在演绎着自己为主角的偶像剧，在这场戏里，你的角色与戏份没有人能够取而代之，珍惜上苍赋予你的生命，不打折扣地活好你的三万多天。

既然我们明白时光难留，青春易老，不妨在闲暇时，对酒当歌，找寻世界上最美的地方，品尝时间驻留的酒味。像诗仙太白公所言："人生得意须尽欢，莫使金樽空对月。"

《安娜·卡列尼娜》掠影

　　《安娜·卡列尼娜》是俄国作家列夫·托尔斯泰的一部经典之作。作为一部长篇小说，它耗用了我数周的时间，我对这部作品产生了浓厚的兴趣。通过阅读这本小说，我得以深入了解人性的复杂性、家庭的不稳定性和道德的多义性。走进这个小说的世界，我体验到了作者的精妙构思和卓越写作技巧。在这篇读后感中，我将分享我对小说中几个重要主题和角色的理解，并探讨托尔斯泰的描写手法。

　　首先，我想探讨一下小说中的家庭主题。小说以俄国贵族家庭为背景，对家庭关系和价值观进行了深入的探讨。卡列尼娜家庭是小说中的一个重要家族，他们的家庭生活充满了争吵、不和与欺骗。这让我反思了家庭对一个人的影响以及家庭成员之间的亲密关系。小说中的安娜和她的丈夫卡列宁的婚姻陷入了危机，这让我思考了婚姻关系的脆弱性以及背后的心理动因。

　　其次，我想提及人性的复杂性这一主题。小说中的安娜·卡列尼娜是一个非常复杂的角色，她的内心既有渴望自由和独立的一面，又有被社会约束和道德标准束缚的一面。通过阅读，我体验到了她内心的挣扎和矛盾。这让我对人性的复杂性有了更深刻的认识，我们每个人都是一个综合体，内心存在着各种情感和欲望。托尔斯泰通过安娜的形象向读者展示了这一现实，让我意识到了人类的无限可能性。

另一个我想讨论的主题是道德的多义性。小说中的许多角色都面临着道德困境，需要在不同的道德准则之间进行选择。例如，安娜因她与冯·卡伦因的婚外情而陷入道德危机，这引发了一系列不可挽回的后果。这让我思考了道德是多样化和模糊的，不同的人对道德问题有不同的看法。托尔斯泰通过小说中的角色与读者之间的互动，向我们展示了这一道德现实。

　　除了主题之外，我还要赞扬托尔斯泰在刻画角色和描写场景方面的出色写作技法。他的描写真实而生动，让我仿佛身临其境。他描绘了俄国社会的方方面面，使我对这段历史有了更深入的了解。此外，他对角色的刻画也深入人心。每一个角色都有鲜活的特点和复杂的心理，在我心目中永远有了生命。

　　总结而言，通过阅读《安娜·卡列尼娜》，我不仅对俄国文学有了更深入的了解，而且对人性、家庭关系和道德的复杂性有了更深刻的认识。托尔斯泰以其独特的描写手法和深刻的洞察力，将读者带入一个绚丽多彩的世界。通过这个故事，我认识到了人性的复杂性、道德的多义性和家庭的不可预测性。这些认识将伴随我一生，让我对现实世界更加深入地思考。《安娜·卡列尼娜》是一部关于生活、爱情和人性的伟大作品，我相信它将继续影响和启迪读者的心灵。

遥不可及的稻城亚丁

　　2019年1月28日，我写了《邂逅成都》，记录了几年前游览成都的感受，引起众多微信好友的共鸣。现在，再把同时攀越稻城亚丁的经历，分享给大家，供向往"诗和远方"的朋友品嚼这犹如清风般的记忆。

　　清晰地记得，当时游过成都后，我就锁定了下一个梦幻般的目标——稻城亚丁。因蜀道曲折蜿蜒，又时间有限，便首选了飞机。那是一秋日的早晨，我六点从成都双流国际机场出发，飞往稻城亚丁，航程一个小时。稻城亚丁机场，是国内支线机场，海拔4411米，超过海拔4334米的西藏昌都邦达机场，成为世界上海拔最高的民用机场。该机场2013年才正式通航，极大方便了通向金沙江流域大香格里拉的线路。机场外形宛若一飞碟，设计极具特色。

　　由于本人人高马大，又体重超常，飞越至如此高海拔的地方，着实冒些风险——高原反应。当我走下飞机，看到别人拿出事先备好的氧气瓶、氧气袋时，我竟然没有感觉到任何不良反应，暗自庆幸自己的身体素质。走出候机厅，迎面而来的是清冷的寒风，虽正值秋季，可由于海拔高度的原因，气温低至零下，有点儿像北方冬季。好在我提前做了攻略，双肩包里已备有防风棉衣。

　　通往停车场的路上，天空蓝得很纯粹，几朵白云，慢悠悠地飘着，近在咫尺，抬手可摘，空气清新自然；远处皑皑的雪山和金色的草地，宛若一场秋天的童话。在的士师傅的召唤下，我与两名陌生的湘西女子同拼一辆车，奔赴香格里拉小镇。几乎一路下坡，陡峭与缓坡兼有，陡峭拐弯处会有飞机降落的耳鸣感。路上景点颇多，的士师傅为赶路，挑了几个可停车的景点供我们拍照游览。

第一个景点是格桑花海。当地藏民在百余亩空地，种植了大片格桑花，放眼望去，一片花的海洋。我与那两位湘西女子，相互帮忙拍照，并小心翼翼地走在花海的小路上，生怕踩坏那迎风摇曳的花茎。在藏语中，"格桑"是幸福的意思。它是一种生长在高原上的常见花朵，茎细瓣小，看上去弱不禁风的样子，可风愈狂，它身愈挺；雨愈打，它叶愈翠；太阳愈曝晒，它开得愈灿烂。据的士师傅介绍，格桑花不惧干旱，不畏严寒，总是用那单薄的躯体迎接每年第一片雪花的飘落。它柔中有刚，不管经历多少磨砺依然顽强。其实，人生何尝不是如此，只有在风雨中、风刀霜剑的磨难中，才能获得挺拔的身躯、坚定的信念、坦然平和的心。

第二个景点是稻城白塔，它位于稻城县城附近，又称尊胜塔林、胜利塔，藏语叫郎杰曲登。据说，当年释迦牟尼涅槃之时，众多眷属祈求世尊法身长驻，佛陀便嘱修尊胜塔，并亲自加持开光，以此代表法身。塔身分三部分，顶部供奉一尊菩萨。稻城白塔高37米，为甘孜州最大的白塔。其外观洁白如玉，上圆下方，气势宏伟。当地藏民瘦削黑黝、肤色如漆，朝圣者表情虔诚、步伐坚定，他们手握佛珠，围绕着白塔一圈又一圈地转经，日月更迭，周而复始，似乎是他们一生的使命。

第三个景点是红草地。红草地位于稻城县城以北桑堆镇公路边一个不起眼的小水塘，每年秋天布满红色的水草。红草疏密相间，像灌木枝扎根在水池中。在阳光的照射下，紫里透红，格外吸引眼球。水塘里有一些散落无序的顽石点缀，平添几多浪漫。远处山腰斜坡上硕大的藏文六字真言，散发着一种雪域高原的空旷与苍凉、神秘与庄严。

池塘对岸，笔直矗立着黄绿错落的杨树，水中红草依依，白杨挺拔，加之倒映着的蓝天和白云，远处几座大山环拥，五颜六色，亮丽张扬地组合在一起，水天同彩地缠绵出一幅斑斓、夸张、浓墨重彩的油画。在美得令人心醉神迷的景色映衬下，红草地显得灿烂无比。这一片比足球场还小的红草地，一年只有十多天的风光期，却是闻名遐迩的网红打卡地。我们在红草地逗留一刻钟左右，继续赶路，抵达香格里拉小镇，已是下午三点多钟。

香格里拉小镇位于稻城县城南部，北与赤土乡、巨龙乡相连，南邻各卡乡，东与蒙自乡、俄牙同乡和木里县水洛乡交界，西与木拉乡接壤。亚丁稻城拥有完美的自然景致，康巴风情浓郁、生态环境优越、迎客设施齐全，被誉为"香格里拉之魂"。这里的民宿比比皆是，与享誉世界的莫干山民宿风情迥异，大都用石头砌墙，三四层高低的楼房，色彩斑斓的藏族标志，房前屋后鲜艳的格桑花，在朵朵白云的映照下，仿佛置身于瑞士的某一小镇，格调显得非常高雅。

也许，是源于地理位置的得天独厚，整个小镇的市场极其繁华。街道上各种店铺应有尽有，医药店、酸奶店、手机店、小酒吧、藏餐厅、川菜堂、火锅店、演艺中心等，井然有序，热闹而不嘈杂。一般前来稻城亚丁的游客都要在此休整、补给。下榻当晚，偶遇热情好客的重庆驴友赖国庆兄弟，我们一道品尝了极富特色的松茸菌火锅，因为食材绿色天然，料底配方考究，味道鲜美可口。今日回味，依旧垂涎欲滴。

次日晨，我起得很早，尽量轻装，仅带几瓶矿泉水和几块压缩饼干，还有几根黄瓜（景区内没有卖吃的）便上路了。乘坐招手即停大巴，直至稻城亚丁景区入口处。接下来，我便经历了迄今为止最为艰难的徒步修行！我甚至在途中暗自懊悔，这简直是一场对极限的挑战！然而，苦中也有甜：千山万壑，可寻觅三座仙山；雪域高原，可朝觐神圣自然；千辛万苦，可荡涤污浊灵魂；惊叹洗礼，可感悟生命的灿烂。这一切令人心醉的美好，都勾起了我猎奇般的冲动，更渴望快速前行掀开她神秘的面纱。

自旅行家洛克在二十世纪将东部藏区介绍在《世界地理杂志》之后，美国作家詹姆斯·希尔顿以此为灵感，写了畅销书《消失的地平线》，后又被拍成同名电影。稻城亚丁在人类对理想的世外桃源追寻之中，扬名天下，被赋予"蓝色星球上的最后一块净土"的美誉。

亚丁之意，在藏语中为向阳之地。又名"念青贡嘎日松贡布"，即圣地之意。主景区是三座完全隔开，但相距不远，呈"品"字形排列的高山雪峰。北峰仙乃日6032米，南峰央迈勇5958米，东峰夏诺多吉5958米。三座雪峰洁白、峭拔，似利剑直插云霄。仙乃日像大佛，傲然端坐莲花座；央迈勇像少女，娴静端庄、冰清玉洁；夏诺多吉像少年，雄健刚毅、神采奕奕。雪峰周围角峰林立，千姿百态，蔚为壮观。

三座神山，对应着三个古冰川湖，分别被称作珍珠海、牛奶海、五色海。一般游客到了稻城亚丁都有机会一睹珍珠海风采。因为珍珠海的位置紧临冲古寺，乘坐一个多小时景区大巴后，再徒步一公里左右，约半小时即可到达。珍珠海，是仙乃日下的圣湖。在藏语中称为"卓玛拉措"，是仙乃日的融雪形成的海子。据说很久以前原是仙乃日脚下的一个大湖，后来因为决堤，湖泊变小，只剩下了现在的小海子。它碧绿的水色，在天空的映射下发着幽幽的光芒，仿佛一块跌落在人间的深色翡翠。更像镶嵌在莲花宝座上的一颗绿色宝石，碧波荡漾，粼粼波光中透出无限清丽，湖畔四周，参翠如屏。

而牛奶海和五色海没有相当的身体条件和毅力，就很难一睹真容了，攀越牛奶海的难度还真不能小视。乘车到达洛绒牛场后，还要徒步六公里，再登高500多米后，才能到达。洛绒牛场的海拔已是4100米左右了。这高度已经让许多人望而却步了，再往上走，有登天的恐惧。步行登高耗氧量极大，加上这里氧气稀薄，走几步喘半天。那真叫步底虚浮，头脑发胀，浑身乏力，许多游客坚持走一小段便果断放弃。后三公里虽可骑马代步，但我体重过分超标，无论掏多少钱，马夫只是摇头拒绝。我若想再往上爬，只能依靠自己的努力……

然而，仰望着面前那三座神圣的雪山，我的灵魂被完全地征服与洗礼了，登上去的勇气，一次又一次被唤醒，意志也好像被文殊菩萨一次又一次的加持，跪拜在通往牛奶海的木栈道上，上气不接下气地面对三座神山，暗下决心，一定要登上去。虽然我没有高原反应，可走路的艰难程度，几乎到了极限，如不亲身经历，无法想象当时的难度。仅六公里的路程，搁正常情况下，个把小时也就完成。可当时，我三步一停五步一歇，双腿犹如灌铅，酸乏无力，简直就是一点儿一点儿往前挪，浑身大汗淋漓，大口喘气，身体已失去应有的功能，双腿根本就不听使唤。这段崎岖陡峭的山路，走了四个多小时才走完。

在体力与意志都接受了极度考验和挑战后，终于抵达第二个圣湖——牛奶海（海拔4500米）。可那疲惫的身体，犹如一摊烂泥，席地仰面朝天地躺在木质平台上，好一阵的歇息后，呼吸才慢慢趋于正常。

现在回忆起来，当时真的是通过自己努力，克服了心理与体能的障碍，而征服了难以企及的目标，那种自豪和喜悦，着实让我有一种荣耀感。此时的我，烦恼与痛苦消失得无影无踪，艰辛与压力散落得干干净净。约二十分钟后，我才重新爬起，欣赏牛奶海的美景：湖水清盈碧蓝，山止成瀑，以其玲珑秀雅、水色翠蓝让我赞叹世间万物神的造化。碧湖的周边呈现雪域的白色，真如一湖雪白的牛奶洒在了刚毅峭拔的山脚之下。

亚丁秘境五色海，海拔比之牛奶海略高，虽然海拔只"长"了100米，路标显示海拔已达4600米，但是横向比较而言，约有三公里路程，全部是盘山土路，在上到半山腰时，路况变得极差。据景区导游讲，站于山脊之巅，可一睹五色海的芳容，青蓝中泛着迷幻的紫光，水色变幻无穷。加上三座神山三面而立，近在咫尺，冰雪侵蚀崩塌的碎石遍布，寸草不生，云雾升腾，荒凉至极，疑似天外星球，美轮美奂，无与伦比。导游还介绍，大概也只有十分之一的游客能总览神秘亚丁的全貌。

那时的我，体力与心志皆过度透支，已是精疲力尽。再加上时间已接近下午四点，此时的天空，又骤然乌云密布，飘起了小雨，瞬间又变成了大雨，雨点大得吓人，事先备好的塑料超薄雨衣，还没来得及打开，刹那间已把我变成落汤鸡，紧接着又变成雨夹雪……天气无常得让人始料未及。虽然，我通过攀越牛奶海的较量，已拥有足够的信心攀越五色海，可几十公里的徒步返程该如何应对？一旦景区下班，返程无望，绝有可能冻僵在神山脚下，没准儿文殊菩萨会收我于苍穹，再难返回人间。无奈之下，决定放弃，自愿留下遗憾！

现在回味起来，在人一生的记忆中，无论成功与失败、美丽与丑陋、善良与邪恶、甜美与痛苦、富贵与贫贱……所有的经历，细细历数，总是十有九憾！那么，既然遗憾难以避免，那就坦然接受！我常常自嘲：没有遗憾的人生岂不更遗憾吗？返程路上，虽比登山轻松，但身心着实已溃不成军，东倒西歪的狼狈形象，至今不堪想象。但是，能在这蓝色星球，遥不可及的、最为纯粹的净土上游览一番，不能说不是一种巨大的勇气与胆魄。

几年过去了，每当想起这次经历，感觉十分的珍贵。它能引我前行，帮我奋发，助我思考：在这个蓝色星球上，比陆地宽广的是大海，比大海宽广的是天空，比天空宽广的是人的胸怀……心之所往，身必所及！高耸入云的五色海呀，等着我！

汪沟——我心醉的故乡

　　一个人独处，泡上一杯清茶，闭上眼睛，慢慢回味茶香，这一刻是何等的美好？看着舒展又蜷缩的茶叶在茶杯里悠然跳舞，仿佛有生命一般灵动，在水里继续那充满活力的生活。这时也让我在悠长的思绪里，打开了尘封已久的记忆——

　　我的老家是一个只有十几户人家的小山村，名字叫汪沟，地处太行山余脉的方山脚下，紧挨柿树疙道、平岭、滑峪、里沟、流河等自然村。关于汪沟村名的由来，我曾询问过不少上辈的老人，却都摇头不得而知。

　　这里景色十分迷人，给我留下无尽的思念和梦幻般的记忆：无拘无束、天真烂漫、欢声笑语，蓝天白云、色彩斑斓、条条地块的丰收景象和漫山遍野的碧绿苍翠……尽管我已离开这里四十余载，可每每想起，仍令我陶醉、心驰神往。

　　这里四面环山，十几户的人家所住房屋，原料大都用不规则的灰皮石，由匠工倚势而建。小山村静静地落枕在山坳里，犹如刚出生的婴儿安睡在母亲温软的臂弯里。故乡犹如被现代文明遗忘的角落，依旧那么原始。

　　北山，叫柏树顶，不算很高，半个时辰就可以爬到山顶。盛夏时节遍山白草，以山顶最为丰美。一片稀零散落的柏树点缀其间，犹如站立着的大块翡翠，与随风飘舞的白草哼出的小曲相得益彰，美得令人心醉。

东山，名曰东灵顶，与我们村隔条沟，山上长满各种葱茏的树木花草。传说曾有多位仙女下凡于此，演绎了很多仙凡界故事，颇有些神话色彩，因离村庄稍远，未曾攀爬过一次。每当太阳升起时，它的轮廓像一组画在天际的东方抛物线，清晰可见。

南山，我称它为南咕嘟。长得憨且胖。中间有个大肚腩，鼓得老高，像弥勒佛的大肚子。快到山底时，又长出一个小山堆，犹如男孩露出的肚脐。肚腩两边是两个山谷，再往两边是翘起的山岭，犹如南咕嘟的两只振翅欲飞的翅膀。

西山，是著名的方山。山峰陡峭，山形变化多样，险峻挺拔，植被覆盖率很高。半山腰有一洞穴，传说曾有几位身怀绝世神功的老道，在此修行，后得道升天。现在的方山已成风景名胜区，松柏苍翠繁茂，梯田遍布山顶，亭宇错落有致。山下小吃琳琅满目，民俗活动颇具规模。

清晰记得，山村的早晨，会笼罩一缕缕淡淡的晨雾，湿湿的、甜甜的，略带点儿青草的香气，漫然缭绕在房顶、山坡；有时会像绸带一样，飘浮在湛蓝的天空中。一旦太阳出来，她就会像丑媳妇儿见了公婆一样，一溜烟儿似的不见影踪。山路边的野草上，会挂着晶莹剔透的露水珠，蹚踏其中，鞋子连带着脚丫子都弄得湿漉漉的。

白天，如若晴天，定会有蓝天白云，无论飞机飞多高，只要路过山村的上空，都能看得清清楚楚，尽收眼底；雨天，更是极富诗意般的世界，漫山遍野的草木被雨水冲刷得干干净净，晶莹剔透、翠绿欲滴。空气变得清新无比。雨水从山上流下，流向水窖，也流向村南的一条自然河沟。到处可闻潺潺水声，声音美得令人心醉神迷，像优美的钢琴小调。

山村的傍晚，多彩宁静。夕阳的余晖渲染了整个山村，色彩丰富，有时会有一道道彩虹附着在山坡和沟壑间，迷幻幽雅，静谧祥和。待袅袅炊烟升起时，夜幕便缓缓拉开。这人间烟火好像海洋上的雾气，从灶火开始，飘向天空。整个山村闪耀着若明若暗的灯火，恰似都市的霓虹。

尤其夏天的夜晚，一切都显得缥缈朦胧，似乎连空气都变得清馥馥的。在豆棚瓜架下、林木水溪边，流萤飞舞，三三两两，忽前忽后，时高时低，那么轻悄、飘忽，好像忽隐忽现的小精灵提着绿幽幽的灯笼在凡间舞蹈，美妙迷人。

秋天，天高云淡，蔚蓝的天上，时有燕南飞的奇景，大雁成群结队，一会儿排成个"一"字形，一会儿排成个"人"字形。田地里，苞米咧开了嘴，黄澄澄的苞米粒，像一颗颗金豆子；高粱涨红了脸，像一个害羞的小姑娘；谷子笑弯了腰，正向村民们鞠着躬；大豆被风吹得乐出了声，红薯让泥土裂开了缝；山瓜梨枣漫山遍野……整个山村就是天然的食品超市和水果店。

更让人难以忘记的是漫山遍野的点点蜻蜓、拱在土里的油虫、到处飞舞的田秋螂、藏于石头下的蝎子、趴在椿树上的花蹦蹦、唧唧直叫的知了、长在山坡上的地菇莲……都可食用，都是有机食品。这些给我少年时代的成长提供了极其丰富的营养。

汪沟的冬天，虽清冷难耐，但有温暖的被窝、取暖的炭火也足够应对；炎热的夏天，有到处可寻的树荫、水沟、小溪，还有用石头堆砌的厚墙、盖起的房屋，阴凉通风，宛如天然空调……我在汪沟长到十五岁，这里洒满了我童年和少年时代的足迹，留下说不完道不尽的难忘故事。现在想来，当时的一年四季，都那么有滋有味，无忧无虑，快乐无比……

那时的我，无论怎样也想不到，后来的我会奔赴城市，更难想到还会远涉重洋……光阴似水，岁月无情，不经意间，时间从指缝间悄悄流淌，在这喧嚣的红尘中，在这渐渐平淡的时光里，老家汪沟的缕缕炊烟仿佛依然在柔柔微风中摇曳跳舞……

美，从发现开始

世界上并不缺少美，而是缺少发现美的眼睛。

——法国著名雕塑家罗丹

人，从呱呱坠地那一刻起，便开始看世界了。在前期的成长过程中，大体学习的是应知应会，前人的经验和智慧，也可称之为知识。在长期吸收的过程中，逐渐学会观察、发现。随之形成人生观、价值观、世界观，认知得到升华，待积累到一定程度，就会内化为一种对生活的态度、一种取向、一种情怀，并由此产生对这个斑斓世界的感知、体会与欣赏。

人，体会这个世界的器官很多，但最主要的器官是眼睛。而人的眼睛又特别神奇，通过简单的一睁一闭，就能把整个世界尽收眼底，并传入大脑皮层，迅速对眼前一切做出认识上的评判：既可能是真善美，也可能是假恶丑；既可能是光明，也可能是黑暗……导致大脑评判结果如何的关键因素，就是看待世界的心态和角度。不同认知与视角，其结果完全不同。正像大文豪苏东坡的名句"横看成岭侧成峰，远近高低各不同"一样。

每个人，面对世界的态度与视角，都不尽相同。这主要取决于成长经历、家庭背景、生活熏陶、结交人群、所受教育、各种遭遇等因素的影响。笔者曾多次思考这一命题，怎样才能使人更多地发现这个世界的美好，更多抱以积极心态拥抱和欣赏这个世界？照实讲，这绝非易事。这是一个寻找自我、发现美好、自我完善的渐进过程。获得第91届奥斯卡最佳影片奖的美国电影《绿皮书》，通过两个肤色不同的男人之间既冲突又幽默的故事，传递如何寻找自我、突破自我、走出自我的过程，让人在含泪而笑中发现世界的美好。

在日常生活中，主动去发现美，绝不是简单说教、传达指令可以完成的事情，它是一种自我提升的能力，一种面对生活的态度，夹带着很大成分的主观愿望及审美标准的愿望性驱动。如果是积极和充满正能量地看待世界、体味身边的人和事物，即便是再恶劣困难的环境，也能发现事物美好的一面，进而用积极的心态化解危机。反之，即使是充满阳光的事情，也会看不到希望。消极的情绪会影响环境，甚至让心中充满嫉恨、嘲讽和谩骂，导致负能量爆棚的思维模式，其结果即：万花丛中过，见的全是鬼！

比如，一个烂泥塘，有人无数次从此经过，却从未驻足欣赏，有人路过一次，就能发现泥塘不起眼处盛开的几朵水莲，清新脱俗；再比如，一把老旧的藤椅，有人对它不屑一顾，有人却看到了它的古色古香。前一种人唉声叹气，悲观厌世；后一种人开开心心，乐观生活。同一情景，反射到内心的结果却截然不同，皆缘于观察事物的态度而定：是用欣赏的甘霖去滋润原生态的生活，还是用嫉恨的冷血寒光去鄙夷身边的世界？

诚然，人生不易。为了生存，为了追求美好的梦想，人要经历许多酸甜苦辣咸、痛苦与挫折、成功与失败、贫贱与富贵的磨炼，由此引发很多心境——欣喜若狂者有之，嫉恶如仇者有之，享受当下者有之，充满感恩者有之……形形色色的人，看待事物的态度和方式自然会不尽相同。但是，不管你是何种心境，我们必须承认世界的美好是存在的。我们不应该因自身主观心境而失去本不该溜走的美好。可要发现美，就必须具备发现美、欣赏美、感知美的心态与能力。而要具备这一能力，别无选择，热爱生命、热爱生活、善于发现美的滋养是唯一的通道。

我在思考，在闲暇时，如果能耐心读一本趣味横生的书，投身到精神世界里，尽可能地欣赏是感悟；午睡时，听一支优美婉转的乐曲，尽可能地放松是调节，更是一种自我修养与发现；浏览手机，徜徉微信朋友圈或新闻，领略风光旖旎，细读哲理美文，品嚼世界的发展与变化，既是学习，又是摄入与欣赏；夜晚，抬头遥望浩瀚的星空，是体味，更是净化心灵之举；在红绿灯和霓虹闪烁的世界里漫步，可欣赏城市夜景的美好……这皆为发现美的眼睛。

昨天，我读了作家余秋雨的《钓鱼》，这是一篇充满深刻人生哲理的美文，它揭示了世上的任何事物都是对立统一、相伴共存的。《钓鱼》说是在海参崴游玩，作者见到了一胖一瘦两个垂钓老人。胖老人的钓绳上有六个小小的钓钩，每次举起钓钩，每一个钩上都有一条小鱼，他忙忙碌碌地举起又放下，作者看时，水桶里早已有半桶小鱼。不一会儿，他便满载而归。而瘦老人的钓钩硕大无比，他一心只想钓大鱼。

瘦老人认为胖老人"根本是在糟蹋钓鱼者的取舍标准和堂皇形象"。胖老人在凯旋之时，瘦老人仍然端坐在那里。"两个人都在嘲讽对方，两个人谁也不服谁"，因此作者认为，"一个是喜剧美，一个是悲剧美。他们天天在互相批判，但加在一起才是完整的人类"。作者借助对这两位垂钓者的描写，意在阐发：万事万物都是对立统一的。两位垂钓者，实际上代表了两种人生追求：一个是物质的，知足常乐；另一个是精神的，永不满足。作者发现喜剧与悲剧美共存。

当然，在很多时候，我们也会经历艰苦岁月的洗礼，生活的压力、家庭的负担、梦想与现实的差距、残酷无情的疾病等遭遇，让人无法迅速改变自己的情绪，短时间不能接受眼前的一切，也会导致积极心态化解矛盾和困惑的效率变缓，暂时丧失自我调节的能力。但只要心态平和，把每一次困难当成生命的历练、一次宝贵的人生经验，你会快速找到释放的出口。只要善于接纳，多保持积极乐观坚强向上的态度，欣赏和发现美的能力也会很快到来。一般而言，心态积极之人，必定是善于发现美好之人，也必是微笑面对人生之人。这样的人，更容易抓住许多愉悦的体验和生活中无处不在的优美风景，他们的人生也会相对轻松、幸福。

其实，在日常的生活中，我们不仅要欣赏快乐，也要欣赏哀伤。我们在欣赏阳光彩虹的同时，也要学会欣赏暴风骤雨；我们在欣赏车水马龙的同时，也要学会欣赏万籁俱寂；我们在欣赏轻歌曼舞的同时，也要学会欣赏真诚的泪水。因为风雨是另一种经历，寂静是另一种感触，流泪更是另一种体验。欣赏的较高境界，就是欣赏挫折；欣赏的较大气度，莫过于欣赏对手的出色。这是一种彻悟的气魄，一种素质高超的涵养。基本可以断定：能做到这一点的人，一定会成为生活中的强者。

我们在日常生活中常说，红尘漫步且为乐，刚柔相济恬淡心。作为中流砥柱的中年人，我们既要在压力下寻求欣赏，又要在沉重的负担下欣赏美好。如果一味地埋怨生活枯燥无味，那你就是缺少了一双发现美的慧眼；不必去感叹上有老下有小占去了所有的时间，更不必去抱怨生活对你有多么的不公平、不慷慨，只要你善于欣赏，乌云密布的天空中也会透出一缕阳光，寒风刺骨的严冬里也会感到贴心的温暖。一双慧眼，能把世界看得明明白白、真真切切，能把"快乐"常常写在脸上，把美好藏于心里!

再比如，欣赏别人的谈吐，会提高自己的口才；欣赏别人的大度，会开阔自己的心胸；欣赏别人的善举，会净化自己的心灵。欣赏别人其实是少一点儿挑剔，多一点儿信任；多一点儿热情，少一点儿冷漠；多一点儿仰视，少一点儿鄙夷。欣赏多一点儿，矛盾和误解定会少一点儿，人与人的距离才会更近一点儿。其实，生活中有一些东西并不一定要得到，能欣赏到也同样很美好。一个善于欣赏别人的人，必是一个内涵和修养皆丰富之人；一个被别人欣赏的人，必是一个出色之人。

有人说，地平线上升起的第一道曙光是美；也有人说，秋天里比火更炽热的枫叶是美；更有人说，黄昏的沙滩上散步的丹顶鹤是美；而我却说，在我身边处处皆是美。它们是五彩的颜料，是多姿的音符，把我的世界装点得有声有色、五彩缤纷。让我列举一些在我身上发生的实例，看看这些是不是身边就有的美。

记得，二十多年前，我在北京参加农总行全国性的信用卡工作会议，会上发给了我们整个河南地区的信用卡制作程序，非常重要，绝密级别。可乘出租车回宾馆的路上，东西都被同事连包落在了车上，一旦丢失，后果非常严重。我们几乎找遍北京的出租车，仍旧未果。可第二天早上，司机根据同事包里的名片，主动联系我们，把包送到了宾馆，物归原主。我们给酬金以表感谢，他却毅然拒绝。像这种拾金不昧、不计报酬的行为，难道不是一种美吗?

2019年春节期间，我自驾去五台山，回途中加油后，油箱盖未盖好，行驶中震掉悬于车身壁上，后面的行车多次用车灯闪烁警示我，在我不知何意、未及时停车的情况下，他超车于我，然后减速慢行并招手示意，还下车礼貌地说明情况。我下车才发现，溅出的汽油已流向车身和车胎，危险至极，万一有一丝的明火，后果将不堪设想。对于一个素不相识的陌生人，他为何会有此善举呢？他让我避免了一场有可能发生的灾难。这难道不是美好吗？

一次我去贵州出差，住在遵义市的一家酒店，同行的朋友在登记房间，我在等候的间隙，利用电梯口的插座为手机临时充电，等朋友办理完入住手续，分发房卡上楼进房间，我不慎将正充电的手机遗忘在电梯口，二十分钟后才想起来。急匆匆下楼找寻，只见一位清洁工站在手机旁边守着，他说机主一定是不小心落下的，他一定要等到失主来寻找。我的手机是大容量的，存储很多重要的资料，若丢失，真比损失几万块钱都难以招架。这等好心人，比比皆是，这难道不应该赞美吗？

再比如，每天天未亮，大部分人都在睡梦中的时候，一条条街道上却有一个个忙碌的身影，他们便是为我们的美丽城市做出贡献的环卫工人。当我们一切就绪，吃完早饭后准备上班工作时，他们已经将街道清理干净，使我们的出行更加便利，心情更加愉快。这难道不是一种美吗？养老院的护工，为那些不沾亲不带故的孤寡老人，床前床后精心伺候，喂饭喂药陪伴左右；比尔·盖茨和巴菲特，把本属个人的大部分财产捐助公益事业；我的家乡裴寨村的裴春亮为村里无偿捐助1.8亿元……这一切的一切，难道不是美吗？

发自内心的悲悯，是一种美；无微不至的关怀，是一种美；怀有梦想的期待，是一种美……美，来源于生活，无处不在，无时不有。只要我们乐意和善于发现，美在身边比比皆是……亲爱的朋友们，带上你们那双渴望发现美的眼睛，从现在开始，尽情地去寻找美、发现美、展现美、创造美吧，让生活因我们的发现而精彩无限。

《红楼梦》中林黛玉的性格特征

　　《红楼梦》是中国古代文学的经典之作，其中林黛玉这个角色是非常具有代表性的。她在小说中展现了许多独特的特征，深受读者的喜爱。在阅读完《红楼梦》后，我对林黛玉这个角色有了更深入的认识，并产生了一些独立的思考。

　　林黛玉的美丽和独立是她最吸引人的特点之一。她拥有一张绝世的美丽面容、玉一般的肌肤、乌黑亮丽的秀发，加上敏感温婉的眼神，使得她成为众人关注的焦点。然而，她并不是典型的美人，而拥有一种独特的美，她的美丽中带有一种忧郁和哀愁的气质。同时，林黛玉并不会因为自己的美貌而骄傲自满，她更注重内在的修养和品质的培养。她善于写诗作文，有着丰富的才情和文学素养，她的独立思考和独特见解让她有别于常人。

　　林黛玉的傲慢和自负也是她的典型特征之一。她有着非常高的自尊心和自信心，对于自己的才华和地位非常自豪。她拒绝合群和随波逐流，坚持自己的原则和立场。她经常用嘲讽和挖苦的语言来表达自己，满不在乎他人的看法。这一特点在小说中体现得淋漓尽致，她和贾宝玉之间的关系就是一个很好的例子。她对贾宝玉采取了一种挑剔和冷漠的态度，毫不掩饰自己对于他的不满。她的傲慢和自负使她在众人面前显得与众不同，也在一定程度上加深了她与众人的疏离感。

与此同时，林黛玉也是一个非常敏感和脆弱的角色。她的情感世界非常丰富，内心充满了对于生活和人类命运的思考。她对于她所处的家庭和社会的现实感到无法接受，对于不公正和虚伪的事物充满了厌恶和愤怒。她表达了对于爱情、友情和家庭等人类情感的渴望，希望能够找到一个理想的世界。然而，由于她的脆弱和敏感，她很容易受到外界环境的影响，经常处于苦闷和痛苦之中。她的情感丰富和脆弱使得她在小说中成了一个特殊的存在，深深触动了读者的内心。

最后，林黛玉的悲剧性命运也是她的典型特征之一。她生在一个富贵的家庭，但却注定要承受命运的不公和压力。她的童年就是一连串的悲剧，家族的衰败和纷争使得她的一生注定要经历痛苦和磨难。尽管她有着众多人的爱戴和帮助，但她的命运却无法改变。她被迫离开了自己熟悉的环境，被迫离开自己所爱的人。她的悲剧性命运让读者对于她的遭遇产生了深深的同情和怜悯之情。

综上所述，林黛玉是《红楼梦》中一位具有典型特征的角色。她的美丽和独立、傲慢和自负、敏感和脆弱以及悲剧性命运都使得她成了读者心中难以忘怀的人物。她的形象在小说中给予了我们很多的思考和启示，她的存在也让小说变得更加丰富和有趣。林黛玉的故事告诉我们，尽管命运不公，我们仍然要坚持自己的原则和立场，追求自己的幸福和美好。

少成若天性，习惯如自然

习惯真正是一种顽强而巨大的力量，它可以主宰人的一生，因此人从幼年时期就应该通过教育培养一种良好的习惯。

——弗朗西斯·培根

先讲一个小故事。据说，在美国哥伦比亚大学的实验室里，做过一个这样的实验，将一条十分凶猛的鲨鱼和一群斑斓多彩的热带鱼放在同一个水池，用特制的高度强化玻璃把它们隔开。

实验之初，鲨鱼几乎每天不间断冲撞那块透明的强化玻璃，可惜这只能是徒劳，它始终不能冲到对面去。而实验人员每天都定时放一些鲫鱼在池子里，以补给鲨鱼在水中的猎物，只是它仍想冲到对面去，想尝试那美丽的滋味。

后来在很长一段时间里，鲨鱼每天仍旧不断地冲撞那块强化玻璃，它几乎试了所有的角落和方位，每次都是用尽全力，也总是弄得伤痕累累，有好几次都遍体鳞伤，浑身破裂出血，可结果一样，还是过不去。

这种情况持续了很长一段时间，每当玻璃出现裂痕，实验人员就换上一块更厚的玻璃。后来，鲨鱼终于不再冲撞那块玻璃，对那些斑斓的热带鱼也不再在意，好像它们只是墙上会动的壁画而已。

之后的日子，鲨鱼开始等着每天固定会出现的鲫鱼，然后用它那敏捷的本能进行狩猎，好像回到海中一样，有一种不可一世的凶狠和霸气，但这一切只不过是假像罢了。实验到了最后阶段，实验人员将玻璃取走，但鲨鱼却没有任何反应了。

鲨鱼仍旧每天在固定的区域游着，它不但对那些热带鱼视若无睹，甚至当那些鲫鱼逃到另一边去时，鲨鱼竟然立刻放弃追逐，说什么也不愿再到对面去了。实验结束时，实验人员甚至讥笑鲨鱼是海里最懦弱的鱼。

这个故事告诉我们，习惯的养成，犹如纺纱，开始是一条细细的线丝，随着不断重复相同的行为，在原来那条丝线上，又缠上一条又一条丝线，最后它终将成为一条粗绳。于是，我们的思想和行动被缠得死死的，习惯已经养成。

孔子曾说："少成若天性,习惯成自然。"意思是说小的时候养成的习惯就像人的天性一样自然、坚固，甚至已经变成天性，以至于以后所取得的成功、创造的奇迹，很多方面都是由小时候的习惯所支配而取得的。

古希腊哲学家亚里士多德也说过："优秀是一种习惯。"我们不妨试想一下，习惯的播种，对人一生的影响是何等巨大？

193

挫折的魅力

> 每一种挫折或不利的突变，都是带着同样或较大的有利的
> 种子。
>
> ——爱默生

今天晨读，注意到一个故事，感觉挺富有人生哲理的。

故事是说，英国著名的劳埃德保险公司曾从拍卖市场买下一艘船。这艘船1894年下水，在大西洋上曾138次遭遇冰山，116次触礁，13次起火，207次被风暴扭断桅杆，然而它从没有沉没过。

该保险公司基于这艘船不可思议的经历，以及在保费方面给公司带来的可观收益，最后决定把它从荷兰买回来捐给国家。而这艘船，现在就停泊在英国萨伦港的国家船舶博物馆里，供游客参观。

然而，真正使这艘船名扬天下的，并不是它伤痕累累的航行历史，而是一名前来博物馆观光的律师。当时，律师刚打输了一场官司，委托人也因不堪承受失败的痛苦，在不久前自杀了。

尽管这起官司并非因律师无能而失败，也不是他遇到的第一例自杀事件，更不是他遇到的第一次辩护失败，但对律师而言，他期望自己的当事人能胜诉。遇到这样的事情，他总有一种极大的内疚和负罪感。

他也试图设法安慰他的当事人，但总觉得找不到合适的话语去劝说

这些在生意场上遭受挫折和不幸的人。他为此曾一次次的内疚和自责，好像总觉得无法理直气壮地面对自己的当事人。

当他怀着极其忧郁的心情在萨伦船舶博物馆看到这艘船时，立即被这艘船的介绍所深深吸引。当他深度了解了这艘船的历史后，他突发奇想：我为什么不让那些当事人来参观参观这艘船呢？

于是，他就把这艘船的历史抄写下来，伙同这艘船各种受伤的照片一起挂在他的律师事务所里。每当商界的委托人请他辩护，无论胜算有几成把握，输赢会如何，他都建议他们先去看看这艘船。

后经世界海航协会统计证实：自人类有了船运开始，凡在大海上航行的船只，没有一艘不带伤痕的！无论你遭遇的是冰山、暗礁还是风暴，无一幸免！也就是说，所有船只，只要下海就会有风险。

律师有意地把这艘船的历史和照片挂在律师事务所，并在接案签约之前展示给当事人看，其目的显而易见，就是想以此提醒当事人：无论你在官司中遭受任何挫折，都要像这艘船一样，坚持继续前行！

我们试想一下，人生又何尝不是如此呢？人的一生，始终被荒芜与悲怆伴随着，会遇到不少挫折与磨难，绝不可能一帆风顺的。怎样让挫折之花绽放，与命运抗衡，是每个人必须面对的问题。

面对挫折，不少人会一蹶不振，再无勇气继续前行；而也有不少人会选择勇敢面对，会更加发愤图强。无论前面是地雷阵，还是万丈深渊，都会义无反顾地向前闯去。

不历经风雨，怎能见彩虹？这是至理名言。只有不断遭遇挫折不断成长的人，才能扎扎实实走好自己的人生路。长在蜜罐里、温室里的人很容易在困难面前趴下，不再寻求爬起来继续前行的希望。反之，经历过挫折的人，会更加珍惜眼前的一切，因为他明白人生不易，眼前的一切更来之不易……回望自己几十年来所走之路，无不伴随荆棘与坎坷、痛苦与磨难。然而，最值得回味的，当数战胜挫折后的欣慰。笔者拙见：这也许正是挫折的魅力所在吧！

老友方山踏青

几位经得起岁月考验的老朋友，曾相约几次，想趁春光明媚之际，到我老家汪沟西山——方山，踏青赏春聚会一下，可总是七事八事，不能成行。怕负了春光，又淡了友情，在我逐个的极力催促下，今天终于圆梦了。

早上八点前，我已准备好了一切，并与老家的小弟提前联系好接待的细节，然后驱车逐个接上他们，一路谈笑风生，其乐融融。车上还带了雅马哈电子钢琴等乐器。一行六人，三男三女（加上小黑未成年的儿子），开往方山。我驾驶着我的爱车"陆地巡洋舰"，轻松攀爬着五里沟陡峭的山路，打开全部车窗，呼吸着清新自然的空气，沐浴着柔和舒适的山风，听着音响里美妙的旋律，聊着我们曾经不计其数的故事……好不快活。

我们几个人，是在青涩岁月时相识的，生活在同一个城市。我们的关系都是在一个又一个不打不相识的故事中演绎到现在的。经历过岁月的洗礼，我们感情之深，无法用言语表达，不是亲人，胜似亲人；是朋友，又远超越了朋友。

这样形容我们的感情，主要是无法用准确的语言描述。说比亲人还亲，主要是少了亲人间的规矩和拘谨，大可口无顾忌，尽情表达自己的心情；说远超朋友，则是男女之间，竟无任何非分之想，但又具备极其欣赏和尊重对方的前提。

在二十余年前，我们几个曾一起来过方山，大汗淋漓地一口气爬到山顶上，尽情享受辉县老县委书记郑永和带领辉县人民治山治坡的成果。站在方山山顶，感受松柏苍翠茂密繁盛的景象，并自弹自演，模仿心连心艺术团，为山民送上我们的爱心演出。

今天再游方山，虽感受与以前稍有不同，但依旧十分兴奋，充满着激情。个个精神抖擞，兴趣高昂。面对方山的直梯台阶，有点儿眼晕，确实少了一口气登越方山的勇气，因岁月不饶人；却多了岁月沉淀的成熟与稳重，因生活教会了我们欣赏。

我们徒步在山脚下行进好几公里，来到汪沟村我出生的老家旧址。老家的院落和房屋，虽已荒芜倒塌，但童年的故事依旧清晰地在脑海深处浮现出来：三间堂屋、小南屋、猪圈、院落、红薯窖、吃水窖、碾盘……一一讲给朋友们听，乐哉！

最让我们感动的，是小黑十七岁的儿子，他听着我童年的故事，似懂非懂，但却走到我面前说："伯伯，我想抱抱你。"说着就给了我一个深深的拥抱。面对孩子这份稚嫩的淳朴与善良，我同样很深情地拥抱了他，头碰着头，眼对着眼，我差点儿落泪。

回到方山风景区，开始了提前定好的午餐。芝麻叶、菇菇菜、炒小米、蘑菇炖小鸡、特制排骨、番茄山鸡蛋、鸡汤野菜咸米饭、德国啤酒……丰盛的午餐，让每个人都撑得"懊悔"不已！

午餐期间，出现了一个小高潮，令人惊叹不已。我们午餐的大厅大约有七八桌人，接近百十号游客。小黑的儿子，在墙角放置了我们带来的电子琴，为游客弹奏了《爱丽丝》《我爱我的祖国》等曲子，赢得游客的阵阵掌声，丝毫不亚于我们当年模仿心连心艺术团的表演效果。

小白年龄小我们几岁，又身居要职，是蛮有影响力的那个阶层，平时说话时字里行间都流露着一种艺术，或者叫居高临下的语言拿捏，或叫必须具备的尊严。今天他却一改往日风格，语言热情洋溢，表情生动可爱，活泼俏皮得犹如少女一般。

大侠和以前的风格也有很大不同，虽然说话还是那么仗义直言、剑胆琴心、风趣幽默，但却多了些许深沉，说话不再像以往一样"机关枪、连珠炮"。在回程的途中，东哥扭头瞟了一眼车窗外的三个女孩，大侠依旧来了一串"扫射"："东哥狗改不了吃屎，感觉还不如车上的人漂亮。"东哥的目光立马收回……

　　快到新乡时，大侠提议说我一个人在新乡怪孤单的，让小白、小黑到我家露一手，共进晚餐，喝喝茶聊聊天叙叙旧，尽情地享受一下我们老友相聚的时光。可东哥始终没一句准话，生生把一个美丽而诱人的晚餐给废了，为方山之行留下了小小的遗憾。

　　几十年过去了，我们都已年过半百，在生活的碾压中，各忙各的，联系不多，但感情从未有丝毫的改变。说句心里话，真诚的老友是雨露，清甜爽心，滋润着彼此的心田；它像和煦的春风，温馨醉人，永远吹拂着彼此的梦……

精神才是生命的真正脊梁

今晚，在饭馆吃米线时，浏览一则故事，让我感触颇深，在此分享给大家。故事说是美国著名心理学家马丁·加德纳，原来是位医生。他竭力反对把实情告诉癌症患者。他认为，在美国死于癌症的病人中，80%的病人是被吓死的，20%才是真正病死的。

他曾做过一个实验：让一死囚躺在床上，告之将被执行死刑，然后用木片在他的手腕上划一下，接着把预先准备好的一个水龙头打开，让它向床下的一个容器滴水。伴随着由快到慢的滴水节奏，结果那个死囚昏了过去。

1988年，他把实验结果公布出来时，遭到了司法当局的起诉，但他用事实告诉世人，精神才是生命的真正脊梁，一旦从精神上摧垮一个人，生命也就彻底变形了。

现在，加德纳是美国横渡大西洋——3V俱乐部的心理教练。在他的指导下，一个叫伯来奥的人一举成名。这位男子驾着独木舟从法国的布勒斯特出发，横跨大西洋和太平洋，历时六个半月到达澳大利亚的布里斯班，创造了单人独舟横渡大西洋的吉尼斯世界纪录。

有人怀疑，加德纳是不是又在拿运动员做实验。加德纳反驳说："我从没做过什么实验，我只是在证实精神的作用。"

其实，在这个世界上，人所处的绝境，在很多情况下，都不是生存的绝境，而是一种精神的绝境；只要你不在精神上垮下来，外界的一切都不能把你击倒。

记得以前看到过一个小故事，说是一位母亲带着自己五六岁的女儿去逛街，女儿不慎摔倒，刚好被一开过来的小轿车给碾到腿。此时司机慌乱中致使发动机熄火，且怎么也发动不着。

在这千钧一发的时刻，瘦削的母亲为救女儿，竟然用力把轿车前半部分给掀了起来，女儿瞬间得救。母亲当时展现出来的超大力量，使很多在场的男人为之震惊。

在这世界上，人类除了心灵崇高的精神表现以外，一切都显得渺小而没有趣味。精神的力量比过人的臂力更加雄伟，更能征服世界。人类最后的成就，基本上是精神的成就。唯一的不朽，也许只能是精神的不朽。

瘦，确实很昂贵

一

从谷雨那天开始，丝丝细雨几乎接连不断。出门晨练，细雨仍旧轻飘飘的，像牛毛似的从天空落下。我仰头望着蒙蒙的雨丝，感受清新而湿润的空气，享受着健身的惬意。

晨练后，我来到心岸咖啡厅，准备开读朋友极力推荐的一本畅销书。这本书是美国文化批评家保罗·福塞尔教授写的，英文书名是CLASS: *A Guide through the American status system*，中文译名是《格调：社会等级与生活品味》。

这本书，我大致翻阅了一下，刚好翻到一个页面，有几句文字深深吸引了我："瘦很昂贵。您的体重就是您社会等级的宣言，一百年前，肥胖是成功的标志，但那样的日子一去不复返了。"语言幽默风趣，但却深深触动了我。

我下意识地低头看看自己的身材，尤其是那早已鼓得像扣着一口锅的肚子，顿觉十分懊悔。其实，我一直认为，自己是一个蛮时尚的人，一点儿也不迷糊，我明白当今时代，早已是一个彻头彻尾以貌取人的时代了。没人愿意或没人有义务透过你臃肿的身材，去发现你内心的优秀。

客观地说，你的身材，就是你的名片。对方是否能在瞬间找到一个理由去接纳你，乐意坐下来和你接洽，身材绝对是第一块敲门砖。事实上，它几乎折射了你内在的品质、性格、修养、自控能力、习惯等。试想，谁愿意和一个喘气都困难的肥佬去谈论发展战略和商业合作？

诚然，随着人们生活水平的提高、工作压力的增加，肥胖率也越来越高，年龄越来越小。那么肥胖有什么危害呢？有人说,肥胖影响美观，肥胖给生活带来不便；医生则说："肥胖是健康长寿的大敌！"无论是出于"悦己者容"或"千金难买老来瘦"的目的，减肥追瘦已成了一股不可逆转的潮流。

我迅速百度了一下，据日本权威医疗机构调查显示，低收入人群更容易肥胖！日本滋贺医科大学发表研究称，低收入人群的饮食构成中，碳水化合物占比较大，偏好以米饭和面包为主。习惯过量摄入碳水化合物的生活习惯，容易引发肥胖。

百度上还显示，美国一机构调查发现，时代发展到今天，肥胖已成了中下阶层的一个标志。与中上层阶级和中产阶级相比，中下阶层的肥胖者是前者的四倍左右。CCL领导力调研也表明：《财富》500强公司的首席执行官中找不到一个体重超标的人。

通过这本书我还发现，工薪阶层的人，经常加班、熬夜、缺少睡眠、暴饮暴食或饮食不规律，生存的压力很大，哪有时间和精力去锻炼身体、控制饮食？而富有的人，吃的东西讲究营养结构，更讲究健康；参加各种运动和瘦身项目，甚至有自己的专职身材管理教练。

我看了"瘦很昂贵……"的文字后，不想评论自己的贵富和贫贱，只想说我不能再胖下去了。在纽约，家庭医生也曾多次告诫我，说肥胖能引发多种疾病，甚至说，肥胖是一切病症的诱因。高血压、冠心病、心绞痛、脑血管疾病、糖尿病、高脂血症、高尿酸血症等，都是因肥胖而导致。

再者，肥胖的人，各个身体器官的负担加重，容易引起腰痛关节疼痛、消化不良、气喘，怕热多汗，皮肤皱折容易发炎、擦伤，合并感染，行动不方便，容易受到外伤骨折和扭伤。肥胖是人体健康的天敌，严重缩短人的寿命。

我的一个很要好的朋友，也曾提醒我说，财富需要管理，公司需要管理，时间需要管理……身材更需要管理。他还寒碜我说，肥胖者往往是自控能力很差的人，其背后的工作与生活也是极其混乱的，肥胖是贫穷与卑微的象征与标志。试想，一个连身材都管理不了的人，何以堪当重任？

那么，面对超级肥胖的自己，究竟该如何行动？答案再清楚不过了。我，绝不能像以前一样！暗下决心，必须立下一个面向朋友圈的宣言书：从今天开始，减肥！决心向"昂贵的瘦"靠近！说到做到，不放空炮！

从咖啡厅出来，细雨早已停了，但感觉空气格外的清新自然，走路也感觉轻飘飘的，好像真的已减肥成功，摇身一变，成了一个标准的帅小伙儿！

我深信，我的减肥梦想一定能成真！

二

减肥，对我是个老话题。我曾无数次地开始减肥，又无数次地有始无终，屡减屡败，越减越肥，曾从219斤开始，一年之内上升至259斤。面对自己臃肿不堪的身体，我多次叹气唏嘘不已，无奈至极，多次下决心减肥，可每次都以失败而告终。

这次，经过认真研究学习，我琢磨出一套简单而有效的减肥方法，从2019年6月19日开始，到9月9日，约80天时间，成功减肥41斤，恢复到三十多岁时的体重，再有几个月时间，完全可以达到国际标准体重BMI指数。这令很多熟悉我的朋友吃惊，也令我自己不敢相信。但，这是事实，毋容置疑。

唯一的体会：肥胖就是热量摄入过剩或消耗不够而致！当然，减肥的技巧也很多，等有时间再详聊。

三

——慢跑、健走真的能减肥吗？

——瘦的人内脏就一定没有脂肪吗？

——偶尔运动比不运动更好吗？

英国广播公司BBC制作的一部纪录片《锻炼的真相》，颠覆了人们对运动的很多常识性认识，引起不小轰动。

主持人Mike通过亲身参与运动实验的方式，揭示了健身中几个最常遇到的问题，解答了千千万万运动的人的困惑。最终，根据几个实验的结果，Mike得出了自己关于锻炼的结论：

1.慢跑、快走等低强度运动，能量消耗很低，低得"令人发指"，对减肥的效果并不大，但却能减少血液里的脂肪，对健康有益。

2.看上去瘦的人，不一定"瘦"，他们的内脏脂肪可能更多，身体的健康问题也许比胖子更为严重。

3.从效果上看，短时间高强度锻炼，效果堪比长时间的温和锻炼。

4.以上所说的训练方法有一个前提：不能久坐！平时不运动，定期去健身房运动，和一直不运动几乎没有太大区别。

5.最好的锻炼方式是平时的细微活动与适量激烈运动相结合。

但是，这也并非适用于所有人，因为运动对人的影响存在明显的个体差异，适合自己的才是最好的。

四

我在今日头条发表的《瘦很昂贵……》一文，被推荐10万+次，阅读量超过了以前我发表的所有文章，令我始料未及。这说明现代人对管理自己的身材已极其重视。今午，适逢就餐时间，眼睁睁看着诱人的美食，我克制住嘴巴，就健康问题，谈谈自己的感受。

其实，我早就想对健康写点儿什么了，碍于自己比较肥胖和一直奔波劳累，一直没思考过这个话题；再者，我的人生旅程似乎又一次进入一个新的转折点——或叫低潮期或叫暂时休眠期之类吧，精神头也不够蓬勃和振奋，略略地浸泡于懒惰的氛围之中，导致这个话题被搁置了。

今午，也是我开始管理肥胖的第二天，我想写几句心里话，分享给朋友也告诫自己。事实上，人的健康与良好的生活习惯、精神状态有着紧密的关系。虽然我的身体健康状况一直很不错，但我已认识到健康对我的含金量。我明白，我肥胖的原因很简单——忒喜欢吃啦！

　　肥胖，是摄入热量过多、释放热量不够而至。主要是因吃而来……辣的、炸的、冻的……凡是可以吃的东西，我无一不喜欢，像个饿死鬼似的。我想是从小饿怕了的缘故，我爱吃、能吃，还抢吃！说抢吃的意思，不是说跟小时候一样抢饭吃，而是吃得特别快，和别人一起进餐，进食量少说是别人的两到三倍，别人还看不出我吃得有多快。

　　话说回来了，我不光能吃，也很能干活儿。可因一篇文章，或一个可行性报告，或一个PPT熬至深夜或到第二天，甚至连续几天不睡持续作战我都不觉累。其间，除了喝水喝茶喝咖啡和抽烟外，不进任何主食也可，也不觉得因此而饥饿难忍。"能干不为刚强，能吃不为瘦囊"，老母亲的话总记忆犹新。

　　可我一旦吃起来，确实忒过猛烈。辣子鸡、水煮肉片、水煮鱼片、各类烧烤、各种坚果，甚至可以连汤及辣椒吃个精光。尤其休闲没事的时候，深更半夜还能从睡梦中爬起来吃东西，不吃饱喝足睡不着觉，结果是第二天因进食过多而难受，再拼命喝凉茶或水往下冲。

　　日积月累，我本来很标准的身材——190厘米的个头、90公斤的体重就日趋糟糕了。体重从90公斤突破100公斤、110公斤、120公斤……我的家庭医生说："如果你再这样胖下去，各种疾病都会向你微笑着招手报到，也会很无情地侵蚀你的内脏，你花再多钱，也难保你恢复原本的健康啦！"

　　听了医生"危言耸听"的告诫，我多少会引起点儿注意，但一看到美食，就会忘乎所以。我看书、看电视，喜欢用枕头垫着脖子，躺着看，甚至一看就是一个通宵；办公时，我可以连续坐八个钟头直至下班，甚至"12126"，比马云的"996"强度大得多。我常常有落枕情况，也未引起自己的重视，直至脖子连续的酸痛才引起了我的警惕。

　　现在的我，好像已彻底想明白了：努力、奋斗、拼搏、赚钱、追求卓越、渴望成功……究竟为了什么？难道不是为了健康快乐地生活吗？不是为了对得起父母给予你的生命吗？不是为了看着自己的孙男娣女快

205

流金岁月　LIU JIN SUI YUE

乐地成长享受天伦之乐吗？可没了健康的身体，何谈快乐地生活？没有质量的生命，活着不如死了！所以，减肥已成必然。我要从管理身材开始来管理健康，那么先从管嘴馋开始吧。

真的，这回要玩真的啦！我绝不能再迷惘下去了，再下去就会迷失掉回家的方向……试想，车再好，住的房子再大，银行存款再多，如果我仍然失眠，仍然弯腰就大喘气，上个五六楼就冒汗，甚至住在医院，不能自理，那活得还有啥意义？"未雨绸缪"这个词，不能白学呀！

奉天承运，皇帝昭曰，虽已肥胖，依旧健康，尽快管嘴，还能恢复健康，也能瘦梦成真。特颁此令！爱卿需善待自己，适当减食，合理调配营养，外加运动，少虑烦事，保持快乐，竭力打造健康快乐。钦此！

五

肥胖，是导致各种疾病的罪魁祸首，也是影响自身形象的重要因素。减肥这一难题，困扰我很多年。我曾无数次下决心减肥，都以失败而告终，因为减肥确实太难。如果肥胖不危及健康，只影响形象，对我而言，减与不减，并不是特别在意。可血压、血糖、血脂，噌噌噌地往上飙，每次体检都会被医生的话吓个半死，而且还有吃不完的各种药片。所以，横下一条心——必须减！

2019年夏天，回到纽约，开始了我的减肥瘦身计划。之前做了很多作业：怎么减，减多少，如何调整饮食习惯，把减肥这项任务提高到什么位置，重视到什么程度，我一一都基本有谱。早晚两次运动，在健身房锻炼一小时左右，有氧无氧运动一起上，以有氧为主，几个月从未间断，可以说效果奇佳，一口气瘦了五十多斤。再回国，很多熟悉我的朋友都不敢认我了，大都对我的瘦身效果甚感惊讶。

准确地说，运动的习惯是很难养成的，通常都是时间保证不了。可一旦养成习惯，也很难再轻易改变，因为隔一两天不做运动，会感到浑身上下不舒服、不自在。我除健身房运动之外，平时能步行的绝不开车，只要能消耗热量，就利用各种形式让身体动起来。当然，对饮食习惯也做了相应严格的调整，主要以控制热量摄入为主。通俗地说：早上皇帝餐，中午绅士餐，晚上乞丐餐。正餐之外的所有时间，除补水外，禁食。

一般早上醒来，我会喝一杯温水，大约200—300毫升，之后，跑步机上运动。前五六分钟先慢点儿走，预热差不多了，开始加速，半个小时至四十分钟后，跑步。跑步机上运动四十分钟至一个小时。中间可交替升高坡度，增加热量消耗。总计下来路程六至七公里，消耗五百多个卡路里。如果感觉运动无聊，可戴上耳机，选择适合快走和跑步的音乐，随音效节奏律动起来。开始一两周需要用毅力战胜自己，然后就会上瘾。

结束跑步机运动后，可进行器械运动，做力量训练，这是典型的无氧运动。主要目的是通过肌肉的运动，刺激肌肉对能量的消耗，激发肌肉组织生长。我为此查阅过很多资料，以及很多成功减肥者的经验，也咨询过健身瘦身教练，努力增加肌肉减少脂肪堆积，这是最有效的减肥方法，也是可持续的瘦身诀窍。比如晚间睡眠期间，肌肉会自动舒展调节而消耗卡路里，并通过内分泌系统代谢人体储备的脂肪。

早上运动结束，可以认真地吃顿早餐，以蛋白质含量丰富的食物为主，像鸡蛋、奶酪、牛奶、鸡肉、鱼肉、牛肉、粥类、水果，随意吃，不用限制食量，吃饱即可。中午，可再次摄入各种蛋白质和纤维含量丰富的食物，外加蔬菜水果类食物，营养尽可能齐全一点儿。但食量一定要控制在七成饱以下，绝不能海喝海吃，随性地摄取。如果吃得过饱，会犯困，精神不集中，下午工作会受到影响。

每天傍晚，可再次进入健身房，与早上运动的套路如出一辙即可，稍微不一样的地方，是可以适当延长时间，一小时到一个半小时，并做适当拉伸动作，使身体的各部分静脉都得到充分放松与舒展。接下来就是晚餐了，开始的一段时间，要适当吃一些，记住是适当，不吃会有饥饿难忍感受，会使减肥半途而废。也可吃100克左右的奶酪，配一杯红酒即可。奶酪有饱腹感，与红酒又是绝配，可起到减肥的作用。

还有一点儿，对减肥瘦身至关重要。在减肥之前，可准备一个笔记本和一个体重电子秤放于卧室，每天早晚称一次体重，亲自动手记在笔记本上，每天和前一天对照检查。这个环节很重要，在记录的过程中，你会无形地提醒自己，效果平平还是非常突出。千万不要追求暴减，也不能天天没有丝毫进展。每天摄入的热量，也要大致计算一下，记录在案，以便提醒自己均衡摄入营养。

瘦掉五十多斤后，简直像换了个人似的。首先感觉轻松自在了很多。我现在可以连续快走十公里，不带累的，连续慢跑几公里也没啥难受的，爬个十层八层楼梯也是小事一桩……干啥都感觉比以前轻松，这是实话，绝不是自我嘚瑟和炫耀。搁以前，我快走几步就气喘吁吁，楼梯爬个一两层都受不住，别说跑步了，门儿都没有。还有就是到医院体检，各项指标均达到正常标准。信不信由你，与之前的三脂严重超标相比，我现在的各项指标真的会让我偷着乐！

汉中,美哉美哉

昨天在西安见朋友,耗时甚少,为不辜负美好时光,便择道来到了盼望已久的汉中。这里地处陕西西南部,北倚秦岭,南屏巴山,中部是盆地汉中。在这块史称"天汉"的大地上,可谓胜迹历历,史册皇皇;栈道千里,汉水东流。人们从这里进入巴蜀,走向长安;人们在这里繁衍后代,生生不息。

汉中,它是镶嵌在秦岭与巴山之间的一块美丽而富饶的宝地。辖九县两区和一个国家级经济技术开发区,人口近四百万,面积近三万平方公里。特色魅力城市、历史文化名城……头衔颇多,数不过来。我独自漫步在汉江的边道上,感受着这布满历史沧桑的宁静。

汉中,自然、平和、不张扬,甚至有点儿含蓄。它历史悠久、人杰地灵。自秦设汉中郡至今已有两千三百多年。汉中是汉王朝的发祥地,汉王刘邦在汉中拜韩信为大将,明修栈道,暗度陈仓,逐鹿中原,建立汉朝。自此,汉人、汉族、汉字、汉文化一脉相承至今。

这里,也是丝绸之路开拓者张骞的故里,四大发明之一造纸术发明者蔡伦的封地。张骞墓、"汉中三堰"入选世界遗产名录,石门栈道、武侯祠等名胜古迹驰名中外。全市有世界文化遗产、世界灌溉工程遗产、国家考古遗址……承载着太多太多的历史积淀。

汉中的生态也很不错,城市和乡下的环境也非常优美。这里是当年蜀汉南北分界线、江河分水岭，也是现在国家南水北调中线工程的主要水源区，还是"东方宝石"朱鹮的家乡、"国宝"大熊猫的乐园、金丝猴和羚牛等珍稀动物的栖息地。

汉中可谓山清水秀，春赏花、夏避暑、秋摘果、冬玩雪，四季风光各具特色。汉中最美的季节是春天，春天的汉中到处是花的海洋，宛若童话世界，特别是油菜花，金黄灿烂、花香四溢，构成一幅美妙绝伦的山水国画长卷！

几十万亩的橘子花和连片的樱桃花、梨花争奇斗艳，异彩纷呈，还有独一无二的古旱莲、国色天香的牡丹、淡雅朴实的山茱萸，百花齐放、百媚同妍，奏出了一曲春日与初夏的浪漫华章。

闻名遐迩的历代遗珍，广泛分布的各代遗址，成为这一方水土的珍贵宝藏。造型独特的陶器、精美绝伦的青铜器、宝相庄严的佛教造像等，它们反映着物化的历史，衬托出先民的智慧，更代表着这座城市难以褪却的底色和文化源流。

拜将台、古汉台、汉中八景、刘邦项羽争霸等，能让人感觉到汉中博大精深的文化底蕴和沉甸甸的历史积淀……就单单一个古汉台，其院落并不大，石碑也不算太多，望江楼也不算太高，但要了解里面故事的所以然，可以说，没十天半个月门儿都没有！

对我而言，更能引起我的兴趣的是汉中美食。这里的热米皮、肉夹馍、核桃饼、莲藕糊糊、青菜豆腐……实在是太好吃了。尤其热米皮，宽而薄，长而筋，热腾腾的，浇上特制的醋汁和辣油，搅拌后放入嘴里，那感觉，简直妙不可言……汉中美食与其他地方的美食真的很不一样，有自己独特的风味和特色。

正像余秋雨所说："我是汉族，我讲汉语，我写汉字，这是因为我们曾经有过一个伟大的王朝——汉朝。"而汉朝一个非常重要的重镇，就是汉中。来到汉中，我最大的感受就是，这儿的山水全都成了历史，而且这些历史已经成为我们全民族的故事……

咀嚼成都崇丽阁

成都，总有一种特殊的魔力，让你一踏入这座城市，就很自然地把生活节奏慢下来，不自觉地享受眼前的一切。说它是一座来了就不想走的城市，十分贴切。今天，我有幸再次来成都一游，是因一个鲜为游客所知的经典景点吸引了我。

在一部电视剧中，我无意中看到一镜头细节：国民党兵败仓皇出逃台湾前夕，蒋介石带着蒋经国夜访成都崇丽阁，只为读一副很长的对联。出于好奇，便手机百度查阅，看后顿生兴趣，恰在陕西汉中小住的我，随即乘高铁直奔成都，品味清代阁楼——崇丽阁。

崇丽阁，离市中心不远，坐落在成都望江公园内，邻四川大学东门，藏于锦江南岸一片茂林修竹之中，园内面积176.5亩。该阁建于清光绪十五年(1889)，为全木穿榫结构建筑，共四层，现场标注高29.7米，百度上说它有39米之高，哪个更准，不得而知。

一二层为四面，三四层为八方，为古今中外少见之举。其朱柱碧瓦，宝顶鎏金；阁廊宽敞，每方四柱；面盖绿色，翘角飞檐；雕梁画栋，金顶耀目……整个建筑十分考究！单从工程设计、建筑结构、匠人工艺、审美情趣上看，也会令人为之震撼不已，感叹先人的智慧！

崇丽阁给我的感觉极好，应该是我看过古今中外阁楼中最特殊的一个。它虽没有像永济鹳雀楼、南昌滕王阁、武汉黄鹤楼、岳阳岳阳楼一样被列为中国四大古代名楼，却因阁内两副精奇之对联（一长联和一奇联）而闻名遐迩，享誉天下。居然能使当时权倾天下的蒋家父子深夜来访！

步入阁楼内，首先跃入眼帘的是《崇丽阁记》碑，真可谓洋洋洒洒，字字句句足见功力，底蕴浓郁深厚。我研读良久，仍觉个别词句深奥莫测，着实难解其义。夹带岁月痕迹的灰白色石刻后面两旁，在两副竖挂的木板上，刻印了那副长联。对联长达212个字，全联一气呵成，以景达情，说古论今，气吞山河。

上联：

> 几层楼，独撑东面峰，统近水遥山，供张画谱。聚葱岭雪，散白河烟，烘丹景霞，染青衣雾。时而诗人吊古，时而猛士筹边。最可怜花蕊飘零，早埋了春闺宝镜，枇杷寂寞，空留着绿野香坟。对此茫茫，百感交集。笑憨蝴蝶，总贪迷醉梦乡中。试从绝顶高呼：问问问，这半江月谁家之物？

下联：

> 千年事，屡换西川局，尽鸿篇巨制，装演英雄。跃岗上龙，殉坡前凤，卧关下虎，鸣井底蛙。忽然铁马金戈，忽然银笙玉笛。倒不若长歌短赋，抛撒些绮恨闲愁；曲槛回廊，消受得好风好雨。嗟予蹙蹙，四海无归。跳死猢狲，终落在乾坤套里。且向危楼附首：看看看，那一块云是我的天？

此联出自清代长联怪杰钟云舫之手，他曾在江津的临江楼撰写了长达1612个字的长联，至今仍是全国第一长联。据说，当时钟云舫因告发贪官，被打入监牢，特撰此长联，抒发心中的不平之气。

崇丽阁第二层，供奉着文曲星，旁侧便是那副缺了下联的奇联：

> 望江楼，望江流，望江楼上望江流，江楼千古，江流千古

下联空白至今。

据说是清代的一位江南大才子，登上望江楼，看到沿江景色美不胜收，一时兴起便写下了上联。可下联他怎么也写不称意，愣是抱憾将上联书于望江楼上，下联空白搁置于此而离去，留待后人填写。

可一百多年过去了，曾吸引了千千万万的骚人墨客前来游览和应对，均不能如意。也曾出现过几副比较不错的，可经专家评估研审，仍觉没有一副可真正与上联绝佳匹配的，只能继续等待。下面是比较接近的几副下联：

观水映，观水影，观水映中观水影，水影万灵，水映万灵
迎客舫，迎客访，迎客舫中迎客访，客访几人，客舫几人
穿水影，穿水映，穿水影中穿水映，水映整天，水影整天
赏月园，赏月圆，赏月园中赏月圆，月圆一生，月园一生
印月井，印月景，印月井中印月景，月井万年，月景万年
思神州，思神筹，思神州时思神筹，神筹万代，神州万代

还有件比较奇怪的事，如果你走在成都街头，向路人打听崇丽阁在哪里，几乎不会有人知道；但你要问望江公园在哪里，几乎无人不晓。这个公园是因崇丽阁而发展起来，然而，公园名气早已超过了崇丽阁。那是因为公园更奇：是国内最大的竹类公园，世界也属罕见。

园中漫步，可见幽篁森森，翠筠拂拂，竹类品种丰富珍奇。据工作人员介绍，除四川各种竹子外，还从省外国外引进众多竹种。或构成绿色的拱廊，或布成蔽日浓荫，或屹立池畔江边，或环抱水榭楼亭……像人面竹、佛肚竹、鸡爪竹、紫竹、绵竹、麦竹、胡琴竹等应有尽有。

有的如凤尾凌空，有的似翡翠铺地，叶片宽阔胜手掌，有的又狭小像别针。杆茎的色泽或黄或黑，或紫或绿，或附白粉或披毛刺。杆茎形状，有圆有方，有空有实。奇异者如人面，如佛手，如算珠，如鸡爪，如琴丝，如龟纹虎皮，千姿万态，林林总总，让人大开眼界。

据说，种植这么多竹子的主要原因，是为纪念唐代女诗人薛涛，一代著名才女。她爱竹犹如东坡先生"宁可食无肉，不可居无竹"。而我，行至如此罕见的盛美竹影中，却没能好好赏竹，整个思绪仍沉浸于长联中。

漫步至江边在服务人员的招呼下，才从长联的境界中醒来。泡了一杯川产竹叶青茶，一边继续着思考一边慢慢饮茶，悠悠然中，品嚼着这里特有的气息：江水、阁楼、奇竹、对联、清茶……不一会儿，采耳师傅摇着铃铛走来问我是否乐意采耳，我便即刻入乡随俗地醉入那如梦如幻的境界了。

　　这次偶来成都，虽然时间极短，但收获颇丰。我觉得，这座古老而又活力十足的城市，它不光名胜古迹俱多、生活节奏诱人——百年老字号"龙抄手"的各种小吃让人垂涎不已，望江公园的文化与自然、极其和谐共生的文化奇特景象，更能让人回味无穷……

堪称纽约夏威夷的火岛

自打去了纽约长岛最东边蒙淘克海滨小镇后，就从谷歌上知道了在长岛的海岸线上，还有一个叫火岛（Fire Island）的地方，被很多游客誉为纽约夏威夷。

周五，与同学约好（ELS 班的同学），周六一起去领略纽约夏威夷风光。同学是广东江门人，不讲普通话，我又不会讲广东话，沟通起来多少有些问题，但我们时不时夹杂点儿英文，也能完全明白对方的意思，毕竟都是中国人。

被称为夏威夷的火岛，位于纽约长岛东侧的狭长海岛，是与长岛大陆南岸平行的外围的大中心岛。

该岛长约 31 英里（50 公里），宽度在 520 英尺至 1310 英尺（160 米至 400 米）之间。其土地面积为 9.6 平方英里（24.9 平方公里）。平时拥有 292 名常住人口，在夏季可扩大到数千名居民和游客。

自二十世纪三十年代末以来，该岛一直是 LGBTQ 社区的热门目的地。每年 7 月 4 日，数百名皇后游客乘坐渡轮从 Cherry Grove 到 The Pines，重演 1976 年的团结行动，现在被称为"松树入侵"。

2012 年，飓风桑迪在三个地方突破了火岛。其中两个漏洞被填补，但第三个漏洞仍然开放，根据美国国家公园管理局的计划，将自然发展。截至 2018 年，火岛仍然被荒野破坏分成两部分。火岛国家海岸

（Fire Island National Seashore）位于纽约州长岛，离南海岸不远，是一座孤立的屏障岛。

火岛国家海岸属于国家公园，是国家海岸保护区。火岛上有高高的沙丘，还有原始海滩森林，据说还有野生动物，可我们没看到。火岛的最东西两端有桥可以到达，海滨没有公共道路，中间的景点要从长岛搭乘渡船才能到达。这次我们只去了火岛西端的火岛灯塔景点。

既然有游客把火岛誉为夏威夷，美景自然不会令人失望。我和同学冒着炎热酷暑，开车穿越几座海上铁桥，直达火岛西端的灯塔路口。

由于我们俩英文都不怎样，也没能准确看到什么地方有"禁止开往灯塔"的标牌，结果我们到了灯塔入口处，被栏杆挡住了去路。搞不清怎么回事，问了步行过来的美国人才明白。于是，我们又调转车头往回开，把车远远地停在了四号停车场，然后沿着海岸线的沙滩步行朝着灯塔方向行进。

说实话，海滩很美，沙很细腻，有不少紫沙，虽然比不上真正的紫沙沙滩，却也在白色沙面上形成了波纹，甚是好看。海浪一波又一波不停歇地拍打，海与天混色成一块碧绿沁蓝的宝石。

绕过一段松软细腻的海岸沙滩，是大面积绿植中的木栈道。沿着栈道走了好大一会儿，才走到火岛灯塔。虽说栈道比沙滩好走了很多，但由于天气炎热，太阳直射，我们两个已大汗淋漓，大口喘气。在同学的提议下，随即钻进了灯塔下的小屋。空调的凉风，顿时让我们感觉凉爽。

如果说纽约人是用力玩的城市人，那一点儿也不夸张，海岸上到处都是全家出动呼朋唤友的人，最常见的带沙滩伞、躺椅、漂浮板、各种球，甚至连小冰箱、沙滩车都拖来了。

我在网上看，说这里还是裸泳胜地和同性恋天堂，可我们在岛上没见着裸泳的游客，反而像我们一样没穿泳衣只是游玩的人也不少。

当我们挥汗如雨，从栈道穿越艺术小屋走到官员专用通道时，看到了一望无际的大海。那碧绿的海面，时而波涛汹涌，时而烟波浩渺，时而轻轻絮语……举目眺望海天一色的景象，我突然间觉得，这集宽阔宁静与汹涌奔流于一身的大海，岂不是与人一生的道路极其相似吗？

我们没能游览火岛东头的景点，也没能感觉到夏威夷的味道，也许是我们游览时间太短或者没下海游泳的缘故吧，留给下次再来感受。下午三点余，我俩回到学校附近，在星巴克小坐，品尝了一杯苦咖啡。

初冬令人喜上眉梢

昨夜，在不知不觉中下起了小雨。早起晨练，阵阵微风扑面而来，感觉凉飕飕的，翻看手机上的农历，秋已结束，冬已悄然而至。我刹那间明白，陪伴日后晨练的将是彻彻的寒意。

不清楚昨夜的雨水下了多久，把本已苍茫而朦胧的公园变得更加萧瑟。抬头仰望，一片雾茫茫；低头扫一眼，黄叶满地。尤其小路的角落，一堆堆干枯的黄叶中带着狼藉的残红。原本生机勃勃的公园，现在一副满园凋零的模样。本就心情郁闷的我，看着公园这幅惨淡的景象，心情愈发糟糕起来。抬眼望去，公园里竟瞅不到几个人晨练，与前段时间热闹非凡的场面相差甚远。为避免这萧瑟情绪的肆意蔓延，约挚友一起爬山，意欲调整一下当前的心境。

驾上我心爱的伙伴——"陆地巡洋舰"，出发！发动机发出澎湃激昂的隆隆声，犹如高亢的歌喉，又好似美妙的旋律，风驰电掣，撩我心弦，顿感心情好了许多。早已等在路边的朋友健步登车，两壶茶的工夫，就来到了老家汪沟的北山脚下。

我挥挥手指着北山，向朋友介绍，这就是我老家汪沟的北山——柏树顶！青少年时期，我就在这里度过。记得初中时，每天都要翻越这座北山，迄今已有四十几年，未曾再爬柏树顶。今日真是突发奇想，意欲重走青春呀！

停车。寥寥几句叙说我老家的概况后，我们便立即开爬，目标柏树顶！朋友虽在城市长大，没我小时候爬山上学的经历，但似乎深谙我意，他激情满怀，精神抖擞，紧随我爬山的脚步，在枯草荆棘和嶙峋乱石间投下他矫健的身影。

之前，朋友读过我的一篇散文，题为《汪沟——我心醉的故乡》。因此，在爬山的过程中，他边爬边问，并拿他现在亲临其境的汪沟，与我描写的场景对照，还时不时地四处眺望，扯着嗓子对我喊，说汪沟和我散文里描写的汪沟压根儿就对不上号，大有风马牛不相及的味道。

走在前面的我，在他的呼喊中驻脚，回头注视着被我远远甩在下面的朋友，并大声回应他，让他快点儿赶上。待他快到我身边时，我没有直接回复他的疑问，而是自言自语地说："记忆中，当时的北山很大很高很宏伟，可奇怪的是，现在竟没了这种感觉！"

朋友没再追问他想要的答案，而是在静静听我说话。指着比较低的山豁口我继续说："我现在，在极力寻找记忆中的那条山间小路，可无论怎么也找不到一点儿痕迹。"难道它会销声匿迹不成？怎么一丝迹象都不曾觅见？骤然间我有些失望。

朋友不无诙谐地搭腔："世事变迁，岁月逝去又来，几十年前的山路不见踪影实属正常呀！世间本无路，走的人多了便有了路。没人走了，路自然就消失了。"

我俯瞰地处山洼之中的汪沟村，村落的全貌尽收眼底，儿时一宗宗、一串串成长路上的记忆，晶莹剔透，像三棱镜一般，在记忆深处透亮发光……只可惜，以前那种炊烟袅袅升起的山村景象早已不复存在，大部分村民已搬到外边的世界，山村显得格外孤冷和静谧。

虽然已找不到原本的山间小路，但面对干枯白草和荆棘丛生的山野，难道就不能攀爬了吗？能！硬生生地爬。不到半山腰，朋友叫苦不迭，嚷着太难走，欲放弃继续攀爬，但朋友看我态度很坚定，便没再说话，紧随我迎难而上。

没爬多远，山腰有条用石头砌成的小水渠，渠道中间很平坦，朋友建议先横着走水渠，然后再爬。他说反正要爬的是主峰，老路也找不到了，还不如顺渠道走到主峰正下方，然后直接往上爬。我认为言之有理，便立即采纳了他的建议。

可谁曾料想，横着走完那段水渠后，再往主峰攀爬时，一人高的荆棘密布丛生，且山势陡峭，攀爬难度系数增加很多，没爬几步，脸就被荆条划得生疼生疼。这个时候，如果再往回走，着实有辱我心。谁知，我俩竟异口同声："无限风光在险峰，拿下主峰！"

在荆棘中攀爬，的确异常艰难。我们不停地换手紧抓荆条借力，弯腰弓背伸头倾身，钻在荆棘的缝隙里，衣服被酸枣刺挂得吱吱作响，一步一步艰难地往上挪。不知爬了多久，终于看到了墨玉般的柏树林。我抹了一把汗水，对朋友大声吆喝："柏树顶就在不远处了！"

此时的我们，已是大汗淋漓。脱下外罩，伫立在柏树与白草之间，向远方眺望，大有一览众山小的高傲。约十分钟，终于站在了北山的最高处。战胜困难战胜自我后的快感，是一种极端的享受，用语言无法形容。此时的漫山遍野只有我们两个人的欢呼声，之前郁闷的心情早已灰飞烟灭，朋友不无幽默地打趣："难怪用布满荆棘形容前途曲折，也算领略了！"

下山时，我们选择了距离比较远的山路，荆棘较少，路还算顺畅。于是我想：告别景色迷人的秋天，必须面对冬的严寒。冬天虽不如金秋收获充满喜悦，却承载着别样的美丽。它让你渴望温暖的阳光，期盼明亮的笑容和蓬勃的青春，梦想着百花绽放的春天。冬，代表一种生命体验的必需，更代表人在艰难的路上对信念的固守！

细思量，其实人这一辈子，何尝不是如此呢？只有经历了枯与荣、凉与炎之后，才能真正会体会到绝美的韵致。想到这儿，我居然觉得眼前的初冬，虽然景象有些萧瑟凋零，可又怎能不是一番韵味涌心头呢？顿觉，初冬同样令人心旷神怡，充满诗情画意……

点滴话语，直抵心灵

今天看到一段让人茅塞顿开的话："如果你今天不开心，我告诉你，四十年前的今天，苹果联合创始人韦恩，把他在苹果公司10%的股份，以八百美金的价格卖给了乔布斯，今天这股权价值几百亿美金。韦恩亏吗？后悔吗？韦恩现在活得好好的，可拥有巨大财富的乔布斯却早已见马克思他老人家了。"这段话告诉我们，生活没有输赢，健康地活着就是最大的胜利，挣钱做生意犹如打游戏，赢点儿亏点儿都是暂时的，生命只有一次，只有健康快乐地活着，才是人生真正的目的。

这里有几个幽默的寓言小故事，分享一下。说是同是一块石头，一半做成了台阶，一半做成了佛。台阶不服气地问佛："我们本是一块石头，凭什么人们都去朝拜你而用脚踩着我呢？"佛回答说："因为你只挨了一刀，而我却经历了千刀万剐，千锤万凿。"详细诉说了它被做成佛的痛苦经历，此时台阶沉默了。其实，人生何尝不是如此呢？只有经得起打磨，耐得住寂寞，扛得起责任，人生才有价值。看到别人辉煌的时候，不要嫉妒，因为别人付出的比你多得多。

在实际生活中，当我们步行走路的时候讨厌车多，当我们开车的时候讨厌行人太多；当我们打工的时候觉得老板太强势太抠门，当我们自己当老板后，又觉得员工太没责任心和执行力；当我们是顾客时，觉得商人太暴利，当我们做商人时，又觉得顾客太挑剔；当我们是孩子的时候，觉得父亲管得太多，过于严厉，当我们当了父亲，又觉得孩子太不听话……其实我们都没错，错在我们站的位置不同，就带来了不同的感受。所以学会换位思考，人生才会更美好。

话说一位大款的儿子带着母亲去镶牙，进了诊所后，这位母亲选了店里最便宜的假牙，医生推荐她买个好点儿的，但这位母亲坚定地拒绝了。而她身边的大款儿子，只顾着抽着雪茄打着电话也不管不问，母亲颤颤悠悠地从口袋里掏出一个布包，一层一层打开，拿出钱交了押金，并约定好一周后再来镶牙。两人走后，诊所里的人就开始大骂这个大款儿子，说他衣冠楚楚，吸的是高档雪茄，却舍不得给母亲镶副好牙。正当他们义愤填膺的时候，不料大款儿子又回来了，他恳切地对医生说："大夫，麻烦你给我母亲镶副最好的牙，多少钱都可以，但千万不要把实情告诉我母亲，因为我母亲是个非常节俭的人……"所以，我们在生活中，不要随便论断他人，因为你不曾知道事情的真相，学会闭嘴，应该是我们一辈子都要学习的大智慧。

我们都知道这段老话：人骑上自行车，两只脚使劲儿踩，一小时能跑10公里左右；人开上汽车，一踩油门，一小时能跑100公里左右；人坐上高铁，一小时能跑300公里左右；人登上飞机吃着美食，一小时居然能跑1000公里；宇宙飞船又会怎样呢？其实这段话告诉我们，人还是那个人，平台不一样了，载体换了，其结果就完全不一样了。所以，人一定要找对平台，交对朋友，跟对贵人。这就是"选择大于努力"这句名言的精彩印证。

再比如说，如果你乘坐出租车，司机问你去哪里，如果你说去哪儿都行，你信不信，开了几十年出租车的老司机，这个时候也没有任何办法把车开走。因为司机只是知道怎样选择最佳的路线，把你送到你想去的地方。对于开车拉客人，他知道怎样做，无论是方法、手段和技巧，他能做到最好。至于把车往哪里开，至于你想去的地方，司机不会知道。所以，这就告诉我们一个最基本的哲理：目的，永远处在技巧和方法的前面。一个人一开始就不知道他要去的地方在哪里，他再努力，也永远到不了他要去的地方。

话说，有一群天鹅从遥远的北方飞来，中途来到一湖中小岛，岛上住着一对渔夫夫妇，见到这群天外来客，他们非常高兴，拿出食物精心喂养天鹅，和它们和平相处着。当冬天来了，湖面封冻，夫妇俩就敞开茅屋，让它们在屋子里面取暖避寒，并给它们喂食，日复一日年复一年，终于有一年夫妇俩老了，离开了小岛，天鹅也从此消失了，可它们不是飞向了南方，而是在第二年湖面结冰期间饿死了。天鹅悲惨的结局告诉我们，正是渔夫夫妇这种过分的溺爱，使天鹅沉溺在悠闲安逸的生活中，养成了惰性，丧失了生活的本能和生存的基础，无法再适应环境，最终被环境变化所吞没。

记得小时候听父亲讲过一个寓言故事，说有两个人吵架，一个人说三八二十四，另一个人说三八二十一，相争不下告到县衙。县令听罢说把说三八二十四的那个人拖出去打二十大板。说三八二十四这人不满，他说："明明他愚蠢为何打我？"县令质问他说："你和三八二十一的人都能吵上一天，还说你不蠢？不打你打谁？"这个故事启示我们，永远不要和不在一个频道的人争论，这是完全没有意义的事情。

话说，有一个人养的几条海鱼死了，于是悲伤不已。他说不想给它们土葬，想火葬，将来把鱼灰撒到海洋里，让它们回到母亲的怀抱。谁知火葬时越烤越香，后来这人改变了主意，买了瓶啤酒，把它们当了下酒菜。虽然这是个幽默的故事，但就像我们人生一样，很多事情，走着走着就忘了初衷。几乎每个人都听过这句话："不忘初心，方得始终！"却很少有人知道下一句："初心易得，始终难守！"人生就是一场修行，很少有人能忠于内心的目标和生命的使命。因此，我们周围的朋友，大都是善始者多，善终者少。这是人性使然，很难100%坚守。

我在网上还读到这样一则故事：鸡蛋因为爱情嫁给了石头，在一起磕磕碰碰多年，把自己弄得伤痕累累，但鸡蛋一直努力坚持着。终于有一天，鸡蛋实在受不了了，就离开了石头。后来鸡蛋在无意中偶遇了棉花，棉花对鸡蛋的每一个拥抱，都是那么的温暖，它们甜蜜蜜地生活着。这时鸡蛋才明白，有些事情，绝不是你努力坚持和忍耐，就能换来温暖与甜蜜生活的，必须选择对的、适合你的才能长久。

世界人口普查数据显示，全世界每秒钟会有1.8人死亡，一小时就是6360人，一天就有152640人死亡。新冠病毒蔓延，死亡的人数更是让人乍舌！每天睁开眼睛，我们应该非常庆幸，我们还健康地活着。至于其他烦心的事，人人都有，想开点儿，看开点儿，再苦再难的日子也

223

流金岁月

LIU JIN SUI YUE

一定会过去。记住：人生不如意之事十有八九，但除了生死，其他都是小事。只要面对阳光，阴影就永远在我们背后。

只缘身在此山中

　　清明假期，想出去放风一下，我便独自驾车出游。几个小时，来到久负盛名的洛阳老君山。老君山紧邻栾川县城，是国家5A级景区和国家级自然保护区、世界地质公园。其原名景室山，后因西周守藏室史李耳到此归隐修炼，并被道教尊为太上老君，后又被唐太宗赐名老君山。金顶是八百里伏牛山的主峰，海拔两千多米，山势雄伟，群峰竞秀，峰林洞涧，千姿百态，有"天连五岳全雄晋，地接九州巍伏牛"之美誉。

　　由于是自驾游爱好者，经验还算丰富，游老君山对我而言没有难度。"陆巡"直接开到景区内，找好住处，便用手机做攻略。老君山和以往景点略有不同，门票与索道均采用实名制（也许是疫情的原因）。索道分两段才能到达主峰金顶的下端平台，然后才能徒步登金顶。在此，我想插句自认为客观的评价，洛阳栾川的老君山，之所以被列入世界文化遗产名录，之所以能被国家旅游局命名为5A级景区，是有硬道理的。这里各种标牌标识设计、建筑项目设计、工程资金投入、管理规范程度、卫生设施等方面，堪称一流，令我为之叫绝。

　　第一段索道后，你可以选择直达第二段索道，也可选择在万丈悬崖绝壁拦腰修建的挂壁道路，徒步行走大约十里长的水泥栈道，在体验惊险与震撼的同时，将一望无际的山峦叠嶂、奇石嶙峋、绝伦美景尽收眼底，又可轻松自在、绝对安全地体味高悬万丈、人在云中行走的奇妙盛宴。缘于自己开发过地产，对工程建设略知一二，我很认真地观察了每一根从绝壁上伸出的水泥栈道横梁，均为钢筋水泥浇灌而成，时而还有圆形斜柱支撑，其坚固牢靠程度显而易见，足以与大自然的鬼斧神工一决高下。这令我唏嘘不已，感叹中国建筑工人的神奇与伟大！

悠长的水泥毛面栈道，依山就势，镶嵌在绝壁腰部中间偏上位置，呈螺旋升起趋势。间隔一段距离，就架设一立杆竖形音响，音质效果超棒，乐曲旋律优美深邃，大都由古琴与长箫合奏，悠远清净，令我神醉心迷，瞬间便有与世隔绝之感。我沉侵其中，有意放慢脚步，不愿离去。若能在此美景中了却余生，夫复何求呀！然而，我还是努力从听觉和视觉的沉醉中唤醒自己，用微信摇一摇识别美妙绝伦的琴曲，原来是著名古琴演奏家巫娜弹奏的《蝉声蛙鸣》《空怀若谷》等系列禅乐，难怪我如此痴迷！

此外，对老君山的清幽雅致，古代诗人也有深刻的认知，历代文人骚客，留下许多吟咏老君山的佳作，刻于标牌与石碑之上，读来朗朗上口，气势非凡。至于唐朝伟大的浪漫主义诗人李白，是否到过老君山，没有明确记载，也无人知晓，有待进一步考证。不过，就他的诗作及当时老君山在唐朝时的兴盛景象来看，李太白绝对应该到过老君山，也许当时的老君山缺酒，太白未能狂饮，诗作未能及时留下而已。在他诗作《谒老君庙》"先君怀圣德，灵庙肃神心；草合人踪断，尘浓鸟迹深；流沙丹灶灭，关路紫烟沉；独伤千载后，空馀松柏林"中，可窥见一斑。

当坐完第二段索道后，天气稍有转晴，可太阳依旧不愿露面，也许是照顾清明时节的缘故吧，稍稍留下遗憾。平台上稍作休息，我仰望金顶，目测其高度，确有高不可及之势，令我心生怯意。再环顾四周身边的游客，都是年轻的少壮派，像我这样年龄的几乎找不到一个，差点儿让我打了退堂鼓。待我犹豫再三，询问了路边的小摊小贩及工作人员后，估摸着我攀爬应该会感到吃力，但问题不会太大。于是，便鼓足勇气，坚定信心，开始攀登。

攀登一段后，我便气喘吁吁，浑身冒汗，刚在索道上的丝丝寒意已全然不见。攀爬一个平台休息几分钟，但在台阶中间坚持不做停顿，匀速前进，还旁若无人地擦拭着汗珠，扯着嗓子颂唱起毛泽东主席的著名诗句："无限风光呀——在险峰呀——在险峰！"始终就这一句唱词，不

流金岁月

知重复了多少次，也不知擦拭了多少次汗水，终于登上老君山金顶——伏牛山脉的最高峰！等站在金顶平台稍作喘息的时间，我下意识地看了看手表，约一个小时。攀爬速度，绝不逊色于那些少壮派游客。我为自己的挑战精神，在内心深处猛烈点赞！

我站在高入云端的金顶，眺望整个伏牛山脉，虽不能一览无遗，但也能观至百里有余。金顶的三座金色建筑，富丽堂皇，明净亮丽；老君庙和其余各式的道教风格建筑，显得恬淡优雅。站在汉白玉栏杆的山顶石桥上，极目四望，荆楚秦汉风光尽收眼底，千重心浪荡漾漾于老君山金顶。无论仰视俯察，还是远眺近观，皆感快意非常。世界之博大，宇宙之邈远，河山之壮美，让我激情澎湃，神采飞扬，更让我真切体味到得失之细微，荣辱之虚无，世界之本真！一种淡定与豁达之感油然而生，许多解不开的心结，瞬间悄然化解，荡然无存。

三座金色建筑，可能是由于新冠疫情，并未对游客开放，只能站在外边隔着玻璃窗户，窥视堂中的神位雕像。在没有导游也没有标牌简介的情形下，没看出名堂。当我游至老君庙时，仍旧没有开放，只能在太上老君的炼丹炉和青牛前拍照留念。最后，我游至大平台南侧，一部巨型石刻《道德经》映入眼帘，用金色的正楷字书写了经文的第一章和第八十一章。我站在巨著前面审视良久，心里默默诵读："道可道，非常道；名可名，非常名。无名，天地之始；有名，万物之母……"

下山时，正好和洛阳某高校的一名校长乘坐一个缆车，他好像对老君山的渊源颇有研究。据他介绍，中国共有十五座老君山，以洛阳栾川老君山最为正宗，也最负盛名。他说，现在不是游览老君山最好的季节，除了松柏，漫山遍野的植物都还没有发芽，景色大打折扣。如若三秋时节，那将是另外一番景象：当你登上老君山，看着众多富有诗意的景致，看着具有近两千年道教文化，你会诗情飞扬，灵感喷涌，脱口而出吟诵诗句，抒发自己心中的激越情感，更会下意识地联想，老君山的美妙秋色，简直是从古诗神韵中走出来的仙女。

驱车回家的路上我在想，老君山现在的景色已经是神韵十足了，想象一下就可预见，如若真是山色空蒙、郁郁葱葱的金秋时节，那山上的一草一木、一石一土，真的会浸染着浓浓的诗情画意，蕴藏着烈烈的动感气息，把黄花、红叶、碧草、绿树、飞瀑、幽林、奇石、怪崖……构筑成一幅绝美的画卷，让天宫诗神们、人间的诗仙们，抒写出美轮美奂的老君山创意，那该是何等诱人？看来，栾川老君山的金顶，还得再爬。

话说那些无法解释的千年老话

在我们老家，流传着很多老话，这些老话传承不息，是劳动人民智慧的结晶。许多老话教导我们做人做事的道理，但这些老话无法用科学作出解释，更有些被认为是封建迷信。以下这些老话很多人小的时候应该都听说过，笔者小时候听到这些老话时深信不疑，现在依旧相信。

1.前不栽桑，后不栽柳，家中不栽鬼拍手。在农村，院子前面没有栽桑树的，房屋后面也没有栽柳树的，院子里没有栽杨树（鬼拍手）的。古时农民比较迷信，认为桑树的桑和"丧"同音，而柳树又是上好的棺木材料，故都不吉利。而杨树刮起风来啪啪响，被农民称为鬼拍手。这就是农民在房前屋后不种植这些树木的主要原因。

2.燕子搭窝，喜事到。燕子在广大农村人心中是非常吉祥的鸟类，老话说燕子在家里搭窝预示着家里有喜事发生，可能农村人更多的是想讨一个好的寓意吧。我小时候家里就常有燕子来搭窝，这时一定有喜事到来，只是大小不同而已。

3.左眼跳财，右眼跳灾。在日常生活中，不少人都有跳眼皮的经历，关于眼皮为什么跳，科学的解释是过度劳累而导致的眼皮肌肉不正常抽搐。而民间则喜欢用因果祸福来解释。我有过这种经历，左眼跳总是开心得很，右眼跳总觉得不吉祥。还有就是上眼皮和下眼皮也有说法，下眼皮跳是吉祥的。

4.紧咬人，慢咬神，不紧不慢咬鬼魂。农村老一辈人有种说法，狗能看见人看不到的东西，根据狗叫的频率可以判断周围有没有灵异生物。这些算不算迷信不必深究，不过狗的一些感觉确实比人敏感。

5.十分聪明用七分，留下三分传子孙；十分聪明都用尽，后代儿孙不如人。老话说，一个太聪明的人不可以锋芒毕露，不可以把自己的聪明才智用到极致，不然会降低自己子孙后代的智商，即"虎父犬子"。不知道这句话从遗传和基因学的角度可不可以解释，但我觉得这话有些道理。历史上，司马懿父子非常聪明，可是到了司马懿的曾孙辈晋惠帝司马衷时就被后世认为是傻子，往后的司马家族一代不如一代。

我们老家还有许多类似的俗语和谚语，一直在口口相传，流传至今，在老家生活的人，都还在认真地履行着这些老话。

品赏秋叶正红时

每逢十月，踏秋赏红叶，感受大自然的魅力，乃是旅友的一种憧憬与向往。

有幸应同学之邀，我们一行五人，驱车至 Minnewaska State Park（明尼瓦斯卡公园），领略秋日红叶。公园位于纽约州阿尔斯特县的 Shawangunk 山脊上，海拔约 2000 多英尺，是著名的秋赏红叶胜地。

我居住在纽约，也算有年头了，可我从未为看红叶而出行过，尽管也曾多次有过这样的念想，可都被琐事"斩杀"，今日之行也算圆梦。

早八点，五人准时聚集在邀请人家门口。各自携带一天的干粮，穿着应对徒步穿越的服装，启动车载导航，出发——直奔明尼瓦斯卡公园。

行程两个多小时，一路上交流甚欢，笑声朗朗，好不热闹，尽管有一些"东一榔头西一棒槌"的诙谐幽默，甚至也有不上大雅之堂的言语，但那种放松与自由的氛围，却燃起了一种重走青春的冲动。平日里各自的心理设防，似乎被此时的融洽情愫所荡涤。

约十点四十分，我们来到了明尼瓦斯卡湖山脚下的停车场。停车后便开始了红叶徒步之旅。我们刚出停车场，迎面便有一棵硕大的枫树映入眼帘，红透的色泽似火，很诱眼球，便邀一老外帮我们拍了合影。

随着人群，我们先来到了一断壁瀑布，虽与李白"飞流直下三千尺"的气势无法相提并论，但也别有一番韵味。在这里，我要特别说一下五人团成员之一的Yoki,由于她发音接近英音,我们戏称她为"英国"。确切地说,她不是我们现在的同学,她曾早于我们在同一学校学习过英文,按说是学长。她身材小巧精致,手脚麻利,稍显男孩子的性格。她十六岁来美,一路拼搏几十年,一股不服输的韧劲始终伴随着她。用她自己的话来说是:屡败屡战,上去后就下不来!我们在说笑中戏称她"下不来"。其实,她早已成绩斐然,收获满满,过上了衣食无忧的超然生活。可她依旧被一种"下不来"的独特气息包裹着,蕴含着一种坚毅与自信。从她的言谈举止可以看出,她是善做主的人,有点儿指点江山欲统天下的霸气。当大家都还处于不知怎样游览的懵懂之时,她竟然像活地图似的,指导着我们该如何走,先游哪儿后游哪儿,好一个胸有成竹。她同样是第一次来这里,竟然比我们来过两次的同学还要老练。而且她的拍照技术也异常了得,选景取景样样彰显出专业水准。于是,大家便又给了她两个绰号——"活地图""摄影师"。

我们在小瀑布相互拍照留念后,继续前行。也许是我年龄偏大的缘故,也许是我观察太过仔细总会延误时间的缘故,我总是走在最后。我边走边环顾四周,感受着色彩缤纷带给我的惊喜。可以说,整个山脉,都笼罩在浓郁的深秋气息中。依我看,一年四季,最美就是秋。秋天犹如一本多彩的集邮册,收藏着汗水和丰收,呈献着美丽和馈赠,映照着缤纷和灿烂,更收获着喜悦和欢乐!在山石和松柏、云杉和枫树的映衬下,各种叶子从绿色变成万花筒的暖色,红、黄、橙和极其明亮的金色,在相互碰撞与融合中,格外引人注目。每一枚秋叶,仿佛都是生命到达一定境界的象征,也预示着一种生命深处的厚重。置身这五彩斑斓的世界,犹入仙境,没了世俗的烦忧和喧嚣,没了尘世的不安与躁动。静谧而璀璨,优雅而美丽。阵阵秋风吹动着时不时聚集的溪水,溅起层层涟漪,水汽氤氲于秋叶之中,轻柔拂面,令人心旷神怡。

在"活地图"的指点下,我们徒步跋涉约一个时辰,终于来到明尼瓦斯卡湖畔,静谧、碧绿、清澈的湖面映入眼帘,像一块巨大无比的碧玉镶嵌在山峦之中。湖岸上五光十色,满山遍野的秋叶,仿若万花筒般,红中夹黄,黄中有橙,橙中点缀着松柏的苍翠。在山顶的中心,稍显下沉的湖面幽静而神秘,与漫山的丛林、怪石、绿草浑然一体,千姿百态,形成一幅绝美而壮观的画卷。红透的秋叶,显得摧枯拉朽,激发着无尽的热情；金黄的秋叶，彰显一种富贵，预示无穷的收获；苍劲的松柏，装点着一种勃发的生命力，演绎着青春的时光；碧玉般的湖水，散发着一种淡淡的神秘感，留给我们无限的想象。伴着碧水、伴着火红、伴着神秘、伴着青春的热烈氛围，我们身心得以充分地放松，灵魂得以释放与升华……"下不来"的绰号演绎我们五人团在异国他乡的缩影！此时，阳光显得更加明媚与灿烂，优雅地挥洒在大地上，让五人团萌发着一种对新生活的向往，对未来美好的憧憬……

　　短短几个小时，拍了数不清的照片，丈量了不知多远的崎岖山路，在来到湖岸一侧的草坪上时，我们倚着木凳木椅得以歇息，一边吃着干粮，一边温习着美景：五色尽染，山石绝壁，木桥溪水，断石瀑布，湖光树影，绿色草坪，残木亭榭，追逐戏耍的孩童，还有那赤橙黄绿的山色空蒙，与艳丽的秋叶相呼应，一幅幅栩栩如生田园牧歌般的瑰丽画面，颇有"枫叶千枝复万枝，江桥掩映暮帆迟"的意境！十月的明尼瓦斯卡公园着实很美，美得令人流连忘返。

　　下山的路上，我依旧落在后面。细细打量着同学们的背影，悠然间想起点儿什么，但又模糊不清，他们真像是……真像是……到底是什么呢？

　　返程至长岛杰里科时，似乎已全然明白：在对的季节、对的时日，与对的挚友，邂逅在最美的秋日，收获一份纯真的友谊，简直是美妙绝伦！仿佛眼前飘来一行字：他们真像是《绝世无双》中的天作之合！

读路遥《平凡的世界》有感

《平凡的世界》是中国作家路遥所写的一部长篇小说，该小说通过对中国农村青少年的成长经历的描写，展现出了中国乡村的现实生活以及人们对于梦想的追求。作为一名读者，我被小说中所展现的情节深深吸引，与主人公的成长历程产生了共鸣，同时也思考了自己的生活与未来。

小说的开始是描述田润生与他的父亲，以及与家乡的分离，他前往县城读书。这个场景给我留下了深刻的印象，因为我也是从一个小村庄走出来进入大都市求学的，我能够体会到离别的痛苦和失去的压力。田润生是一个追求知识的少年，他通过努力学习，以及父亲的帮助和建议，成功考入了大学。这个场景让我想起了我的奋斗历程，也让我想起了我的父母对我的支持与鼓励。

在大学学习期间，田润生结识了一些志同道合的朋友，他们在思想和生活方式上渐渐产生了改变。我从中深深感受到，在大学这个环境中，个人的价值观会发生许多改变，我们开始思考自己真正的追求和人生的意义。在这段时间里，我也经历了许多重要的转变，不再仅仅追求功利与名利，而是更加关注内心的需求与追求真正的梦想。

小说中，我们看到了田润生与范一飞的对比。田润生通过不懈的努力，最终获得了博士学位，但他被局限在了学术领域，无法改变自己的命运。而范一飞抛弃了学业，选择了工作，他通过各种途径追求了自己的梦想。这个对比使我深思，我们是否只应该局限在学术领域中，或者我们是否应该把握机会，勇敢地追求我们真正渴望的未来。

整部小说的情节发展都展现了作者对于中国农村乡村生活的描绘与思考。作者通过书中的主人公，向读者传达了追求理想和幸福的重要性。读完这本小说，我不禁想到，我们的人生路如何走完全取决于我们自己的选择和努力。虽然我们出生的环境、家庭条件可能不如他人，但只要心中燃烧着对于梦想的热情，我们就有机会改变自己的命运。

总之，《平凡的世界》通过描绘一个农村青年的成长历程，以及他对于梦想的执着追求，让我深受启发。通过这本小说，我明白了只有坚持不懈、持之以恒地努力，才能追寻到真正属于自己的幸福，征服自己的平凡世界。无论生活如何困难，我们都应该勇敢地追逐自己的梦想，永不放弃。

最后，我要感谢路遥先生创作了这样一部伟大的小说，将我们普通人的追求与梦想展现得如此真实与感人。

235

流金岁月

LIU JIN SUI YUE

品读威廉·福克纳的《我弥留之际》

　　《我弥留之际》是美国作家威廉·福克纳的经典之作，以其深刻的思考和独特的叙事风格而闻名。这部小说通过主人公的视角，探索了人性、命运和死亡等永恒的主题。读完这部小说后，我不禁深感震撼。

　　首先，我被福克纳独特的叙事手法所吸引。作者以第一人称的形式，将故事细腻地展现在读者面前。福克纳的描写充满了细节和象征，给予人物深刻的生动性。通过主人公的叙述，我们可以感受到他内心的痛苦和执着，以及他对生与死的不同理解。福克纳的描写方式让人产生强烈的共鸣，仿佛身临其境，与主人公一同经历种种挣扎和痛苦。

　　其次，福克纳在小说中探索了人性的复杂性。他以主人公的故事为线索，通过描述他的人物性格、经历和思想，揭示了人性的各种特质。主人公虽然身处临终的边缘，但他内心的挣扎和对存在的思考却是普世的。在绝境中，主人公反思了自己的过往。福克纳通过主人公的独白，呈现了人性的矛盾和复杂性，使读者更加深入地思考人的本质和存在的意义。

　　此外，福克纳在小说中探讨了命运和死亡这一永恒的主题。主人公作为一位垂死之人，他面临着不可逆转的命运，对此充满了恐惧和无奈。福克纳通过主人公的内心独白，深入剖析了死亡对人的冲击和人在死亡面前的无助。他提醒我们要珍惜眼前的一切，对待生命要有一份敬畏之心。

在整个阅读的过程中，我也深刻体会到了福克纳的写作风格和独特的思考方式。他以其独特的视角和描写手法，将故事展现在读者面前。他通过主人公的内心独白，深入探讨了人性、命运和死亡等重要的主题。福克纳的文字深入人心，让读者不断思考，产生共鸣。他的作品引人深思，读后令人回味无穷。

综上所述，《我弥留之际》是一部深入人心的作品，福克纳独特的叙事手法和深入的主题探讨，引发了我对人性、命运和死亡的思考。阅读这部作品给了我启发，使我更加珍惜眼前的一切，并思考生命的意义和价值。福克纳的作品让我触动，在阅读的过程中，我收获了对人性、命运和死亡的更深层次的理解。《我弥留之际》是一部具有智慧和思想深度的文学作品，值得一读并仔细品味。

237

读《水浒传》中武松之我见

当我拿起《水浒传》这本中国古代小说时，其中一位英雄的形象在我心中特别显著，他就是武松。他作为故事中的一位坚强的斗士和义勇军，是我在整部小说中最喜欢的角色之一。在这篇读后感中，我将探讨武松形象的特点以及他在故事中的作用，同时还将思考他所面临的挑战和他的悲剧命运。

首先，武松具有勇敢坚毅的品质。他在面对各种艰难险阻时展现出了卓越的勇气。例如，在与虎斗的那一幕，他不畏生命的威胁，毅然决然地与老虎搏斗。这种大无畏的态度使他成为故事中的一位英雄，并赢得了读者们的敬佩。他的勇敢还表现在面对邪恶势力时，他毫不犹豫地站了出来，用自己的力量与之抗衡。他的勇气激励着其他角色，也激励着我。

此外，武松还具备坚韧不拔的毅力。无论是身处困境还是面对挑战，他都能坚持到底。在他与潘金莲斗智斗勇的时候，他没有灰心丧气，而是坚持追求正义。他对自己和家人的承诺也是他坚韧品质的反映。他发誓会给予兄弟们一个平等的世界，他努力工作，练就了超人般的力量，以完成自己的誓言。这种坚韧不拔的毅力给予了我很多启示，鼓励我直面困难，在困境中坚持不懈。

然而，与武松的优点相比，他也面临着一些挑战和悲剧的命运。他的悲剧源于他的冲动和缺乏思考。作为一个喜怒无常的人，他经常因情绪失控而做出错误的决策。例如，当他激怒了潘金莲时，他没有控制自己的怒火，而是盲目地杀死了她。这个决定最终导致了他的悲剧命运。武松的故事给了我一个重要的教训，那就是在做决策时要冷静思考，不要被情绪主导。

总结起来，武松是《水浒传》中一个极具魅力的角色。他的勇气、坚韧毅力以及悲剧命运使他成为一个令人难以忘怀的人物。通过武松的故事，我学到了很多，尤其是在面对挑战时保持坚韧和冷静思考的重要性。这个故事不仅仅是历史上一位英雄的传记，更是一部对人性深刻思考的作品，给了我很多启示。从现在开始，我将尽我所能去追求正义，并用武松所散发的那股坚韧不拔的力量去战胜一切困难。

《红与黑》读后感

　　《红与黑》是法国作家司汤达的代表作之一，也被认为是十九世纪法国现实主义文学的巅峰之作。这部小说以主人公朱丽安·索雷尔的成长和命运为线索，通过展现封建社会与革命激变的冲突与交织，以及男主人公红与黑两个不同社会阶层的身份和心态转变，深刻揭示了贵族旧秩序的道德虚伪和社会体制的不公平，引发了我对人类内心的复杂与社会现实的思考。

　　朱丽安·索雷尔是一个性格复杂的人物，他既是贵族出身的青年，又是一个意志坚定的革命者。小说中虽然描写了他对贵族社会的不满和对自由的追求，但更引人注目的是他内心的矛盾与挣扎。在这个封建社会中，朱丽安的出身注定了他与权力和财富的渊源，但他的愿望却被社会身份的限制束缚住了。朱丽安渴望改变自己的命运，但他也不能否认自己对权力的渴望和独特的自尊心。在追求自由的同时，他也深陷于虚荣与野心之中。尽管朱丽安有时会表现出冷酷和残忍的一面，但他也是一个富有正义感并有勇气为之奋斗的人。他愿意冒险去寻求改变，而不愿向命运低头。正是这种复杂的内心世界和身份的转变，使得朱丽安成了一个令人印象深刻的人物。

　　在小说中，司汤达通过朱丽安的角度，揭示了贵族阶层的虚伪与腐败。小说以朱丽安进入教会后的经历展开，使读者见识到教会上层阶级的奢华和道德的低下。主教杜伦二世和贝尔里尼修士这两个形象，彰显了司汤达对教会权威的揭露。他们对朱丽安的追求和利用，使得朱丽安深陷于虚伪的宗教世界。而对比于朱丽安一心追求自由的内心，这些贵族和宗教人物的奢华生活和虚伪表演显得更加刺眼。

与贵族阶层的虚伪相对应的是社会底层人民没有权利和地位的现实。小说中描绘了即将到来的革命运动，这是一个挑战旧秩序的时代。而身处其中的朱丽安，既想参与革命，又不想完全背离自己的身份。他试图不断改变自己，以迎接革命，却发现自己已经陷入了无法自拔的命运之中。通过朱丽安的遭遇，司汤达揭示了社会体制对个人力量的限制。

在社会现实的层面上，《红与黑》对等级制度和等级观念进行了深刻的批判。小说通过朱丽安进入贵族社会和教会的描述，揭示了这些等级制度的自私和不公。即使朱丽安使用各种手段改变命运，逐渐接近权力和财富，但他始终无法摆脱上层社会对他身份的限制和对自由的束缚。这种封建制度和等级观念的存在，使得社会不公平的现实更加凸显。

通过对《红与黑》的阅读，我被深深震撼。这部小说展示了十九世纪法国封建社会和革命激变时期的真实面貌，揭示了社会等级制度的不公平和人类内心的复杂。司汤达通过朱丽安这一复杂的角色，以及细腻精致的描写，使小说更具人物形象感。我深切感受到小说中人物内心的矛盾和挣扎，以及对社会不公的抗争。同时，小说也引发了我对当代社会的反思，让我思考现实世界中的人与社会、人性与道德之间的矛盾与冲突。

241

立秋有感

今日是立秋，秋季的第一个节气，意味着秋天真正开始了。秋天的脚步悄然而至，给大地披上了一层斑斓的霞光。人们也悄然间走进了秋天，开始追寻着那一抹温暖的秋意。

"人生若只如初见，何事秋风悲画扇？"这句诗句表达了人们对岁月无情流转的追问。人生如烟花般短暂，一转眼间，我们已经度过了春夏秋冬，经历了无数次离别与相逢。曾经的初见，如今是否依然清晰如昨？时间的流逝让我们对往昔的记忆模糊，而秋风悲画扇则见证了岁月无情流转的残酷。

秋风，带着凉爽的气息，拂过大地，轻抚着每一个渴望温暖的人的心灵。秋天的风，总是带来一种淡淡的忧伤，让人不禁回忆起往事的点点滴滴。在秋天的午后，或许一个人独自坐在窗前，望着远方的景色，因为一阵秋风而不禁陷入了思绪的旋涡。记忆如画，时间如箭，一切的美好与悲伤，都在秋风中闪耀。

秋天是大自然的一幅画卷，美丽而又充满活力。万物开始变黄，树叶纷纷坠落，在微风的吹拂下跳起了舞蹈。天空的颜色也有了变化，由夏天的湛蓝转变为秋天独特的云朵灰。而丰收的季节也随之而来，农民们收获着辛勤劳作的果实，庆祝着秋天的丰收。一场世间最美的交响乐在秋天奏响，让人们感受到大自然的力量与神秘。

秋天，是思绪最丰富的季节。或许是因为天气的凉爽，或许是因为大自然的变化，人们总会在这个季节里体验到更多的情感。或许是对过往的思念，或许是对未来的期许，在秋天的午后，我们开始思考人生的意义与价值。或许有时会忧伤，那是因为看透了岁月无情的流转，而怀念那些已经逝去的时光；或许有时会感慨，那是因为看到了生命的脆弱与短暂，而珍惜眼前每一个瞬间。

或许，人们总希望能够回到最初的那一刻，重新认识，重新感受，重新去爱那些心中的人和事。然而，时光无法倒流，一切都是那样真实而又无奈。秋风悲画扇，让人感叹岁月的流转，也让人深感对生活的珍惜。

秋天，是人生的一次回眸，更是前行的动力。在秋天的时光里，我们学会了坦然面对岁月的无情，珍惜每一个拥有的瞬间。秋天会带来收获，带来思考，更会带来希望。人生若只如初见，即使秋风悲画扇，我们依然能在岁月长河中，品味出生命的美好与意义。让我们追随秋天的脚步，继续前行，在秋风中披荆斩棘，不负青春的时光。

忆徒步登黄山

说起徒步登黄山，至今依旧兴趣昂然。那时，我二十岁出头，风华正茂之时，浑身上下都散发活力。在徐霞客"黄山归来不看岳"的感染下，徒步攀登黄山，来一次壮丽的冒险，成了我无数个日夜的梦想。

记得是1991年的初夏，趁在黄山金融讲习所学习的便利，我心怀激动，步履匆匆地徒步攀登了这座万年神山，沉醉于它的壮美与鬼斧神工之中。时光荏苒，离开祖国已很多年，但我心中对黄山的渴望依旧如痴如醉，渴望能回国再度游览黄山，感受那大自然独特的鬼斧神工。

曾经，年轻的我迈着轻快的步伐来到黄山的山脚下。我刻意没有搭乘缆车，而是选择徒步攀登，希望能更加亲近大自然。崎岖的石阶，蜿蜒如龙的山路一直延伸到云端。一路上，我索取新鲜的空气，展望前方的风景，期待着见证黄山的壮丽。记得当时花了六个小时，才到达光明顶，随身带的二十个茶叶蛋和一壶水全部精光。

终于，清晨的第一缕阳光穿透蓬勃的云雾，在我的面前铺展开一幅壮丽的画卷。群峰欲倾，石壁峭立，蓝天碧海，云雾缠绕。我仿佛来到了人间仙境，感受到了大自然的恩赐。这里的鬼斧神工充斥着每一处山石，每一片云雾，甚至每一根山草都露出无尽的美感。

黄山拥有无数著名的景色，比如鳌鱼峰、光明顶、黑虎松等。然而，我更加迷恋的是它的"四绝"：奇松、怪石、云海、温泉。这些自然景观代表了黄山独特的鬼斧神工，展现了大自然神奇的造化力量。

记得，我曾专门来到丹霞峰。那里的奇石被云雾笼罩，在我眼中仿佛变成了一个个鬼怪潜伏的地方。有的鬼怪是端坐在悬崖之上，目光灼灼地注视着山下的游客；有的鬼怪是爬在石壁上，看似欲要扑向天空；有的鬼怪则是蜿蜒曲折，形态万变。在这片奇石之海中，我不由自主地想象着一个个神怪的故事，沉浸其中，迷幻而奇特。

随着攀登的高度逐渐升高，我来到了云海之上的狮子峰。眼前的一切都被海洋般的云雾覆盖，如同置身于仙境之中。云雾缭绕，万物皆显得朦胧而神秘。阳光穿过云层，照在云海之上，形成七色彩虹，宛如仙界的桥梁。我凝视着这一幕，心中充满了敬畏之情，默默地祈祷着能够永远留在这里。

除了奇松怪石和云海，黄山还有一个让人流连忘返的美景，那就是温泉。在攀登的过程中，疲惫的身躯可以在温泉中得到极好的放松。我曾经泡过一个位于鳌鱼峰下的温泉，它的热度和舒适程度让我彻底沉溺其中。坐在温泉中，看着山林之美，心灵倍感清静，仿佛与大自然融为一体。黄山温泉让我的身心得到了洗涤，仿佛获得了新生。

曾徒步攀登黄山，给我留下了深刻的记忆。如今已满头白发，回忆起来依旧那么美，每当说起黄山，我仍能感受到它壮丽的鬼斧神工。我一直怀揣一个梦想，待退休后，能回国再游黄山。我期待再次触摸那些奇松怪石，穿越云雾，感受温泉的湿润和温暖。黄山的美景，那种鬼斧神工般的壮丽和独特，会让我对自然美的追求和敬畏永不停止。

如今身在异国他乡，思乡心切。黄山的存在是我心灵的归依，是我对生活热爱和向往的勇气源泉。无论走到哪里，黄山的壮丽与美丽将永远在我的内心中闪耀。再度领略黄山之美，是我晚年生活中的一个规划。这一方案，会让我充满期待，会让我保持青春的活力！

丽江之美

几年前，我从海外归国，迫不及待地打算与朋友一同探访丽江古城，寻找那片记忆中的美好。在脑海里，曾经的美景依然如昨，在这个曾经的青春时光沉淀的古城中，我期待着重新点亮曾经的记忆。

早上，我和几个老友相约在丽江古城的入口处会面。见面时，我们彼此交换了激动而喜悦的眼神，仿佛回到了相识的那一刻。脚步匆匆，我们进入了丽江古城。

一进入古城，便被迎面而来的古色古香所深深吸引。古色斑驳的石街，石板上些许的磨损和未燃尽的残烛，诉说着这个古城的沧桑和岁月流转的痕迹。我用手撑着下巴，屏住呼吸，倾听着这个古城的声音，仿佛能听到那些曾经走过这条街巷的人的私语和长叹。

与朋友们慢慢走着，我们穿过石巷，每一个拐弯，都有一处深深的记忆点唤醒着我们的过往时光。曾经共同品味过的美食、一起度过的欢乐时光，在这里如今成了记忆中的珍宝。

我们来到了丽江著名的小吃摊，心里早已饿得咕咕叫。我们点了一碗碗热气腾腾的丽江米线，香气扑鼻，让人垂涎欲滴。这一碗碗米线不仅仅是一道美食，更是一种丽江文化的体现。我用筷子夹起一根米线，细细品味，回忆中的滋味熟悉而亲切，仿佛让我穿越回了几年前与朋友们一起品尝这道美食的场景。

午饭过后，我们决定挑战一下极限，攀登丽江的骄傲——玉龙雪山。玉龙雪山高耸入云，宛如一条巨龙腾飞在丽江上空，它是丽江的石榴裙，更是我们攀登者的磨砺之境。

我们经过准备，踏上了攀登的征程。一路上，欢声笑语充斥着整个队伍，朋友们相互搀扶着，不断鼓励着前行。"坚持就是胜利"，这是我们心中的座右铭。渐渐地，雪山的山顶越来越近，我们的脚步越来越轻盈，汗水也汇成了一片。当我们终于登上山顶，仿佛置身于天堂般的美景令人陶醉。云雾缭绕的山峰，如同笼罩在神秘氛围中的美景，让我记忆犹新。

在峰顶，我们用镜头定格了这一刻的美丽，一起微笑着，一起分享着幸福。这一次的攀登，不仅是对自己勇气和毅力的挑战，更是与朋友们之间情谊的见证。

夜幕降临，我们离开了玉龙雪山，踩着丽江石板路返回古城。这个时候，古城已经亮起了五彩缤纷的灯光，散发出独特的魅力。甜蜜的气息渗透在空气中，让我仿佛与古城有了一种神秘的连接。夜晚的丽江古城是如此的美丽，让我不禁再次陷入了回忆与怀旧中。

走在古城的街道上，朋友们唱起了熟悉的歌曲。这一刻，我真切地感受到有些记忆已经不再是往日的记忆，而是一种鲜活在我心中的存在。

247

几年前的回国之旅，与朋友一起游览丽江古城，品尝美食米线，攀登玉龙雪山，这些美好的记忆犹如电影般闪现在我脑海中。尽管时间已经过去了几年，但这些回忆依然鲜活、美丽，让我时常回味无穷。丽江，你是我的记忆，一直犹新。

亮丽的晚宴

　　麦克尔，一个友善而好客的主人，决定邀请来自不同国家的朋友来他家享用一顿美食，度过一个充满欢声笑语的晚上。这一场晚餐注定会让大家笑得肚子疼，眼泪直流，无论是因为尴尬的情况，还是因为幽默搞笑的对话。

　　晚上七点，客人们陆续到达麦克尔的家。他们来自五湖四海，每一个人都身怀绝技，但都在搞笑方面有着出类拔萃的功夫。麦克尔利用餐前的一段时间，为大家准备了惊喜的小品表演。

　　第一个上场的是来自法国的菲利普。他身着一身蓝白条纹衣服，戴着一顶黑色贝雷帽，手拿一根法棍面包。他慢悠悠地走上舞台，大家顿时开怀大笑。菲利普开始展示他的"擦桌子舞"，把桌子擦得干干净净，而且动作优美有节奏感。全场响起的掌声让菲利普欢呼雀跃。

　　接着，来自美国的约翰登场。他以一个堂堂正正的牛仔形象出现——大概是因为聚餐主人爱看西部电影吧。约翰拿着一把枪，一身肌肉都膨胀开来。大家都围着他看热闹，他开始展示他的"抓老鼠表演"。约翰用敏捷的动作捕捉着空气中的"老鼠"，每一次击中都让大家哈哈大笑。

　　麦克尔这时候也加入表演行列中。他携带着一些小道具，开始了他的"变魔术"节目。他优雅地拿着绸巾，把它们变来变去，以至于大家不得不去仔细端详他的手法。不管是丢绸巾还是取出奇妙的道具，每一个转折都让大家眉开眼笑。

来自日本的小松接下来为大家带来了他的摔跤秀。虽然大家心想，这和麦克尔的邀请主题似乎不太搭，但是小松的努力却引起了全场爆笑。他一次次失足摔倒，每一次都让大家捧腹大笑。

晚餐期间，大家开始分享他们之前在异国旅行的趣事。意大利的马可讲述他试图在罗马喝到最正宗的咖啡的经历。他从一家咖啡店走到另一家，却总是被告知所有的咖啡都已经卖完。最后，他发现原来意大利人都会午餐后喝咖啡，所以他每次都错过售卖时间。

墨西哥的莫妮卡则讲述了她一次在热带雨林中的冒险。她不小心踩在了一只大蟾蜍上，吓得她大叫一声后跳到一棵树上，结果她跳进的树洞竟然是一只狭长的巨大蛇的巢穴。她搞笑地模仿当时的尖叫声，让大家捧腹大笑。

晚宴结束后，大家纷纷表示这是一个充满欢声笑语的晚上。他们感谢麦克尔的热情款待和精心安排。自此之后，这个晚宴成了大家共同的美好回忆，并让大家在友谊的桥梁上继续前行。

那个晚上，来自不同国家的朋友们因为彼此的幽默搞笑而留下了深刻的印象，并且结下了深厚的友谊。他们纵情笑声之中，品味着来自五湖四海的美酒佳肴，共度一个独特而难忘的晚上。这样的晚宴，将成为他们美好回忆中最亮丽的一页。

凄美的《花妖》百听不厌

2023年7月，刀郎低调发布音乐专辑《山歌寥哉》。作为刀郎的粉丝，我可以用惊喜、惊奇、惊叹来形容他的专辑，他太牛了，太有才了，一时间，在全球网络上掀起了巨大波澜，一个月就播放200余亿次，刷新了纪录。刀郎的才华可见一斑！

但因《山歌寥哉》文化底蕴太过深厚，大部分网友只是听听新奇，顺带吃瓜看热闹而已。如果想听懂刀郎的《花妖》，首先我们得明白这首歌里面暗藏的爱情故事，喜欢的朋友就听我给你一一道来吧！

在南北朝有一个贫穷的青年，家住杭州的钱塘东，他跟一个住在临安北的富家小姐相爱了。

因为女孩的父亲有门第之见，觉得男孩配不上自己的女儿，于是就棒打鸳鸯，不同意他俩在一起！最后这对鸳鸯就殉情了，并且约定了，来世再相见。

他们俩的爱情，感动到了阎王爷，于是乎，就打算帮一把，让他们来世可以重逢。但阎王爷的手下在计算两人来世命运的时候，出了差错。

什么差错呢？首先阎王爷这边确实是安排了他们去投胎做人的，而且在不同的历史时空当中，安排了好几次投胎，甚至还精心安排让他俩投胎在杭州。但要命的是阎王爷的员工，唯独忘记了安排在同一时代。

比方说：先把男生投胎到了西汉，然后女生就追过去找他，但等到女生通过几世轮回来到西汉的时候，发现男生又投胎到唐朝了。也就是这两个人，虽然说不断地在各个时代的杭州投胎，但总是碰不上。时空错了，怎么可能碰得上呢？留下的唯有绵绵无绝迹的思念。

《花妖》这首歌，以女子的口吻来讲述杭州凄美的爱情故事，接下来我们就来逐句分析一下女子到底讲了什么。

前两句是："我是那年轮上流浪的眼泪，你仍然能闻到风中的胭脂味！"

女子说，我不断地在时空轮回，在寻找你的过程当中，我伤心得都快幻化成一滴一滴的眼泪了，相信当风吹散我的眼泪，你依然能够在风中闻到我们当年相遇时我身上的胭脂味，我相信你还能够记得我。

接着是："我若是将诺言刻在那江畔上，一江水冷月光满城的汪洋。"

女子说，如果我迎着凄冷的月光，面对着一江河水，把我对你的诺言一字一句地刻在江边的话，我怕我的眼泪会彻底地失控，失控到满城都变汪洋，整个杭州城都会被我的眼泪淹没！

再后面是："我在时间的树下等了你很久，尘凡儿缠我谤我笑我白了头。"

这句话是说女子在树下等男子，一等就是一辈子，身边经过的凡夫俗子有的是笑她，有的是诋毁她，觉得她脑子有问题。

再来就是："你看那天边追逐落日的纸鸢，像一盏回首道别黄夜的风灯。"

女子有的时候会看到天边那些断了线的风筝，跟随夕阳远走，她看着这个风筝就像看到一盏黄夜的孔明灯放飞天空，它远远的就像在跟她道别。

黄夜是深夜的意思，具体是凌晨的三点到五点，这个时段的人心是最脆弱的，看到孔明灯远走已经很让人悲伤了，又是在黄夜看到这么一种悲伤的事物，还不悲得无以复加了！

继续就是："我的心似流沙放逐在车辙旁，他日你若再返必颠沛在世上。"

女子也常常会出现在这个车道两旁等待男子归来，因为她觉得男子跟她注定是颠簸的人生，投胎到世间，也必定是颠簸在路上，那提前在这个路边等待，期待再次重逢。

251

再下面两句："若遇那秋夜雨倦鸟也淋淋，那却是花墙下弥留的枯黄。"女子说，对你的思念之情，在下雨的时候最为严重，我的心情常常就像花墙边枯黄的那些植物，满腹的惆怅跟悲伤。

…………

《花妖》用唯美诗意的歌词、绕梁三日的旋律，道出了一个阴差阳错、爱而不得，虽没有惊天动地却又感人至深的爱情故事，触动了多少心底带点儿文人骚客气质的网友。在当前信仰缺失、文化堕落、网络低俗、知识碎片儿的时代中，很多人在这首歌中找到情感共鸣，有的是回忆爱情往事，有的是感叹岁月蹉跎，有的是体会背井的乡愁。

值得关注的是歌曲中的古风诗词的元素，民族乐器使用，婉转悠长的二胡，再一次让许多人感受到中华诗词等优秀传统文化的独特魅力。这些东西不是弄几个拗口的古文词句和所谓粗制滥造的中国风歌曲就能模仿的，弄不好就是照猫画虎、邯郸学步。刀郎老师要十年磨一剑，这东西，会就是会了；如果不会，可能十年五十年都学不会了。

还有一些自媒体的评价，比较激进，说《花妖》直追《南北乐府》，险超经典《梁祝》。梁祝尚有化蝶时，花妖却无相见期。当然，笔者认为现在谈论这些还为时尚早，需要沉淀下来，让时间慢慢验证。

梦话"生存法则"

王志文说："猪到死都不明白，手拿尖刀杀它的人，和给它一日三餐的人，是什么关系。你被什么保护，就被什么限制。能给你遮风挡雨的，同样能让你不见天日。"

王志文在《天道》中说："这个世界在我看来啊，放眼望去就是两种人，一种是狼，一种是羊。可现如今的社会呢？你定睛这么一看，狼未必是狼，羊未必是羊。"

王志文一语中的："生存法则很简单，就是忍人所不忍，能人所不能。忍是一条线，能又是一条线，这两者之间就是生存空间，如果我们真能做到，忍人所不忍，能人所不能，那我们的生存空间就比别人大。胜负往往就是在毫厘之间两败俱伤，如果你比他多一口气，你就是赢家。"

《天道》里王志文演技炸裂！我曾一口气刷完，然后又陆续看了八遍。后来又去翻看豆豆的原作《遥远的救世主》，还在喜马拉雅上听播这本书，让我更受震撼，书中关于人性的思考、爱情的阐释、文化的深层窥探，实在精妙至极。

记得莫言《晚熟的人》中曾道："本性善良的人都晚熟，并且他们是被猎人催熟的。当别人聪明伶俐时，他们又傻又呆，当别人权衡利弊时，他们一片赤诚，当别人心机用尽，他们灵魂开窍，后来虽然开窍了，但内心还是会保持善良与赤诚。他们不断地寻找同类，幕后却变成了孤独的那一个。"

莫言的话总是很扎心：不管你多么善良，当你没价值时，就算你温柔得像只猫，别人都嫌你掉毛。任何人都不会因为你爱他而来爱你，对方只会因为你优秀你成功而来爱你。你的价值就是你的一切，极少有纯粹的好人或者坏人之分。

莫言直言：人品越好，朋友越少；人越踏实，混得越差；心越善良，苦难越多；做得越对，活得越累。这个世上从不缺丛林法则，缺的是公正。现实告诉我们，好人难做老实人更难做，这就是人类的悲哀。

豆瓣9.3高分《杀死一只知更鸟》中曾说："一个人没必要把自己懂的东西都展现出来，人们不喜欢他们身边有什么人比他们懂得多。"

《杀死一只知更鸟》中深刻见底，一针见血："永远都不要从别人的口中去认识一个人，不要相信流言蜚语，直到你亲自去接触他的时候，你才能够看见事实。"

世上没有真正的感同身受，也永远不会有一模一样的境遇。很多时候，你以为看到了世界的全貌，但其实只有冰山一角。永远不要凭着一点儿蛛丝马迹，就随意评判别人的人生。在你看不到的角落里，那里演绎的都是你不知道的事。

唉，读书归读书，共鸣的东西就好好享受一下，冲突的细节就当是看稀罕，别太当真。在我看来，心可以碎，手不能停，该干什么就干什么，坚持自己的人生底线，即使看透了人生的本质，也还要在崩溃中继续前行，这才是一个人有过生活锤炼的成年人素养。

莫言说："你和任何人的关系，其实并不取决于你对别人有多好，而是取决于你的强弱，手上筹码的多少。人们普遍对强者比较宽容，而即便弱者没做错什么，也会被苛刻对待，就算你一味忍气吞声，往往也会被看成廉价地讨好。"这话说得太过直白，一语挑破人性的本质，难免让人后背发凉，深感人世间的凄凉与恐惧。

我常想，到底缘何世人对好人不好？为什么心怀善念、行事正直的人总被欺凌？为什么心机深沉、见风转舵的人，却能得到名利，享受人生巅峰？我千万次地拷问自己的灵魂，是否要放弃原则，改变本我，随波逐流，也来享受一下人生巅峰状态的感觉？答案一直是否定的！

中秋·乡愁

古时今日未了情，中秋月夜游子心。漂也思乡，泊也思乡，乡愁遗红尘。一杯浊酒盛乡愁，醉了人间几春秋。醉也思乡，醒也思乡，乡愁绕心头。一轮明月照两头，一头天涯一故土。朝也思乡，暮也思乡，乡愁传千秋。

中秋佳节，明月高悬，如银盘挂于夜空之中，辉映着大地。而在这个月圆之夜，思念家乡的游子们更是倍感乡愁。他们或漂泊异地，或泊在陌生的港口，但心中的故园却从未离去，乡愁执着地在纷扰的红尘中流连。

夜幕降临，一位游子抬头望着天空中那轮明月，思绪如潮水般冲刷而入。古时的游子，他们奔赴前方的战场，扎根异乡的土地，为家国付出了一切。如今的游子，他们或为追逐梦想远离故土，或为生计在异地谋生，他们都带着满腔的乡愁，与那古代的游子情有共鸣。

乡愁是一种永恒的情怀，无论岁月如何流转，它始终留在心灵深处。游子们在异乡漂泊久了，仿佛变得与这座陌生的城市融为一体，逐渐习惯了这里的生活，然而，每逢中秋月夜，那沉睡已久的乡愁又会被唤醒。月光如银，洒在游子的眼前，仿佛化身为一条灵动的涓流，代表着他们心中流淌的乡愁。

游子们思念的不仅是家人亲友，更是故土的大地。记忆中那片生命的土地，已在他们心中生根发芽，成就了他们的成长与奋斗。每当月圆之夜，他们心中的乡土如同一幅美丽的画卷，在游离的思绪中展开。无论是远在天涯的大山深谷，还是故乡的烟雨江南，每一个细节都清晰地映在他们的脑海中。

乡愁是一段往事，是一种情怀。在漂泊的岁月里，乡愁从不停歇，它像永不熄灭的灯火，指引着游子在茫茫人海中寻找归宿。

然而，红尘滚滚，人世纷扰，给了游子们太多的挑战和困惑。他们不得不适应新的生活环境，学会与陌生人相处，融入这个大都市的喧嚣中。在这个过程中，他们或许会迷失，但那颗乡愁之心仍在为他们指引方向，如一盏明灯在黑暗中照亮前方的路途。

游子们没有忘记自己的根，没有忘记自己的使命。他们努力追逐梦想，用自己的汗水和努力，为乡愁增加了一笔灵感，创造了属于自己的故事。他们用行动向故土致敬，向乡愁致敬，将家乡的美好带到了世界的另一端。

中秋月夜，游子们的思绪随着明月向家乡飞行。无论是漂泊还是泊在异地，他们的回家之心永远闪烁着希望的光芒。乡愁与他们的情怀交织在一起，成为一种力量，让他们在外漂泊时，依然能执着地追寻着自己的梦想。

乡愁是他们生命中最美好的遗产，是他们对故土最深沉的眷恋。纵使身在他乡，游子们依然不会放弃对乡愁的思念与追寻。在那些寂静的月夜，他们化身为行走的诗人，将乡愁的美好和坚韧，凝结在文字之间。

乡情如痴，愁思如深，那是游子们在红尘中遗留下的珍贵财富。中秋之夜，明月静静地倾听他们的祈愿，这份热切的思念，将随着明月的洗礼，向海角天涯传递。

悠悠天宇旷，切切故乡情

　　移民美国二十多年了，每年中秋节的到来总让我心生无尽的思乡之情。在这异国他乡，对家乡的思念如潮水般涌现，但又无法用言语来表达。这种海外游子的思乡情感，深深地扎根在我内心深处，成为我生活中无法逃避的一部分。

　　"悠悠天宇旷，切切故乡情。"千百年来，这一天始终是中华儿女的情感归依，总能唤起游子们心中的淡淡乡愁。对海外华侨华人来说，中秋是团圆与相思，是乡情与乡愁，是期盼与等待，是希望与憧憬，更是华夏文化基因的纽带与血脉的融合。无论是谁，只要你是华夏儿女，都会有此感受。

　　每年中秋节，我都会默默地为家乡点燃一支蜡烛。在这温馨的光芒下，回忆和思念交织在一起。记忆的脉络仿佛一根无形的线，牵引我穿越时空，回到那遥远的家乡。我想起了小时候，家人围坐在一起，共度中秋佳节的欢乐时光。月圆人团圆的情景还历历在目，仿佛昨日的事情。但现在，这一切却只能成为珍贵的回忆，永远留存在我心中。

　　思乡之情，像涓涓细流，从内心河底深处默默流淌。在异乡的日子里，我常常默默流连于回忆之中，回想家乡的风土人情，回味一份家乡的独特味道。我能够清晰地记得故乡的大街小巷，记得那些熟悉的面孔和温暖的笑容。无论我身在何方，思乡之情始终如一，像一根无形的线，紧紧地把我和家乡联系在一起。

海外游子的思乡之情常常伴随着对自身身份的反思。二十多年的时间，我已经适应了这个全新的环境和文化，基本融入了这个社会。但无论如何融入，我始终是一个移民者，一个海外游子。这份身份带给我无尽的自豪，也带给我无尽的思考。我常常在夜晚，凝望那点点星光，思索自己的存在和归属。我既有父辈的血脉，又有异国之土的烙印。这种身份的复杂性，让我既感到无比自豪，又倍加思念家乡。

思乡之情也激发了我更多的责任感。作为一名海外游子，我充满了对自己和家乡的期待。我希望能够用自己的力量，为家乡的繁荣和发展贡献一份力量。尽管身在海外，但我始终牵挂着家乡的一草一木，关注着家乡的发展动态。

有时候，我也在想，思乡之情是否能够成为一种动力，推动我更加努力地追求生活中的各个方面。

带着对家乡的思念，我努力在学习与生活上取得进步，努力在事业上展现自己的才华，努力成为一个更加优秀的人。思乡之情也成了我对未来的信念，我相信只要坚持不懈，就能够实现自己的梦想和追求。

中秋节的来临，让我更加深刻地感受到思乡之情的强烈。我虽然身处异国他乡，但内心却始终牵挂着家乡的每一个角落。在这个特殊的节日里，我虽然无法与家人团聚，但我知道他们也在思念着我。思乡之情让我感受到了家人的关怀和爱意，也让我更加珍惜和思念他们。

无论时光如何推移，思乡之情始终是我内心的一片温暖，一份难以言表的情感。这种海外游子的思乡情感，让我更加珍惜和感激现在的生活，也更加渴望回到家乡的怀抱。

在每一个中秋节的夜晚，我都会默默地为家乡祈愿，希望能够早日团聚，与亲人共度中秋佳节的美好时光。

故乡是一抹乡愁，是心灵深处挥之不去的模样。用黄土垒砌的院墙里，石榴花下蝶舞蜂狂；门前的竹子翠绿，梧桐树的叶子青了又黄。

邻家的柿子红了，不知不觉间伸出院墙，无花果红了，伸手摘下一颗，甘甜的滋味难以言表。村前的小河常年流淌，流不尽岁月的沧桑。肥沃的黄土地，播种一茬一茬的希望……

这就是乡愁，这就是中秋，是心灵找寻归属的时候。

经历就是财富

莫言不愧是诺贝尔文学奖得主，他的话一语中的："沾酒不醉，那是你喝的少；以德服人，那是你打不过；见色不迷，那是你摸不着；淡泊名利，那是你实在没招。拥有过，你才能放下，经历过，你才能看破，否则，你有什么资格去谈通透。"

世间很多东西，都是一场体验，你只有体验过，经历过生活中的各种磨难，你对生活才会有一定的见解，才能说出个子丑寅卯来，才有资格评论这个世界。

没有经历生活的磨难，不足以谈论人生。经历过，看透过，你也会懂得越多，懂得越多，你会觉察到人类在宇宙面前是十分渺小的。苏格拉底曾说过："我知道的越多，我越觉得自己的无知。"

初生牛犊不怕虎，无知者无所畏惧。那都是指知道越少，胆子越大，出言不逊，天不怕地不怕。当你真正看清、看透这个世界的时候，知道越多，反而会谦虚、谨慎，有些事情会思虑再三，不会意气行事。

《小窗幽记》有言："花繁柳密处，拨得开，才是手段；风狂雨急时，立得定，方见脚跟。"在复杂的情况之下，还能不受束缚，来去自如，才是真正有手段的人。

在狂风暴雨来时还能站稳脚跟，不被风雨吹倒，才是真正有原则的人。世间很多事情，只有你经历多了，你的内心才会逐渐沉淀，从而明白如何行事，知道如何应对生活突如其来的麻烦。

海纳百川，有容乃大。宰相肚里能撑船，不过是他们见识多，经历事情多，方能淡然自若，方能做到事情发生，沉稳宁静。人活着，不要害怕经历，体验生活，哪里摔倒，哪里爬起来，最脆弱的地方，以后会成为你最强壮的地方。